A

Harmonies Leben ist alles andere als harmonisch. Die junge Frau hat Tourette, ihre vulgären Ausbrüche machen ihr das Leben schwer. Doch sie hat sich vorgenommen, sich aus der Abhängigkeit von ihrem Freund zu befreien und sich endlich einen Job zu suchen. So begegnet sie der ängstlichen älteren Dame Fleur, die außer ihrem russischen Therapeuten und ihrem übergewichtigen Hündchen jedem misstraut. Gemeinsam entdecken sie die Welt, den Stepptanz und ein selbstbestimmtes, lustvolles Leben. Ein warmherziger, humorvoller Roman über die Macht der Freundschaft und das Geschenk gegenseitiger Toleranz.

Marie-Sabine Roger wurde 1957 in Bordeaux geboren und lebt heute im Département Charente. Ihre Romane *Das Labyrinth der Wörter* (2010), *Das Leben ist ein listiger Kater* (2014) und *Wenn das Schicksal anklopft, mach auf* waren in Frankreich und Deutschland Bestseller.

Claudia Kalscheuer, geboren 1964, übersetzt u. a. Werke von Marie NDiaye, Jules Verne und Sylvain Prudhomme aus dem Französischen. 2010 erhielt sie mit Marie NDiaye den Internationalen Literaturpreis.

MARIE-SABINE ROGER

Wenn das Schicksal anklopft, mach auf

Roman

Aus dem Französischen von
Claudia Kalscheuer

ATLANTIK

Die Originalausgabe erschien 2018 unter dem Titel
Les Bracassées bei Éditions du Rouergue, Arles.

*Atlantik ist ein Imprint des
Hoffmann und Campe Verlags, Hamburg.*

2. Auflage 2021
Copyright © 2018 by Éditions du Rouergue, Arles
Für die deutschsprachige Ausgabe
Copyright © 2020
Hoffmann und Campe Verlag, Hamburg
www.hoffmann-und-campe.de
Umschlaggestaltung: © favoritbüro, München
Umschlagabbildung: Frau: © Cami Dobrin
Blumen: © AndreaA / Shutterstock; Hund © Nicetoseeya / Shutterstock
Satz: Pinkuin Satz und Datentechnik, Berlin
Gesetzt aus der ITC Galliard
Druck und Bindung: CPI books GmbH, Leck
Printed in Germany
ISBN 978-3-455-00915-6

HOFFMANN
UND CAMPE

Ein Unternehmen der
GANSKE VERLAGSGRUPPE

1

KLEINANZEIGE

Ich finde die Anzeige an einem Freitag am schwarzen Brett des Lebensmittelladens, wo ich auf Diegos Rat hin nachschaue, ob nicht zufällig jemand den Regenschirm wiedergefunden hat, den ich am Dienstag verloren habe, das heißt vor drei Tagen, was leicht zu erinnern ist, weil es seitdem nicht geregnet hat und ich sonst nirgendwohin gegangen bin. Umso leichter, als ich noch am selben Tag, eben letzten Dienstag, zurück in den Laden gegangen bin, um zu schauen, ob ich meinen Regenschirm nicht dortgelassen hatte, was logisch erschien, da er nicht bei mir zu Hause war.

Wu-Hu-Ha-Ha.

Um 18 Uhr 15 bin ich mit der jungen Frau verabredet, die wegen der Anzeige angerufen hat. Leider ist mir erst nach dem Telefongespräch eingefallen, dass ich sie nicht mal nach ihrem Namen gefragt habe. Wie dumm von mir und wie unaufmerksam! Ich habe mich nicht getraut, sie zurückzurufen. Ich habe mir heftige Vorwürfe gemacht, auch wenn ich eine gute Entschuldigung habe, telefonieren ist für mich wirklich sehr anstrengend. Doktor Borodine würde mich zu der Art von Übung ermuntern, da bin ich mir sicher. Und er hätte gewiss recht. Trotzdem, wenn ich es vermeiden kann, mich in mir verhasste Situationen zu bringen, dann tue ich es. Therapie hin oder her.

Ich weiß nicht, wie die junge Frau mein mangelndes Interesse wohl gedeutet hat. Ich möchte in ihren Augen nicht als eine dieser arroganten Personen dastehen, für die eine Haushaltshilfe so austauschbar ist, dass man ihren Namen nicht zu kennen braucht.

Zumal sie einen sehr guten Eindruck auf mich gemacht hat, auch wenn sie manchmal etwas schwer zu verstehen war. Aber das ist das Übel des Jahrhunderts: Die Leute artikulieren nicht mehr. Sie artikulieren überhaupt nicht mehr. Sogar Schauspieler nuscheln heutzutage, es ist unglaublich. Dabei ist es doch das Mindeste, was man von einem Schauspieler erwarten kann, dass er deutlich spricht, oder? Aber nein, man könnte meinen, dass manche beschlossen haben, sich nur noch in Vokalen und Wortfetzen auszudrücken. Noch schlimmer ist es bei den jungen Sängern: Die einen schreien sich ohne erkennbaren Grund die Lunge aus dem Hals, die anderen flüstern ins Mikro, wieder andere scheinen es abzuschlecken wie ein Eis in der Tüte, unmöglich jedenfalls, den Text zu verstehen. Abends in meinem Sessel neige ich mich immer weiter dem Fernseher entgegen, bis ich fast umkippe wie eine alte Tanne, die Ohren gespitzt im vergeblichen Versuch, die Worte von den Lippen abzulesen.

Nun ja, ich nehme an, es ist an mir, mich anzupassen, denn die Chancen stehen natürlich schlecht, dass die Gesellschaft sich ihrerseits ändert, um es mir recht zu machen.

Wie Josiane sagen würde, »man muss sich weiterentwickeln« – wenn man davon ausgeht, dass es eine Weiterentwicklung darstellt, in einer Welt zu leben, in der die Leute sich nur noch fetzenweise verstehen, wenn sie überhaupt miteinander reden. Wie dem auch sei, das ist die Realität, die Leute strengen sich kein bisschen mehr an, um sich verständlich zu machen.

Josiane würde sagen, ich sei eben taub, und tatsächlich beweist nichts, dass sie sich irrt.

Nein, das Einzige, was mich in dem Gespräch mit der jungen Frau – ich sage jung, aber letztlich weiß ich es nicht, ich schließe das nur aus ihrer Stimme – unangenehm berührt hat, ist ein belangloses Detail, das ich aber doch vermerken muss, denn ich soll ja, gemäß den sehr klaren Weisungen von Doktor Borodine, meine Tage schildern, ohne irgendetwas auszulassen (oder jedenfalls so wenig wie möglich).

Also, was mich gestört hat: Während diese junge Frau und ich uns unterhielten, hörte ich ab und zu ihren Hund in den Hörer bellen. Mit einer hohen Stimme, wahrscheinlich eine kleine Rasse. Um zu bestimmen, welche, hätte ich ein besseres Gehör gebraucht, wie Josiane bemerkt hätte, die keine Gelegenheit auslässt, meine Schwächen hervorzuheben. Malteser, King Charles Spaniel, Jack Russel, Coton de Tuléar? Es war fast das Timbre von Mylord, wobei Mylord nie derart hartnäckig insistieren würde. Obwohl ich zugeben muss, dass er manchmal stur ist, mein herzallerliebster kleiner Buddha. Während ich diese Zeilen schreibe, liegt er auf seinem Kissen und schaut mich unschuldig an, die Schnauze auf die Vorderpfoten gebettet. Man möchte schwören, er weiß, dass ich von ihm rede. (Natürlich weiß er das. Ohne jeden Zweifel.)

Ich habe nichts gegen Hunde, ganz im Gegenteil, sonst hätte ich ja Mylord nicht adoptiert (wenn es nicht umgekehrt war. Ich habe es immer so gesehen, dass er mich auserwählt hat). Aber nur weil man seine Kinder liebt, ist man nicht unbedingt bereit, die der anderen zu ertragen, zumal sie selten so gut erzogen sind wie die eigenen. Ich kenne das nur vom Hörensagen, ich habe keine Kinder, das ist eine der wenigen Prüfungen, die mir erspart geblieben sind. Kurz und gut, es kommt nicht infrage, dass irgendein dahergelaufener Köter die Ruhe meines Fröschleins stört. Mylord ist tolerant, aber er ist genauso hochsensibel wie ich. Ich wage mir nicht auszumalen, was er empfinden würde, wenn diese junge Dame, mit den aggressiven Düften eines unbekannten Zerberus behaftet, zu uns käme, was für mich wahrscheinlich nicht wahrnehmbar wäre (hoffentlich zumindest!), für Mylord mit seiner feinen Nase jedoch eine wahre Provokation darstellen würde.

Ich habe mich nicht getraut, die junge Frau zu fragen, was sie mit ihrem Hund zu tun gedenke, wenn sie zu mir käme. Für mich liegt es auf der Hand, dass man anderen Leuten sein Haustier nicht aufdrängt, aber gute Erziehung ist nicht allgemein verbreitet, bei weitem nicht, die Erfahrung mache ich leider oft genug. Neulich erst hat sich eine junge Dame in der Apotheke vorgedrängelt, unter dem Vorwand, sie sei schwanger. Ich weiß wirklich nicht, wo das Problem war: Sie stand offensichtlich nicht kurz vor der Niederkunft, sie wirkte im Gegenteil frisch und munter, während ich trotz drei Serenix und einem halben Placidon Höllenqualen litt. Ich hatte derartige Angstzustände, dass ich nie einen Schritt vor die Tür gegangen wäre, wenn mir nicht ausgerechnet an dem Tag das Zenocalm ausgegangen wäre. Und das Schlimmste war, dass die Apothekenhelferin, als ich (nur ganz schwach) protestiert habe, leichthin – oder vielmehr etwas unverschämt – geantwortet hat, es würde nur eine Minute dauern, um sodann eilfertig diese junge Person zu bedienen, ohne mich weiter zu beachten.

Ich will nicht egoistisch erscheinen und auch nicht alles auf mich beziehen, aber ich fand das ziemlich respektlos, immerhin kaufe ich seit über fünfzig Jahren in dieser Apotheke ein. Früher, zu Monsieur Pradals Zeiten, hätte es so etwas nicht gegeben. Das war noch ein echter Apotheker, der seinen Beruf mit Leidenschaft ausübte. Ich will ja nicht überkritisch sein, aber die jungen Leute, die den Laden übernommen haben, sind nichts als Krämer. Seit sie die Apotheke erworben haben, geht es dort zu wie im Supermarkt, und wenn sich alles nur noch um den Profit dreht, fällt der Service natürlich hinten runter, von Notfällen ganz zu schweigen.

Das ist vielleicht eine Abschweifung, aber da ich aufschreiben soll, was mir wichtig erscheint, wollte ich dieses Beispiel anführen. Das wäre übrigens ein gutes Gesprächsthema mit Doktor Borodine: Wer ist denn der echte Notfall, die gesunde junge Frau, die nur ein bisschen schwanger ist, oder die Patientin, die wie ich krank, alt und in medikamentöser Behandlung ist und kurz vor einer Panikattacke steht? Ich wäre wirklich neugierig, seine Meinung dazu zu erfahren. In der Zwischenzeit frage ich mich, ob ich nicht einfach abwandern sollte, wie Josiane sagen würde, und mich in der Delgado-Apotheke eindecken, neben der Post. Seit sie die Fußgängerbrücke eröffnet haben, ist der Weg dorthin für mich kaum weiter.

Kurz und gut, zurück zur Sache, ich habe mich also nicht getraut, die junge Frau zu fragen, was sie an den Tagen, an denen sie zu mir kommen würde, mit ihrem Hund zu tun gedenke. Wenn wir uns überhaupt einig werden, denn bis jetzt, da ich diese Zeilen schreibe, ist noch nichts entschieden. Ich habe mich geärgert, dass ich ihr die Frage nicht gestellt habe, aber da ich sie ja auch nicht nach ihrem Vornamen gefragt hatte, habe ich mich nicht getraut, sie zurückzurufen. Mit dem Ergebnis, dass ich seit diesem Gespräch zweifle und unaufhörlich daran denke. Zweifeln ist nicht gut für mich, die Frage verfolgt mich. Doktor Borodine würde mir raten, mich nicht darin zu verbeißen, was leichter gesagt ist, als getan. Entweder man ist ein Zwangscharakter oder nicht. Und ich bin einer, ihm zufolge, auch wenn diese Diagnose mich wundert. Aber ich habe blindes Vertrauen zu diesem Mann. Trotzdem, »Zwangscharakter« finde ich etwas heftig. Ich würde diesen Charakterzug eher als Beharrlichkeit bezeichnen: Wenn ich eine Idee habe, halte ich daran fest, das ist alles. Es sei denn, meine Idee hält mich fest? Unglaublich, wie ich unablässig über mich selbst nachdenke, seit ich zu Doktor Borodine gehe. Jedenfalls kommt es nicht infrage, dass ein anderer Hund die Wohnung betritt, das steht fest. Von einer Hündin ganz zu schweigen. Mylord weiß nicht einmal, dass es Weibchen gibt (ich habe ihm jede Konfrontation mit dem anderen Geschlecht erspart), und ich habe nicht vor, das Risiko einzugehen, ihm ihre Existenz mit dreizehneinhalb Jahren zu offenbaren, vor allem in seinem Zustand. Seine Chancen wären viel zu mager und der Schock zu heftig.

Ich bin besorgt, das ist es. *Besorgt.* Ich werde mit Doktor Borodine darüber reden müssen.

Über einen Monat habe ich gebraucht, um mich zu dieser Anzeige durchzuringen, und jetzt, wo ausgemacht ist, dass diese Person, deren Namen ich nicht kenne (und warum nicht, dumme Kuh?), am heutigen Montag zu mir kommen wird, fühle ich mich wie in einer Falle, die Aussicht darauf ängstigt mich im höchsten Maß. Doch ich habe keine Wahl, ich brauche jemanden, es geht nicht anders. Seit bald vier Jahren gehe ich ein- bis zweimal in der Woche für zwei Stunden aus dem Haus, je nach meinen Terminen, wie ich es in der Anzeige erklärt habe, aber ich kann Mylord seit seinem Herzanfall nicht mehr alleinlassen, obwohl er mich vorher immer gern begleitet hat und die ganze Stunde lang brav im Wartezimmer sitzen blieb, mein armes Baby.

Um ehrlich zu sein – und das bin ich immer, aus Prinzip, denn ohne eine einwandfreie Moral kann nichts Gutes entstehen –, muss ich zugeben, dass ich nie selbst darauf gekommen wäre, in einer Anzeige nach einer *Putzfrau* zu suchen. Josiane hat mir die Augen geöffnet über die Risiken, die ich eingehen würde, wenn ich meine Wohnung regelmäßig, wenn auch nur kurz, leer stehen ließe, denn das würde einem einigermaßen geschickten und erfahrenen Einbrecher, der meinen Wochenablauf beobachtet hätte, genügen. Ganz zu schweigen von dem armen Mylord, der sich selbst überlassen bliebe. Nicht dass Josiane misstrauisch wäre, aber sie ist nicht gutgläubig. Ich weiß nicht viel über das Leben, das merke ich immer wieder. Josiane ist viel gescheiter als ich, das ist sicher, und so befolge ich ihre Ratschläge fast ebenso blind wie die von Doktor Borodine.

Ihre Idee kam mir jedenfalls nicht so schlecht vor, sie würde mich vor eigennützigen oder zwielichtigen Gestalten bewahren. Wenn ich offen einen Hundesitter für zu Hause suchte, könnten skrupellose Menschen meine Gutherzigkeit ausnutzen, um mir wer weiß was abzuluchsen. Wer Tiere liebt, liebt auch die Menschen, das ist allgemein bekannt, selbst wenn ich diese Erfahrung nicht persönlich gemacht habe.

Zu behaupten, ich suchte eine Putzfrau, kam mir zwar unehrlich vor, denn das war ja nicht der tatsächliche Grund meiner Anzeige, und ich lüge nicht gern, aber Josiane hat mich davon überzeugt, dass Lügen manchmal notwendig sind und dass im Übrigen nicht wirklich von Lüge oder Schwindel die Rede sein könne, solange es glaubwürdig sei.

Denn letztlich, wie sie so schön sagt – auch wenn ich finde, dass sie ein bisschen übertreibt –, könnte eine Frau meines Alters und *meiner Leibesfülle* auf jeden Fall eine punktuelle und zugleich regelmäßige Hilfe gebrauchen.

Kann man sagen, dass etwas zugleich »punktuell« und »regelmäßig« ist? Ich werde das Problem Doktor Borodine bei unserem nächsten Termin unterbreiten, das wird ein guter Einstieg sein. Ich komme gerne mit Fragen zu ihm. Diskussionen sind nicht meine Stärke, Scherze, Bonmots, Wortwechsel liegen mir nicht, ich habe nicht Josianes Talent, tausend amüsante und fast immer neue Anekdoten zu erzählen, ich bin keine Stimmungskanone. Natürlich gehe ich nicht zu Doktor Borodine, um Konversation zu machen; wir sprechen über meinen Fall. Das heißt, vor allem ich spreche darüber, ungefähr zehn Minuten lang, was normal ist, denke ich. Doktor Borodine macht sich dabei Notizen in ein großes schwarzes Heft (ich habe fast das gleiche im Zeitungsladen der Rue Montlajoie gefunden und nehme seitdem nur noch dieses Modell, das gibt mir ein angenehmes Gefühl von geheimem Einverständnis). Ich rede also von mir, bis Doktor Borodine den Moment für gekommen hält, um seinen Kugelschreiber wegzulegen, meinen Sessel in die Entspannungsposition zu bringen, Musik anzumachen und vorzugehen wie gewohnt, und dann breitet sich Wohlbehagen in mir aus.

Manchmal (der Ablauf ist nicht immer gleich) kommen wir am Ende der Sitzung auf eine bestimmte Frage zurück oder auf meine allgemeinen Gefühle in Bezug auf die vergangene Woche. Doktor Borodine nennt das ein »Debriefing«, und wenn er diesen Begriff gebraucht, fühle ich mich immer wie die Heldin eines Spionagefilms.

Tatsächlich trägt alles zu dieser romantischen Illusion bei (Doktor Borodine denkt sicher, dass ich eine Menge »romantische Illusionen« habe): die gedämpfte Atmosphäre seiner Praxis, das sanfte Licht, die orientalische Musik im Hintergrund, der schwere Räucherstäbchenduft, die leise, sinnliche Stimme von Doktor Borodine, sein weicher slawischer Akzent. Wie soll man sich da nicht für eine Doppelagentin halten, die von einer geheimnisvollen, im Sold der Russen arbeitenden Organisation gefangen gehalten wird? Ich lache selber über meine Dummheiten. Ich schreibe wirklich Unsinn.

Trotzdem, ich wäre wirklich gern Spionin gewesen, glaube ich, wenn ich mutig und schlau wäre und nicht solche Schwierigkeiten hätte, aus dem Haus zu gehen. Ich erinnere mich nicht, schon einmal daran gedacht zu haben, Doktor Borodine davon zu erzählen. Vielleicht würde das meine Persönlichkeit in ein neues Licht rücken?

Frage: Kann man Geheimagentin werden, wenn man unter Agoraphobie leidet?

Dieses Treffen beunruhigt mich. Ich komme darauf zurück, während mein Kräutertee zieht, denn der Gedanke daran verfolgt mich, und Doktor Borodine war in diesem Punkt sehr entschieden: Ich muss Fragen, die mich verfolgen, unbedingt loswerden. Und dazu muss ich sie aufschreiben. Wie er so oft sagt: »Schreiben Sie, schreiben Sie. Das Schreiben erlaubt es Ihnen, etwas von Ihrer Last abzuladen, liebe Madame Suzain.«

Ich hatte mein Heft an seinen Platz unter dem Foto von Mylord auf meinem Nachttisch zurückgelegt und mich wieder an mein Kreuzworträtsel gemacht *(elf Buchstaben mit einem* n *an fünfter Stelle: Will Aufmerksamkeit auf sich ziehen, ohne im Mittelpunkt zu stehen)*, aber ich habe es nicht ausgehalten, ich musste weiterschreiben.

Die Besorgnis wirkt auf mich wie ein Insektenstich, zuerst ist da fast nichts, dann wird es deutlicher, es kratzt, es juckt, breitet sich allmählich aus, am Ende würde man sich am liebsten die ganze Haut vom Leib reißen. Denken ist ein Juckreiz. Schreiben erleichtert mich.

Doktor Borodine hat recht: Sobald ich vor meinem Heft sitze, lade ich meine Last ab. Ich spüre, wie die Gedanken in meinem Kopf herumschwirren, manchmal sind sie so schnell, dass mir ganz schwindelig wird, aber ich muss nur anfangen zu schreiben, dann beruhigt und besänftigt sich alles, die Sätze stellen sich in Reih und Glied auf, so wie die Schüler früher, als ich klein war, bevor sie in ihre Klassenzimmer gingen.

Das Thema des Tages: Diese junge Frau wird in etwas über einer Stunde hier sein, und es gibt nichts, was ich mehr hasse, als wenn ein(e) Unbekannte(r) in meine Wohnung eindringt, da bekomme ich sofort das Gefühl zu ersticken und falle beinahe in Ohnmacht. Was tun?

Ich war schon immer ängstlich, das ist meine Konstitution (oder sollte ich sagen »mein Naturell«? Mir ist der Unterschied nicht ganz klar. Ich werde Doktor Borodine fragen.) Ich brauche eine Menge Zeit und Energie, um mich an ein neues Gesicht zu gewöhnen und keine Panik oder Bedrängnis mehr zu empfinden. Ich habe über zwei Jahre gebraucht, um mich an den neuen Hausmeister zu gewöhnen, Monsieur Bénévat (oder Bénavant oder Banévant, ich habe seinen Namen nicht genau verstanden, er murmelt mit starkem Dialekt in seinen Schnurrbart, und ich werde mich hüten, ihn noch mal danach zu fragen. Das wäre unhöflich, als Wohnungseigentümerin müsste ich ihn eigentlich kennen.) Zwei Jahre … Darauf bin ich nicht stolz. Noch länger habe ich gebraucht, um mich an den Briefträger zu gewöhnen. Allerdings kommt er zum Glück nur sehr selten. Und ich werde es nie wagen, irgendjemandem zu gestehen, wie lange ich gebraucht habe, um mich an die Gegenwart meines Mannes zu gewöhnen. Ich bin das, was man eine Agoraphobikerin nennt, oder, laut einiger der vielen Ärzte, die ich aufgesucht habe, eine Sozialphobikerin. Sie scheinen sich in diesem Punkt nicht einig zu sein, wie in vielen anderen. Das Einzige, worauf sie sich problemlos und in schönster Harmonie einigen können, ist ihr Honorar. Wie auch immer, dank Doktor Borodine habe ich große Fortschritte gemacht, denn ich wage es inzwischen, von meinen Schwächen zu reden. Viele Jahre lang habe ich jeden noch so winzigen oder unwahrscheinlichen Vorwand beim Schopf ergriffen, um mich nicht einladen zu lassen, nicht zu Feiern zu gehen, nicht mit Menschen zu verkehren. Ich hatte den Ruf, eine eingebildete Person zu sein, dabei bin ich das nun wirklich nicht. Jede fremde Gegenwart und jede soziale Verpflichtung belasten mich ganz furchtbar, ich habe das Gefühl, dass man mir die Luft zum Atmen nimmt, dass der Raum sich verengt, dass ich strohdumm bin und jeder meine Dummheit bemerkt, dann überkommt mich entsetzliches Unbehagen, verschärft durch die Gewissheit, dass ich bald unter entsetzlichen Qualen sterben werde. Für mich gibt es Ruhe und Frieden nur in der Einsamkeit – erklären Sie das mal jemandem!

Als Mylord seinen Herzanfall hatte, hätte ich es beinahe nicht geschafft, der Tierärztin die Tür aufzumachen, dabei lag mein armer Schatz röchelnd und mit herausquellenden Augen – was bei einem Mops sehr erschreckend ist – auf dem Teppichboden, und ich wusste nicht, wie ich ihm helfen sollte. Aber die bloße Vorstellung, eine Unbekannte in meine Wohnung zu lassen, versetzte mich in Panik, ich fühlte mich schrecklich, und als die Tierärztin schließlich geklingelt hat, habe ich zehn Minuten gebraucht, um mich dazu durchzuringen, ihr zu öffnen. Zehn Minuten!

Zum Glück hatte sie Geduld und einen wichtigen Anruf zu erledigen, während sie im Treppenhaus wartete.

Natürlich erzähle ich mir nichts Neues, indem ich das alles aufschreibe, denn ich kenne mein Leben ja schon. Ganz am Anfang meiner Therapie war ich von dieser Tagebuchgeschichte ehrlich gesagt nicht besonders überzeugt, ich verstand nicht, warum ich mich besser fühlen sollte, wenn ich mich derart entblößte. Trotzdem habe ich mich gezwungen, meine Gedanken aufzuschreiben, wie sie kamen, im Wissen, dass nie jemand außer mir sie lesen würde, denn ich kann mir nicht recht vorstellen, sie Mylord vorzulesen. (Das ist ein Scherz, der Josiane gefallen hätte. Sie Mylord vorlesen! Was bist du doch dumm, armes Ding!) An manchen Tagen würde ich gern darauf verzichten, aber dann ist mir, als würde ich Doktor Borodines Stimme hören, in diesem etwas strengen, väterlichen Ton, den er anschlägt, wenn er mit mir schimpfen muss:»Schreiben Sie alles auf, Madame Suzain! Schreiben Sie alles auf, Ihre Ängste, Ihre Träume, Ihre Fragen, Ihre Stimmungsschwankungen, all Ihre geheimsten Gedanken, all die Gefühle, die Ihre Seele bedrängen.«

All die Gefühle, die Ih*rrr*e Seele bed*rrr*ängen. Dieses gerollte *R* ist einfach zauberhaft. Und dieser Mann drückt sich so vollendet aus! Ihn sprechen zu hören ist ein Genuss. Ich würde mich gern an jedes seiner Worte erinnern, aber kaum hat die Sitzung begonnen, verfalle ich jedes Mal selig in einen seltsamen, etwas wattigen Zustand.

Ich werde Josiane nie genug dafür danken können, dass sie mir seine Adresse gegeben hat. Ohne sie hätte ich Doktor Borodine nie kennengelernt. Ich weiß nicht, was dann aus mir geworden wäre.

Ich schreibe also seit einiger Zeit mein Leben auf, ich bin schon beim dritten Heft, und zu meiner großen Überraschung muss ich sagen, dass diese Tätigkeit mich mehr und mehr entspannt. Es sieht so aus, als fände ich Geschmack daran.

Exzentrisch. Endlich habe ich das Wort mit den elf Buchstaben gefunden! »Will Aufmerksamkeit auf sich ziehen, ohne im Mittelpunkt zu stehen: *exzentrisch.*«

Um auf diese junge Frau zurückzukommen, ich hätte ja Josiane gefragt, ob sie Mylord hüten könnte, während ich bei Doktor Borodine bin, schließlich hat sie ihn mir empfohlen. Aber einerseits hätte ich sie nicht damit behelligen wollen, und andererseits, und das ist der Hauptgrund, ist sie vor über sechs Monaten weggezogen. Sie lebt jetzt bei Cannes in einer Luxusresidenz für Senioren. Sie kann es sich leisten, muss man sagen. Als Rosario nach nur acht Ehejahren gestorben ist – manche haben eben Glück –, hat er ihr ein solches Vermögen hinterlassen, dass sie angesichts ihres Alters nicht genug Zeit haben wird, es durchzubringen, so verschwenderisch sie auch sein mag.

Sie hat mir angeboten, sie einmal dort zu besuchen, was sehr liebenswürdig von ihr ist. Natürlich werde ich es nicht tun. Außer, wenn sie mir in zehn Jahren nie wirklich zugehört hat – was durchaus möglich ist –, weiß Josiane, dass ich tausend Tode sterbe, sobald ich das Haus verlassen muss. Eine lange Zugfahrt und eine Nacht im Hotel sind für mich einfach undenkbar. Aber ihre Einladung hat mich doch gerührt. Schließlich verpflichtete sie nichts dazu.

Josiane ist eine treue Freundin, die einzige Freundin, die ich habe. Wir stehen uns sehr nahe, ich rufe sie jeden zweiten Mittwoch um 12 Uhr 15 an, direkt nach ihrem Mittagessen. Außer wenn Feiertag ist, versteht sich. Vor dem Mittagessen ist es zu früh, sie ist kein Morgenmensch. Und danach hat sie ihr Canasta. Sie sagt das so leichthin, »Ich habe *mein Canasta*«, als hätte sie ihr Leben lang gespielt. Wenn Rosario nicht beim Lotto die richtigen Kreuzchen gemacht hätte, würde sie mit ihrer mickrigen Rente immer noch in ihrer Wohnung im fünften Stock ohne Aufzug leben. Wohlgemerkt, ich bin nicht neidisch: Wenn ich so viel Geld gewonnen hätte, hätte ich nicht gewusst, was ich damit anfangen sollte. Ich habe mal eine Sendung über einen Milliardär gesehen, der jahrelang ganz oben in einem Turm gelebt hat, weil er panische Angst vor Bakterien und Krankheiten hatte. Es gibt schon komische Leute.

Kurz, mir scheint, reich zu sein ist nur dann interessant, wenn man es ein bisschen zeigen kann. Gutes tun, zum Beispiel, wie dieser andere amerikanische Milliardär (ich habe mir den Namen nicht gemerkt, aber jeder kennt ihn), der sein Geld für lauter gute Zwecke verschwendet.

Wenn ich reich wäre, würde ich auch gern für einen guten Zweck spenden, wenn ich dafür ein bisschen Anerkennung bekäme. Für einen humanitären Zweck, genau! Ich hätte zum

Beispiel sehr gern ein Krankenhaus mit meinem Namen. Die Leute würden sagen: »Lässt du dich im Suzain-Krankenhaus operieren? Recht hast du, das ist eine sehr gute Einrichtung.«

Nun ja, das sind alles Träume.

Alles Träume.

Wie wär's, wenn ich auf den Grund meiner Besorgnis zurückkäme, statt vom Hundertsten ins Tausendste zu geraten?

Nachdem ich also im Lebensmittelladen die Anzeige ans Brett gepinnt hatte, fühlte ich mich fiebrig, zutiefst beunruhigt und sogar aufgewühlt. Ja, aufgewühlt, das ist das richtige Wort. Ich fragte mich, was nur in mich gefahren war, einen solchen Wahnsinn zu wagen. Ich bin manchmal wirklich lächerlich ... Ich wäre fast zurückgegangen, um die Anzeige wieder abzuhängen, und musste einen furchtbaren Kampf gegen mich selbst durchstehen. Eine große Hilfe war mir dabei der Umstand, dass ich schon wieder in der Wohnung war, und am selben Tag ein zweites Mal hinauszugehen hätte meine Kräfte überstiegen. Ein- oder zweimal in der Woche, das ist mein Rhythmus, denn seit vier Jahren erledige ich meine Einkäufe immer auf dem Rückweg von Doktor Borodine.

Zwei Fliegen mit einer Klappe.

Aber trotzdem, der Gedanke an diese Anzeige, die ich gerade vor aller Augen aufgehängt hatte, verstörte mich derart, dass ich meine Zenocalm-Dosis verdoppeln musste und mitten in der Nacht ein zweites Noctisom nahm, was selten vorkommt. Ich habe es Doktor Bodrodine bei meinem nächsten Termin gestanden, ich verheimliche ihm nichts. Im Übrigen bin ich mir sicher, dass er es merken würde, wenn ich ihm etwas verheimlichen wollte. Dieser Mann liest in mir wie in einer Kristallkugel, auch wenn ich, während ich das schreibe, finde, dass es nicht sehr schmeichelhaft ist, mich mit einer Kugel zu vergleichen, und sei sie aus Kristall. Ich habe dieses zweite Noctisom also Doktor Borodine gestanden. Er hat mich scharf angesehen, mit dem Zeigefinger gewackelt, wie um »nein, nein, nein« zu sagen, und geschimpft, diese Pillen werfe man nicht ein wie Erdnüsse, bevor er von sich aus hinzufügte, dass der Ausdruck schlecht gewählt sei, weil man Erdnüsse natürlich nicht »einwerfe«.

»Sonst würden eine Menge Leute daran ersticken!«, hat er noch hinzugefügt und gelacht, und wenn er lacht, geht mir sein schelmischer Blick durch und durch. Wü*rrr*den eine Menge Leute da*rrr*an e*rrr*sticken …

Es ist 17 Uhr 20, ich muss mich für das Treffen mit der jungen Frau bereitmachen.

Ich hoffe von ganzem Herzen, dass sie pünktlich sein wird. Ich habe gestern und den ganzen heutigen Vormittag Großputz gemacht. Sie soll nicht denken, dass ich eine Putzfrau nehme, weil ich nicht in der Lage bin, selbst aufzuräumen und zu putzen. Man muss immer einen guten Eindruck machen, vor allem, wenn es der erste ist. Und ich bin noch sehr agil, was Josiane und Doktor Borodine auch sagen mögen, die völlig auf mein Gewicht fixiert sind.

Aber ich erwidere jedes Mal, wenn das Thema wieder aufs Tapet* kommt: Etwas Übergewicht schließt weder Wendigkeit noch Vitalität aus, da braucht man sich nur die Sumo-Ringer anzuschauen.

Ich hoffe, der Geruch nach dem Hund dieser jungen Frau wird meinem Mylord nicht zu sehr zusetzen. Er ist seit seinem Herzanfall so anfällig geblieben, mein süßer Kurzhaarbonsai, meine kleine Liebeskröte. Jede Kleinigkeit verstört oder reizt ihn.

Am Abend seines Anfalls hat mir die Tierärztin gesagt, es wäre sehr knapp gewesen, er würde jetzt viel Ruhe brauchen, und vor allem – das hat sie stark betont – müsse er dringend abnehmen.

---

* Ich hätte schreiben sollen: *aufs Tatami*. Das wäre wieder ein Scherz gewesen, der Josiane gefallen hätte!

Sie hat mich dabei auf eine Art angeschaut, dass ich mich mitgemeint gefühlt habe, und natürlich haben daraufhin meine Finger sofort zu kribbeln begonnen, mein Mund wurde trocken, meine Hände verkrampften sich in Pfötchenstellung, meine Ohren fielen zu, mein Sichtfeld verengte sich wie in einem Tunnel, und da habe ich sie etwas plötzlich zur Tür gebracht, muss ich gestehen, denn ich hatte nicht die geringste Lust, in ihrer Gegenwart einen Tetanie-Anfall zu bekommen.

Es stimmt schon, dass ich ein bisschen abnehmen müsste.
Aber so schlimm ist es auch wieder nicht.

Ich finde die Anzeige an einem Freitag am schwarzen Brett des Lebensmittelladens, wo ich auf Diegos Rat hin nachschaue, ob nicht zufällig jemand den Regenschirm wiedergefunden hat, den ich am Dienstag verloren habe, das heißt vor drei Tagen, was leicht zu erinnern ist, weil es seitdem nicht geregnet hat und ich sonst nirgendwohin gegangen bin. Umso leichter, als ich noch am selben Tag, eben letzten Dienstag, zurück in den Laden gegangen bin, um zu schauen, ob ich meinen Regenschirm nicht dortgelassen hatte, was logisch erschien, da er nicht bei mir zu Hause war.

Wu-Hu-Ha-Ha.

Die Dunkelhaarige, die auch bei schönem Wetter immer einen Flunsch zieht, antwortet mir dreimal nein, weil ich ihr die Frage auch am Mittwoch und am Donnerstag noch mal stelle. Bis zu diesem Freitag, an dem Diego der Chef mir auch nein antwortet, aber in freundlichem Ton, nachdem er mich beiläufig gebeten hat, nicht zu nah an die Gemüseauslage ranzugehen, weil die ein bisschen wackelig ist, und bevor er hinzufügt: »Hast du schon am schwarzen Brett nachgeschaut? Mach das mal. Wenn ich du wäre, würde ich da nachschauen, man weiß ja nie! Wer nicht wagt, der nicht gewinnt.« Ich traue mich nicht, ihm zu antworten, wenn er ich wäre, wie er gerade gemeint hat, dann wäre sein Leben so was von anders, das kann er sich gar nicht vorstellen, ich habe schon lange aufgehört, solche fruchtlosen Diskussionen vom Zaun zu brechen. Wenn ich die Perspektive von all denen, die ihre Sätze mit »Wenn ich du wäre« beginnen, geraderücken wollte, bräuchte ich mehr Stunden am Tag, mehr Tage im Monat, mehr Monate im Jahr, mehr als ein einziges Leben. Bis zum Beweis des Gegenteils ist außer mir niemand ich, und wenn man die Plätze tauschen könnte, würde sicher niemand Schlange stehen, um meinen zu übernehmen. Ich verzichte also auf eine Diskussion und gehe die Kleinanzeigen studieren. Diego ruft mir noch nach: »Pass auf den Obst- und Gemüsewagen auf, vor allem auf die Melonen bitte, ich habe eine Stunde geschwitzt, um sie so aufzuschichten, der Stapel ist nicht sehr stabil.« Ich mache ein Zeichen, dass es okay ist, zwischen all meinen anderen Zeichen und meinen Wu-Hu-Ha-Has.

Ich lese also die Kleinanzeigen, obwohl ich bei mir denke, wie man in alten Romanen sagt, falls eine Kundin meinen Regenschirm zwischen den Konservendosen oder Milchtüten gefunden hätte, hätte sie ihn sicher an der Kasse abgegeben, statt ihre Zeit für eine Anzeige zu verschwenden. Wer würde sich die Mühe machen, für einen Regenschirm eine Annonce zu hinterlassen, es sei denn Wu-Ha er oder sie wollte Finderlohn dafür so wie manche für einen Hund oder eine Katze, völlig absurd, es gibt tatsächlich Leute, die eine Belohnung verlangen, weil sie eine Katze gefunden haben Ta Tadaaa ich weiß, es scheint idiotisch, Kleinanzeigen zu studieren, um einen Regenschirm wiederzufinden, wenn man weiß, was so ein Ding kostet, vor allem *made in China*, aber meiner ist nicht *made in China* Ha er stammt aus dem Haus Piganiol in Aurillac. Und vor allem habe ich ihn von meiner Mutter geerbt, die ihn von Oma Paula hatte, die ihn wiederum von Uroma Albertine hatte, nicht aus Sparsamkeit, sondern als Familienandenken. Und ja, ich weiß, es ist nur ein Regenschirm, wie Freddie so schön gesagt hat: »Du wirst dir doch nicht von einem Regendeckel an der Leber fressen lassen, Schätzchen!« Ich frage mich, wo er solche Ausdrücke hernimmt. An der Leber fressen. Regendeckel. Außer Freddie, der siebenunddreißig ist, redet kein Mensch mehr so, außer vielleicht Hundertjährige. Klar, es ist nur ein *Regendeckel*, aber ich kenne ihn schon mein Leben lang, er ist schön er ist groß er ist stabil, mit einem weichen Griff aus Ahorn und feinen Speichen aus Binsen, wir haben ihn mehrmals neu bespannen lassen, zweimal meine Mutter, einmal ich, und es ist gar nicht einfach, jemanden zu finden, der das noch kann, ich habe eine ganze Weile gesucht. Und er hat meiner Mutter gehört, die vor drei Jahren gestorben ist Ta Ta Ta sie fehlt mir in jedem Augenblick meines Lebens, vor allem an den Tagen, an denen es mir schlecht geht Ta Tadaaa das heißt an den meisten, dieser Regenschirm ist nicht irgendein gewöhnlicher Gebrauchsgegenstand, sondern tatsächlich eine Verlängerung meiner selbst, der mir zwar vor allem bei Regen dient, okay, aber trotzdem. Er hat mir gedient, der Beweis ist, dass ich ihn tatsächlich verloren habe. Dieser Regenschirm ist meine Kindheit und meine Mutter zugleich, er ist die Materialisierung ihrer beruhigenden Gegenwart, er beschützt mich beschützte mich, es gibt nichts Schmerzlicheres, als in der Vergangenheitsform von Dingen reden zu müssen, an denen man hing, vor allem wenn sie einen an Menschen erinnern, an denen man noch mehr hing. *Ganz generell* ist nichts schmerzlicher, als in der Vergangenheitsform reden zu müssen, außer wenn es sich um schlechte Erinnerungen handelt, und in dem Fall wäre es am besten, überhaupt kein Gedächtnis zu haben. Ich habe diesen Regenschirm gekannt, solange ich auf der Welt bin, also nicht seit Urzeiten, wie Freddie sagen würde, weil ich in einem Monat erst neunundzwanzig werde, und mein ganzes Leben im Vergleich zu dem von Jeanne Calment mit ihren hundertzweiundzwanzig Jahren keine besondere Leistung ist, aber es war doch mein Regenschirm, und ich hänge daran, auch wenn

Freddie sagt, ich sei damit echt eine Gefahr für die Öffentlichkeit Wu-Hu-Ha und für die Leute aus der Nachbarschaft wäre es eine gute Nachricht, wenn ich ihn ein für alle Mal verloren hätte. Worauf ich ihm antworte, dass die Leute, die mir entgegenkommen, sowieso sehr schnell kapieren, dass sie besser die Straßenseite wechseln sollten, wenn sie ein Mindestmaß an Beobachtungsgabe haben, und im Übrigen tun sie das auch oft ganz spontan, vor allem, wenn sie mir vorher schon mal begegnet sind, weil.

Am schwarzen Brett hängt jedenfalls keine einzige Anzeige, in der von einem Regenschirm die Rede wäre, es bricht mir das Herz. Es ist der einzige alte Gegenstand, den ich besitze, zusammen mit einer Goldkette, die Mama mir zwei Wochen vor ihrem Tod gegeben hat, als hätte sie etwas geahnt. Eine sehr hübsche Kette, nur der Verschluss ist kaputt, und ich habe kein Geld, um ihn reparieren zu lassen. »Man sollte sein Herz nicht an materielle Dinge hängen, mein Schatz«, sagt Freddie oft, wenn er mich das Leben lehren will, »man sollte sein Herz an nichts hängen, was man verlieren kann. Eigentum ist die Quelle allen Unglücks, jeder Besitz trägt die Möglichkeit des Verlustes schon in sich.« Er muss das in einem seiner Ratgeber über persönliche Entwicklung gelesen haben, und ich bin ganz seiner Meinung, wobei ich ihn an dem Tag, als ich beim Schuhausziehen seinen Bildschirm zerdeppert habe, viel weniger entspannt fand, da hing der gute Freddie plötzlich sehr an seinen Besitztümern und war überhaupt nicht verlustbereit.

Ich lese alle Kleinanzeigen noch einmal durch, dabei spüre ich zwischen meinen Schulterblättern den angespannten Blick von Diego, der wahrscheinlich Todesängste um seine Melonenpyramide aussteht, und die Blicke der Kinder, die ihre Mutter ungläubig lachend am Ärmel ziehen, »Mama, hast du die Frau gesehen? Guck mal die Frau da, hast du gesehen?«, und die erstickten Stimmen der Mütter: »Hör auf, das gehört sich nicht! Hörst du wohl auf!« Bei der zweiten Durchsicht fällt mir die mit zittriger Hand verfasste Anzeige auf, eine aus einem Notizbuch herausgerissene Seite, wie an den Zacken am Rand unschwer zu erkennen ist, mit einer Telefonnummer auf kleinen Streifen, die man nur abzureißen braucht. In der Anzeige wird eine Putzhilfe gesucht, für zwei Stunden, ein- oder zweimal pro Woche, *je nachdem*. So steht es da, *je nachdem*, aber je nach was Ta Tadaaa Ungenauigkeiten machen mich immer nervös. Vielleicht sind es Leute, die gern feiern oder die kleine Kinder haben, sodass die Unordnung irgendwann überhandnimmt. Es gibt so viele Gründe für Unordnung. Bei mir sieht es jeden Wochentag aus wie in Syrien, alles ist zu reparieren aufzukratzen zusammenzuflicken oder wegzuwerfen *je nachdem*, ich übertreibe natürlich, in Syrien ist es viel schlimmer, da weinen Leute um andere Leute, die sterben, so ist es bei mir nicht Wu-Ha bei uns, bei mir reicht die Spanne eher von Blechschäden bis Tontaubenschießen. Freddie sagt immer, wenn ich eines Tages nicht mehr weiß, was ich mit meinem Leben anfangen soll, könnte ich mich selbstständig machen und ein Abbruchunternehmen gründen. Genau deshalb bin ich wahrscheinlich mit Freddie zusammen, seine Art, über mich zu lachen, tut mir unheimlich gut, zumindest an den Tagen, an denen ich es aushalte, in meiner Haut zu leben. Warum Freddie mit mir zusammen ist Wu-Hu-Ha-Ha das weiß ich allerdings nicht.

Ich entschließe mich, als ich die Adresse in der Anzeige sehe, sie liegt nämlich in meiner eigenen Straße, in der Rue des Soupirs Nummer 57, ich kenne das Haus, ein alter Kasten mit einer schönen Steinfassade, Balkons mit Blumenkästen und in Stein gehauenen Blätterornamenten. Seit ich hier lebe, bald fünf Jahre, frage ich mich, wie die Wohnungen in dem Haus wohl aussehen. Die bloße Aussicht auf einen Besuch genügt, um mich zu überzeugen, also reiße ich eine der Telefonnummern ab, so ordentlich wie möglich, fast hätte ich es geschafft, als natürlich Hu-Hu zwangsläufig Hu-Ha. Egal, ich brauche diese Arbeit, ich kann nicht noch einen Fehlschlag noch eine Absage wegstecken. In Freddies Ratgebern über persönliche Entwicklung, die ich in den letzten Monaten nebenbei ziemlich zerknittert und zerfetzt habe, steht, dass man sich in positiver Visualisierung üben muss. Sich sagen muss, dass das, was man unbedingt will, gerade schon geschieht oder ohne jeden Zweifel bald geschehen wird. Ich werde diese Arbeit bekommen verfluchte Scheiße also muss ich die Anzeige auch nicht am schwarzen Brett lassen, der Job gehört mir Tadaa eine Perspektive, zwei Stunden Putzen ein- oder zweimal in der Woche, das wird meine Herausforderung sein, man kann es nennen, wie man will, die Idee ist, etwas zu schaffen, von dem niemand und nicht einmal man selbst geglaubt hätte, dass man es schaffen kann, um nicht allmählich zugrunde zu gehen an einer übergroßen Verletzung des Selbstwertgefühls. Diego schaut zu, wie ich einen Teil des schwarzen Bretts verwüste, und als ich mich bücke, um die Magneten die Heftzwecken die Anzeigen für Fahrräder Autos Kätzchen, die Flyer für Yoga- und Zumba-Kurse, die Werbung für den nächsten Sonntagsflohmarkt aufzuheben, sagt er eilfertig: »Lass nur, schon gut! Ich habe eh gerade nichts zu tun, das wird mich eine Weile beschäftigen.« Ich sage: »Okay, danke« und winke ihm ausladend zu, ich sehe ihn zusammenzucken, sich die Augen zuhalten, meine Hand ist nicht weit von seiner Cheops-Pyramide aus perfekt gereiften Melonen vorbeigefegt. »Bist du fündig geworden?«, fragt Diego und meint meinen Regenschirm. Ich sage: »Nein, nichts Neues, was soll's.« Ich sage: »Aber man weiß ja nie, wenn du etwas hörst, gib mir Bescheid.« Ich füge hinzu: »Ich habe gerade Wu-Ha eine Ha-Ha eine Anzeige gesehen, die mich interessiert, ich nehme sie mit, wenn du nichts dagegen hast Blödmann Affenarsch.« Er nickt, verkneift sich jeden Kommentar, was ungewöhnlich ist, er ist eher der Typ für gnadenlose Witze und ironische Kommentare. Als er mich das erste Mal gefragt hat, ob ich nicht zu den Zeiten kommen könnte, wo im Laden nichts los ist, um für ein bisschen Stimmung zu sorgen, hätte ich ihm beinahe eine geknallt, und ich hätte es auch getan, wenn ich irgendeine Aussicht gehabt hätte, sein dickes rundes Melonengesicht mit dem grauen Drahthaarschnurrbart zu treffen, aber keine Chance, außer mit sehr viel Zeit, weil zielen Ta Ta Tadaaa.

Freddie und Diego sind die Einzigen, die sich offen über mich lustig machen, der eine aus Liebe, der andere aus Sympathie, ich sage offen, denn der Rest der Welt tut es hinter meinem Rücken, mit genauso viel Schwung, aber etwas weniger Achtung. Ich bin nicht paranoid, aber ich bin auch nicht taub. Nur meine Mutter, und dabei hatte sie Humor, der Beweis ist, dass sie es geschafft hat, meinen Vater attraktiv zu finden, nur meine Mutter hat es nie gewagt, über mich zu lachen, über meine Störgeräusche über mein Rauschen in der Leitung, sie hat nie über *alldas* lachen können. Das ist schade, sie hätte lieber spotten sollen, um mich etwas abzuhärten. Wenn man im Leben eines lernen sollte, dann über sich selbst zu lachen, bevor die anderen es übernehmen Wu-Hu-Hu Ha-Ha-Ha.

Als ich nach Hause komme, erzähle ich Freddie von der Anzeige, ich sage: »Ich habe einen Job gefunden ich will ihn ich werde ihn bekommen«, aus all den Gründen, die ich mir unterwegs vorgesagt habe, wobei der wichtigste der mit der Selbstachtung ist. Freddie verzieht den Mund, wiegt den Kopf und sagt: »Willst du deine Selbstachtung wirklich davon abhängig machen, ob du bei einem wildfremden Menschen putzen gehst, der dir einen Hungerlohn dafür bezahlt, dass du seinen Dreck wegmachst?« Dann korrigiert er sich: »Entschuldige, das war blöd von mir, mein Schatz. Natürlich ist das eine gute Idee. Ich meine nur, na ja, ich weiß nicht recht, weil du und putzen … Aber wenn es jemand ist, der seine Wohnung leerräumen will, dann bist du wirklich die ideale Person dafür. Achtung, meine Tasse, mein Häschen, bitte. Nein, ist nicht schlimm, lass nur.« Er nimmt mich in die Arme, was nicht so leicht ist, wie es klingt, nicht, dass ich dick wäre, ich bin dünn wie ein Hering, alles andere wäre auch erstaunlich, in Anbetracht all der Energie, die ich verbrauche, aber mich in die Arme zu nehmen ist *kein leichtes Unterfangen, mein Guter*, wie die Baronin in einem zweitklassigen alten Film mit spitzen Lippen sagen würde. Er hält mich eine ganze Weile an sich gedrückt, was entweder seinen Mut oder seinen Leichtsinn beweist. Freddie ist nicht sehr groß, eher unter dem Durchschnitt, aber er hat stählerne Muskeln, die er jeden Tag im Studio trainiert, »Für den Fall, dass dir was passiert, mein Schatz, und ich dich im Bombenhagel durch Ruinenfelder ganz allein ins Krankenhaus tragen muss und das Krankenhaus zweiundzwanzig Kilometer entfernt liegt und es schneit und ich einen offenen Schienbeinbruch habe, aber ich bin kein Waschlappen, ich trage dich in dieses verdammte Krankenhaus, das versichere ich dir. Was meinst du wohl, warum ich jeden Tag Hanteln stemme? Man müsste bescheuert sein, um das gern zu machen.« Freddie und ich denken uns gern wilde Geschichten aus, in denen er der Held ist, denn ich als Heldin wäre nicht plausibel, immer rettet er mich aus den Flammen aus Orkanen aus Schneestürmen aus Tsunamis Kriegen Flugzeugabstürzen und so weiter, und ich lasse es mir gefallen, ich mag es, von ihm gerettet zu werden. Ich mache mich sanft los, wobei Sanftheit bei mir immer relativ ist, ich sage: »Nein, ich mache meine Selbstachtung nicht davon abhängig, ob ich zwei Stunden in der Woche putzen gehe, aber davon, ob ich damit aufhöre, in dieser Wohnung im Kreis herumzulaufen, ohne Ziel Ha und ohne irgendeine Hoffnung.« »Wenn du wenigstens wirklich im Kreis herumlaufen würdest«, meint Freddie, »dann bräuchten wir nur eine Sicherheitszone abzustecken, in der wir alles wegräumen, da würden wir eine Menge sparen.« »Hör auf«, sage ich, »hör auf, heute nicht Blödmann. Affenarsch weißt du, ich habe nicht immer Lust, *darüber* zu witzeln.« »Aber im Ernst«, setzt Freddie wieder an, »*putzen*, mein Schatz? Ich will dich ja nicht entmutigen, weißt du, aber ist dir klar, was putzen bedeutet?« Das sagt er, ohne mich direkt anzuschauen, während er den Kaffee auf dem Tisch aufwischt, und in solchen Momenten möchte ich heulen wie ein Hund. »Ich versuche es trotzdem«, sage ich zwischen zwei Störgeräuschen. »Ich rufe gleich an.« »Warte, mein Küken, ich halte dir das Telefon.« »Nein. Nein, ich mache das alleine, ich brauche niemanden und vor allem nicht dich Hu-Ha«, sage ich, was alles andere als die Wahrheit ist, aber die Verzweiflung ähnelt manchmal der Wut, man kann beißen, weil einem etwas wehtut. »Und ich bin kein Küken verflucht, ich bin eine erwachsene Frau und ich bin selbstständig«, sage ich zwischen zwei Rucklern. Denn ich weiß, dass das wahr ist, wenn man von *alldem* mal absieht.

Ich ziehe mich in mein Zimmer zurück, so hibbelig so unkontrollierbar, dass ich mehrere Anläufe brauche, um die Nummer zu wählen Schlampe Scheiße Schlampe, muss das Telefon wieder unter dem Bett hervorholen. Alles ist kompliziert zappelig alles ist immer und ewig schwierig, man braucht unvorstellbar viel Geduld. Schließlich schaffe ich es, eine Frau antwortet mir mit etwas besorgter Stimme, das spüre ich tief im Bauch, wahrscheinlich, weil ich mich selbst seit so vielen Jahren in Besorgnis übe, dass sie ein Teil von mir geworden ist. Ich brauche nicht mal die Augen der Leute zu sehen, sie zu hören reicht mir, auch wenn ihre Bewegungen eine große Hilfe sind. Der Körper spricht oft eine deutliche Sprache, ich kenne Leute, die bestimmte Worte sagen, deren Hände und Augen und ihre Art, sich zu setzen, aber eine ganz andere Geschichte erzählen, ich bin selbst ein lebendes Beispiel dafür, ja eine Karikatur. Ich brauche nur ihre Stimme zu hören, um sofort zu wissen, dass diese Frau das Glück weder gepachtet noch gemietet hat. Ich nehme mich zusammen, um mich so ruhig wie möglich auszudrücken, auch wenn ich Hu-Hu-Ha ein paar Störgeräusche nicht verhindern kann, aber im Großen und Ganzen Ha glaube ich, dass sie es nicht bemerkt. Nach einem Gespräch, das sich glücklicherweise nicht allzu sehr in die Länge zieht, denn ich spüre es in mir aufsteigen Wu-Hu-Hu von überall steigt es auf, ich weiß, dass ich nicht mehr lange durchhalten kann, fragt sie schließlich: »Montag um 18 Uhr 15, ginge das?« Und ich antworte: »Okee-kee Kee Kee Kee auf Wiedersehen und danke.« Ich bringe es ohne allzu viele Umwege einigermaßen deutlich heraus, und als ich auflege und das Telefon quer durchs Zimmer fliegt Blödmann Scheiße Schlampe da spüre ich, dass Freddie mir den Arm um die Schultern legt und ins Ohr flüstert: »Du warst großartig, mein Schatz. Ich bin super stolz auf dich.«

Und da kann ich endlich weinen und den übergroßen Druck ablassen.

Ich warte auf den Montag, die Stunden vergehen, und je mehr sie vergehen, desto näher rückt der Termin, desto zappeliger unkontrollierbarer fühle ich mich, und ich denke, das wird nichts nein nein nein das wird nichts. Ganz sicher nicht. Diese Frau wird sehen, dass es nicht läuft, wie es normalerweise laufen sollte. Sie wird es merken, sobald sie die Tür aufmacht Tadaaaa weil in diesem Zustand Wu-Hu. Ich kann mich anstrengen, soviel ich will, um dieses ganze Chaos zurückzuhalten, das in mir anschwillt, es nützt nichts. Bis zum heutigen Tag hat niemand je die Flut aufhalten können, und meine Dämme, meine schwachen Damme sind völlig ungenügend und werden schnell brechen. Ich kenne mich, je größer der Stress, desto größer die Amplitude, es wird eine Springflut, da brauche ich mir nichts vorzumachen, ich werde keine Sekunde normal wirken können, keine einzige, das ist klar wie Kloßbrühe, sie wird es sofort sehen. Wu-Ha. Ich habe nie versucht, irgendwas zu verbergen, ich weiß auch gar nicht, wie ich das anstellen sollte. Kann ein Blinder verbergen, dass er nicht weiter sieht als bis zum Ende seiner Nacht? Kann ein Behinderter im Rollstuhl Kann ein Tauber ein Stummer Kann? Nein, ich muss aufhören, mir etwas vorzumachen, ich kann nichts vor niemandem verbergen, niemals, ich halte fünf Minuten durch, vielleicht zehn an guten Tagen Okee-kee-kee, aber ich kann nichts verbergen nichts verheimlichen, dazu bin ich nicht in der Lage und will es auch nicht, ich bin, was ich bin Nutte Schlampe Nutte. Das Einzige, wovor ich Angst habe, auch wenn ich mich langsam daran gewöhnt haben sollte, ist, dass die Leute lachen, wenn sie mich sehen. Nach meinen reichhaltigen Erfahrungen kommt das Lachen immer als Erstes, das Lachen ist ein Reflex, und Reflexe haben nicht das Geringste mit Intelligenz zu tun. Die Hand entfernt sich ganz allein von der Flamme, noch bevor die Vorstellung von Hitze von Gefahr von allem, was eine Verbrennung für Schäden anrichten kann, das Hirn erreicht. Reflexe haben nichts mit Reflexion zu tun, und das ist ein Glück, sie sind viel schneller. Es wird heiß, man zieht die Hand weg. Man sieht eine Schlange, man erstarrt. Man stolpert, man fängt sich. Man sieht mich, man lacht. Auf das Lachen folgen Besorgnis und all die Fragen, die ich in den Augen der Leute lese: »Ist die verrückt oder was, ist sie vielleicht gefährlich, ist sie vielleicht eine *Psychopathin?*«, ein Wort, das eher ausgespuckt als ausgesprochen wird.

Mich für das Treffen bereitzumachen ist eine Staatsaktion, zum Glück ist Sommer, da reicht ein einfaches Kleid. Im Winter ist es die Hölle, all die Knöpfe Reißverschlüsse Ärmel in die ich mich hineinmanövrieren muss. Ich will ja keine Kartoffelsäcke tragen, Kleider mit Klettverschluss, die man manchmal an alten Leuten mit von Arthrose verkrümmten Händen sieht. Ich ziehe ein Kleid über, kämmen brauche ich mich nicht, meine Haare sind rappelkurz, weil Tadaaaa es ist so schon kompliziert genug. Als ich klein war, wollte meine Mutter unbedingt, dass ich lange Haare habe, das war vielleicht ihre Art, sich davon zu überzeugen, dass alles gut alles in bester Ordnung war, sie hatte eine Tochter, und Mädchen haben lange Haare, alles ganz normal. *Alles.* Alle Eltern möchten ein normales Kind haben, ein kleines Mädchen, das mit dem Kaufladen spielt und seilspringt und Videospiele macht, das malt, seine Puppe wiegt und seine Ponys kämmt. Ein vollkommenes kleines Mädchen, wie ich es nie gewesen bin, wie ich sicher nie eins haben werde, ein kleines Mädchen mit langen, gut gekämmten Haaren, die bedeuten: alles in Ordnung, es gibt nichts zu beklagen zu bedauern und zu fürchten für die Zukunft. Meine Mutter hat mich geliebt unterstützt ermutigt bis vor drei Jahren, als sie mit einem Schlag aufgehört hat zu leben, so wie ein Wecker stehenbleibt, weil die Batterien leer sind, und ich habe oft gedacht, dass ich ihre Batterien zu schnell aufgebraucht habe. Freddie behauptet, das sei lächerlich, man sterbe nicht an zu viel Liebe. An zu viel Liebe wohl nicht, nehme ich an, aber an zu viel Kummer und Tränen vielleicht, da bin ich mir wirklich nicht sicher. Meine Mutter hat mich gewollt, und da bin ich gekommen Fette Hure Affenarsch und habe all ihre Träume zunichtegemacht, aber ich hatte niemanden um irgendwas gebeten, nicht darum gebeten, zur Welt zu kommen, vor allem nicht in diesem Zustand. So zu denken, zeugt von Unreife, aber es gab eine Zeit in meinem Leben, in der ich mich davon überzeugen musste, dass ich *nichts dafür konnte*. Dass es *nicht* besser war, als ich *nicht da war*.

»Jetzt hör aber mal auf mit dem Blödsinn, mein Schatz, du warst das größte Glück deiner Mutter«, sagt Freddie. »Sie hat dich wegen all dem noch mehr geliebt, und du weißt, dass ich recht habe.« Wahrscheinlich, aber welches Kind würde, wenn es die Wahl hätte, *mehr* geliebt werden wollen, weil es ein *All-das* gibt?

Meine Mutter wollte, dass ich lange Haare habe, um *all-das* zu vergessen, die Störgeräusche das Zappeln die unkontrollierten Ausbrüche. Und Pech für sie Pech für mich, wenn das nur um den Preis von Schmerzen zu haben war, wenn der Preis für mich in Tränen Wutausbrüchen ausgerissenen Haaren bestand und in Zähnezusammenbeißen für uns beide. Zieh nicht!

Das sagte sie. Sie beschwor mich, den Kopf nicht plötzlich

zurückzuwerfen, damit ich mir nicht wehtat, sie flehte mich an stillzuhalten, dabei wusste sie doch, dass. Ich habe diese Qualen nie vergessen, die Bürste, die zuerst einigermaßen durch mein dickes, langes Haar gleitet, denn zu allem Übel habe ich kräftige Haare, dann plötzlich das Zucken das Ruckeln, und die Bürste verwickelt und verfängt sich in meiner Mähne. »Zieh nicht!«, sagte meine Mutter in Panik. Aber ich zog nicht. Kein bisschen.

Es zog.

Zwischen zwei Wutanfällen und zwei Tränenausbrüchen flehte ich: »Mama, schneid mir die Haare, bitte, ich kann nicht zum Friseur gehen, kein Friseur würde mich nehmen wollen, aber du, Mama, DU kannst es machen, DU, bitte, es ist mir egal, wenn du es nicht gut machst, wenn ich aussehe wie ein Wischmopp, schneid mir die Haare.« Sie schüttelte den Kopf und sagte: »Aber mein armer Liebling, Haareschneiden ist ein Beruf, ich kann das doch nicht.«

»Nenn mich nicht mein armer Liebling.«

»Du hast recht, mein armer Liebling. Aber du verstehst schon, was ich meine. Es wäre ein Gemetzel! Ein Jammer! Bei deinen schönen Haaren! Kannst du dir die Katastrophe vorstellen, wenn du dann lauter Wirbel hast?«

Sie wagte nicht hinzuzufügen *zu allem Überfluss*, aber ich hörte es sehr deutlich. Und so ging die Quälerei jeden Morgen jeden Abend von vorne los. »Zieh nicht!« Ich zog nicht.

Es zog.

Mit vierzehn bin ich dann zum Friseur gegangen, meine Mutter kämmte mich schon lange nicht mehr, ich kämmte mich selbst und tat mir weh, ich bekam jeden Morgen im Bad fürchterliche Anfälle, Schmerz macht einen wahnsinnig, vor allem diese stichelnden kleinen Schmerzen, die einen piesacken und unerträglich sind, weil man ihnen weder mit Tapferkeit noch mit Würde begegnen kann. Große Debakel kann man heldenhaft ertragen, aber was für ein armseliger

Kampf, was für ein jämmerlicher Krieg gegen eine Bürste, die von einem Haarwust gefangen gehalten wird, an dem man wütend zieht und zerrt Hurensau das alles für ein Knäuel ausgerissener Haare. Eines Tages habe ich auf dem Heimweg von der Schule zufällig einen Friseursalon entdeckt, in einer Straße, die ich sonst nie nahm, einen leeren kleinen Laden, keine einzige Kundin drin, ein Glücksfall, da habe ich mir nichts dir nichts die Tür aufgestoßen, wie man vom Fünfmeterbrett springt. Eine dicke schwarze Frau mit einem Vollmondgesicht sah mir entgegen, ungefähr so alt wie meine Mutter. Sie hat mich gemustert, wie alle Leute es tun, aber ohne das dazugehörige Lachen und ohne die Verlegenheit und die Besorgnis. Nur Überraschung. Ich habe gesagt: »Könnten Sie mir bitte die Haare schneiden?« Ich habe es gesagt, ohne Luft zu holen, ohne den Störgeräuschen dem Rauschen in der Leitung und dem ganzen Rest zwischen den wichtigen Wörtern Platz zu lassen. Ich habe gesagt: »Ich komme nachher wieder und bezahle, ich habe kein Geld dabei« und bin dann sofort zwei Schritte zurückgewichen, wie blöd, das gesagt zu haben, beinahe wäre ich weggerannt, es stimmte, ich hatte keinen Cent in der Tasche, ich musste verrückt geworden sein, eine Friseurin, die einem ohne Bezahlung die Haare schneidet, schöner Traum Ta Ta Tadaaaa. Aber sie hätte sowieso nein gesagt, und wie hätte ich ihr das übelnehmen sollen, das war nicht mal eine Frage des Geldes, es war einfach unmöglich, jemandem wie *mir* die Haare zu schneiden. Aber die Friseurin hat gelächelt und gesagt: »Kein Problem! Ich habe vor dem nächsten Termin noch Zeit.« Sie hat auf die Haarwaschbecken gezeigt, »Komm hierher, Zandoli!« Ich habe gesagt: »Nein nein nicht nötig, ich habe mir heute Morgen die Haare gewaschen.« Das war auch kein Problem für sie. Sie hat auf einen rosa Sessel vor einem Spiegel gezeigt, der mein Bild zurückwerfen würde, und das war schwierig, weil ich mich einfach nicht daran gewöhnen kann. Ohne mich anzuschauen, habe ich ihr gesagt:

»Bitte alles abschneiden, ja, alles kurz sehr kurz sehr sehr kurz bitte, ich will nie mehr Bürsten oder Kämme brauchen, verstehen Sie, auch wenn ich dann aussehe wie eine Ratte, das ist mir egal.« Sie hat gelacht und gesagt: »Papperlapapp, hopp hopp, du bist wunderhübsch, Herzchen.«

Während sie ihre Utensilien zusammensuchte, Rasierer Haarschere Effilierschere, habe ich sie gefragt, was ein Zandoli ist, und sie hat geantwortet, eine kleine grüne Eidechse, die in Martinique lebt, weil ich an dem Tag ganz in Grün war. Sie hat zwei Stunden gebraucht, um mir die Haare zu schneiden, sie nahm sich Zeit, zwei Stunden in aller Ruhe, sehr langsam und sanft, nicht so wie die, die mit heftigen, groben Bewegungen rangehen, als würden sie es einem übelnehmen, dass man Haare auf dem Kopf hat. Eine Kundin ist hereingekommen, dann noch eine und noch eine, sie waren alle schwarz und rund und geduldig, ich fühlte mich neben ihnen mager blässlich schmal und jung, so jung, und es schüttelte mich durch und durch, im wörtlichen wie im übertragenen Sinn, aber keine von ihnen hat eine Bemerkung gemacht. Weder Gemurmel noch Geflüster oder weit aufgerissene Augen. Die Friseurin erklärte jeder neuen Kundin, dass ich nie mehr Bürsten oder Kämme brauchen wollte, da lachten sie laut, aber nicht über mich, sie lachten fröhlich, Frauen unter sich, sie schüttelten den Kopf und meinten: »Ja, das ist wirklich eine sehr gute Idee«, am liebsten würden sie sich auch alles abschneiden lassen, schnipp schnapp weg damit. Die *chivé-léta* sollen leben! Die Friseurin lachte, als sie mir den Ausdruck übersetzte, *chivé-léta*, die Staatshaare. Der französische Staat, Spezialist für Überflüssiges. Staatshaare, die falschen Haare, die Verlängerungen. Den Kopf rasieren, falsche Haare aufsetzen, eine Perücke, das hätte meine Mutter machen sollen, mir Haare kaufen, die nicht wehtun, wenn man sie kämmt, Haare, die man abends auszieht, und ich nahm es ihr übel, dass sie nicht daran gedacht hatte, ich war ihr böse, während ich meine dicke Mähne wie lauter schwarze Schlangen um mich herum zu Boden fallen sah, all diese glänzenden, verhassten Locken, die mir so viel Kopfweh Schmerzen Zornestränen eingebracht hatten. Und dann hatte ich mal Glück, das Leben ist doch manchmal ironisch, denn als meine Haare alle ab waren, entdeckte ich, dass ich einen schön runden schön regelmäßigen Schädel habe, ich sah aus wie ein süßer kleiner Junge mit feingezeichneten Zügen. Tatsächlich war ich hübsch, das hatte ich nicht gewusst, denn um es zu wissen, hätte ich mich im Spiegel anschauen müssen, und das ging über meine Kräfte. Alle Frauen im Salon klatschten Beifall, sie nahmen mich in ihre Arme drückten mich auf ihren Busen an ihr Herz, schmatzten mir dicke Küsse auf die Backen, »So ein hübsches Mädchen! Hübscher Zandoli!« Ich mochte das nicht besonders, aber es war eine verwirrende, unerwartete, neue Erfahrung für mich, denn niemand hatte mich je in die Arme genommen, nicht mal meine Mutter, in ihrem Fall vermutlich aus Angst, mir wehzutun. In allen anderen Fällen aus Angst ganz generell. Wie ich im Friseursalon so von Arm zu Arm weitergereicht wurde von einer üppigen Brust zur nächsten, war ich ein blasser Kobold, eine zarte Elfe mit Samt auf dem Kopf, die neue Frisur ließ meine Augen dunkelblau und riesengroß wirken, ich fühlte mich seltsam und schön, zum ersten Mal schön. Und als ich nach Hause kam, wollte ich meiner Mutter einen Streich spielen, ich klingelte, statt wie sonst einfach reinzugehen und zu rufen: »Mama, ich bin's!« Sie machte die Tür auf und sagte: »Ja?«, bevor sie mich erkannte, was keine zwei Sekunden dauerte, denn die Störgeräusche brachen los wie entfesselt Hu-Hu-Ha-Ha. Meine Mutter verwandelte sich in eine Marmorstatue, ganz anders als die von Rodin, eine glatte, weiße Statue mit ein paar Rissen ein paar Bruchlinien ein paar Sprüngen um die Augen, bis sie schließlich fragte: »Bist du das?« Mit leiser Stimme, ein Murmeln, ein Flüstern, ein ungläubiges Hauchen: »Bist *du* das?« Meine ganze Freude verflog, ich fühlte mich lächerlich, eine schöne Revolte war das gewesen, ein schöner Paukenschlag, ich zappelte und zuckte, mein Blick fiel auf den Flurspiegel, ich sah meinen Spatzenschädel, meinen fast kahlen Kopf, eine wahre Krebskranke gegen Ende ihrer Chemotherapie, wenn dichter Flaum nachwächst, und ich war drauf und dran, in Tränen auszubrechen, als sie mit sanfter Stimme sagte: »Wie hübsch du bist! Das steht dir aber gut!« Da habe ich mich mit voller Wucht erinnert, wie es sich anfühlt, seine Mutter zu lieben.

Für das Vorstellungsgespräch bei meiner neuen Arbeitgeberin ziehe ich also ein leichtes Kleid über, kämmen tue ich mich nicht. Einmal mit der flachen Hand übers Haar gefahren, das glättet den Samt, seit jenem gesegneten Tag bei der Friseurin aus Martinique habe ich keine Bürste keinen Kamm mehr, kein Ziepen kein Zorn keine Tränen. In dieser Hinsicht alles in Ordnung. Schminken tue ich mich auch nicht, zu viele Risiken, das Risiko des Pinsels im Auge, des in Gothic-Manier verlaufenen Lidstrichs, des Rauputz-Make-ups, das Risiko der Verletzung wie der Lächerlichkeit. Warum sich schminken, wie Freddie sagen würde, »Du bist auch so schön, mein Schatz!«, aber Freddie ist ein Mann, und Männer sehen nichts, Männer schauen nie genau hin. Das Experiment habe ich mehrmals gemacht, ich halte Freddie vor dem Schlafengehen die Augen zu, nachdem er mich seit halb neun Uhr morgens wieder und wieder hat vorbeilaufen sehen, nachdem er gesehen hat, wie ich gezappelt und ein bis zwei Sachen kaputtgemacht habe, nachdem ich den ganzen Tag sein optisches akustisches und emotionales Wahrnehmungsfeld besetzt habe. Ich halte ihm also die Augen zu und frage ihn: »Wie war ich heute angezogen, antworte mir, ohne nachzudenken.« Das bringt ihn an seine Grenzen. Oder an meine, ich weiß es nicht. Freddie findet mich schön, weil er mich nicht *sieht*, er peilt mich über den

Daumen, er hat ein Gesamtbild. An manchen Tagen jammere ich, dass ich mich scheußlich finde: »Hast du gesehen, wie ich aussehe, die Augenringe und die ganzen Pickel und dies und das und meine Hüften und mein Bauch und mein Hintern und meine Brüste«, die ganze Liste meiner Katastrophen. Dann schaut Freddie mich aufmerksamer an, als würde er mich mustern, und sofort bereue ich meine Litaneien meine Klagen, ich zittere und denke, wenn er zu genau hinschaut, wird er mich vielleicht sehen, und ich werde selber schuld daran sein, ihm die Augen geöffnet zu haben, aber nein. Keine Gefahr. Er zuckt mit den Schultern und antwortet: »Das redest du dir alles ein, mein Schatz.« Er erklärt mir seine Liebe neu, er liebt mich und keine andere, er liebt mich mit allem, was ich bin und habe, mit meinen Brüsten meiner Haut, wie sie sind, er liebt mich, weil ich *ich* bin, und wenn er das gesagt hat, wechselt er das Thema, und in diesen Momenten, nur in diesen Momenten freue ich mich zu wissen, dass das Ergebnis, auch wenn er mich mit aller Konzentration anschaut, zu der ein Mann fähig ist, immer sein wird, dass er am Ende mit den Schultern zuckt und das Thema wechselt. Dass er mich schön findet, ist die Hauptsache. Ich glaube ihm. Ich will ihm glauben, weil es mir gelegen kommt. Warum mich schminken, um bei einer Frau, die ich nicht kenne, ein oder zwei Stunden *je nachdem* putzen zu gehen, wenn sie mich überhaupt nimmt. Warum mich schminken, ich bin neunundzwanzig und habe keine anderen Falten als Lachfalten, denn ich lächle und lache mit Freddie, natürlich. Aber wenn Freddie eines Tages gehen sollte, wenn Freddie mich und den ganzen verdammten Scheiß nicht mehr aushält, wenn Freddie geht, mich verlässt, für immer das Weite sucht … Falten sind die markierten Seiten, die Eselsohren in den Augenwinkeln. Die Seiten, die das Leben unserem Gedächtnis einprägt. Wenn Freddie wegginge, würde er all mein Lachen mitnehmen, und ich hätte nur noch meine Falten, um mich daran zu erinnern.

Ich ziehe ein Kleid an, weil.

Ich kämme mich nicht, denn.

Ich schminke mich nicht, da.

Ich nehme meinen Rucksack, ich öffne Wu-Hu die Tür, und draußen ist schönes Wetter.

Vor dem Haus treffe ich Tonton, anzügliches Augenzwinkern und langgezogener Ganovenpfiff, »Wohin gehst du, Süße? Hast du dich aber schöngemacht! Ist Freddie da nicht eifersüchtig?« Ich bleibe stehen, wir umarmen uns, Tonton riecht nach Fisch. Ein schwerer Beruf, jeden Morgen auf dem Markt. Tonton sagt, mit der Zeit wird es wirklich hart, um vier Uhr früh aufzustehen und unter einem kleinen Schirm im Wind zu stehen zu frieren oder zu schwitzen. Manchmal helfe ich ein bisschen beim Kistentragen, den Stand auf- oder abbauen, den Lieferwagen entladen. Ausnehmen, entschuppen und all so was ist nichts für mich, ich würde dabei alle meine Finger verlieren Affenarsch umso besser, den Beruf hätte ich nicht machen wollen, die Hände den ganzen Tag in den Fischeingeweiden, aufschlitzen ausnehmen entschuppen lächeln *Ich packe Ihnen den Kopf extra ein, wenn Sie Katzen haben* Ta Tadaaaa nein, der Beruf hätte mir überhaupt nicht gefallen. Tonton gefällt er auch nicht, »aber man muss sein Brot verdienen, Süße, man kann nicht von Luft und Liebe leben«. Tonton ist anständig, ich werde jedes Mal bezahlt und bekomme immer ein kleines Geschenk fürs Mittagessen, ein paar Garnelen, Lachsmedaillons, Seelachsfilets, zarte kleine Rotbarben, die nicht lange halten und schnell gegessen werden müssen. Ich kenne Tonton, seit ich in die Gegend gezogen bin. Ich gehe gern frühmorgens auf den Markt, wenn die alten Omas und Nordafrikaner kommen, und ich mag Fisch. Ich erinnere mich noch an das erste Mal, etwas angespannt etwas nervös, wie immer an Orten, wo viele Leute sind, und plötzlich Ta Tadaa geht es los, das Zappeln am ganzen Körper die Schimpfwörter, die mir unwillkürlich entfahren Scheiße Fette Hure Affenarsch direkt vor dem Stand, wo Tonton gerade mit ein paar Austernkörben und Garnelenkisten kämpft, die schlecht festgemacht waren und vom Lieferwagen zu rutschen drohen. Und da ruft Tonton mir zu: »Willst du mir nicht lieber mal helfen, statt dein Blech zu schreien? Siehst du nicht, dass ich ein Problem habe?« Heilfroh, etwas zu tun zu haben und der Aufmerksamkeit der Leute zu entkommen, schlüpfe ich hinter den Stand und helfe beim Abladen der übrigen Kisten. Später, als wir uns gut kennen, erzählt mir Tonton: »Ich habe gleich gesehen, dass bei dir etwas nicht rundlief. Da habe ich gedacht, was mit deinen Händen zu machen könnte dir helfen, den Kopf abzuschalten.« Wer selbst mal verrückt war, kennt sich mit Verrückten aus. Wenn man den ersten Schreck überwunden hat, ist Tonton eine ehrliche Haut mit einem großen, reinen Herzen. Tonton hat sich das Fischhändlerleben nicht ausgesucht und interessiert sich eigentlich für nichts anderes als die Metallskulpturen, die inzwischen eine ganze Lagerhalle füllen – eine seltsame, wilde Fauna von Geschöpfen mit riesigen, zärtlichen Augen, die aussehen, als wären sie einem intergalaktischen Jahrmarkt entsprungen.

»Wohin gehst du, Süße?«, hat Tonton mich gerade gefragt. »Zu einer Verabredung«, antworte ich. »Soso, ein Rendezvous?« »Ach Quatsch, hör auf, ein Vorstellungsgespräch. Für einen kleinen Job. Nichts Großartiges.« »Na und? Arbeit ist Arbeit ... Ist es wenigstens etwas Ehrbares?« Tonton kann fluchen wie ein Droschkenkutscher und verpulvert alle Einnahmen beim Lotto und beim Dreierwetten. Tonton hat wegen Körperverletzung im Knast gesessen, wegen einer Prügelei in einer Bar mit einem Besoffenen, der was Falsches gesagt hatte, Samstagabendschlägerei mit am Tresen abgeschlagenen Flaschen wie im Film, daher die hübsche Narbe mitten auf der Backe wie ein Grübchen. Drei Monate Knast, weil obendrein ein Polizist einen Kopf in den Bauch gerammt bekommen hat bei der Festnahme, aber Tonton legt Wert auf *Ehrbarkeit*. Ich soll mir ja nicht einfallen lassen, vom rechten Weg abzukommen. Ich beruhige Tonton, erzähle von der Kleinanzeige. »Ah, das ist gut, Süße. Putzen ist gut. Aber lass dich ja nicht über den Tisch ziehen. Jede Arbeit verdient ihren Lohn. Und sonst, hättest du nicht zufällig am Freitag ein bisschen Zeit? Ich könnte etwas Hilfe brauchen, kommst du gegen sechs vorbei?«

Ich sage: »ja, okay« und mache mich wieder auf den Weg, ich gehe langsam und konzentriere mich auf meine Atmung einatmen ausatmen mit dem Bauch, den Kopf leer machen. Es sind nur noch zweihundert Meter bis zu dem Haus, das ist zu nah, ich wünschte, es wären noch zehn bis dreißig Kilometer, ich wünschte, der Termin wäre morgen oder in einem Monat oder gar nicht, denn je mehr ich mich der Rue des Soupirs 57 nähere, desto klarer wird mir, wie blödsinnig meine Hoffnung ist. Wie konnte ich auch nur einen Augenblick glauben, dass dieser Job etwas für mich sein könnte, putzen aufräumen Nippsachen abstauben? *Nippsachen.* Es ist so lächerlich, mir wird ganz übel. Wenn ich den Job kriege, wenn etwas kaputtgeht, nein, nein, nicht *wenn* etwas kaputtgeht, es *werden* Sachen kaputtgehen, wie soll ich das vermeiden, und was passiert dann? Ich werde die Gläser Teller Porzellanvasen Sammlerstücke aus böhmischem Kristall bezahlen müssen. Man ist nicht Hausangestellte, um Schäden anzurichten, und wenn das passiert, wird es vom Lohn abgezogen, wie es früher in gutbürgerlichen Häusern hieß: *Das wird Ihnen vom Lohn abgezogen, meine Gute.* Ich habe Visionen von wütenden Arbeitgeberinnen von zusammengelaufenen Nachbarn, das arme Ding, ist sie bescheuert oder was, dass sie Sammlerstücke aus böhmischem Kristall zerdeppert. Sicher eine *Psychopathin.*

Ich übe mich eisern in positiver Visualisierung, ich werde diesen Job bekommen, es wird gut laufen, das Gezappel wird sich legen wie durch ein Wunder, und das Rauschen in der

Leitung wird bald nur noch eine schlechte Erinnerung sein. Das Glück wird sich wenden, das heißt, es wird mir endlich lachen, statt mich links liegen zu lassen Schlampe statt mich mit verschränkten Armen zu ignorieren, seit ich geboren bin. Und da die Gedanken frei sind und nichts sie aufhalten kann, springen sie von einem Thema zum nächsten, schneller als der Schall als das Licht, eine schnellere Reisemöglichkeit als die der Gedanken gibt es nicht. Genau in dem Moment, in dem ich an dieses Glück denke, das ich nie gehabt zu haben glaube, sehe ich Freddie vor mir, wie er heute Morgen beim Aufwachen einen Arm ganz um meinen Bauch schlang, um mich zu umarmen und um zu vermeiden, sich beim Aufwachen gleich eine Ohrfeige zu fangen, ist alles schon vorgekommen, Freddie also fest an mich gedrückt, denn so gefangen kann ich nicht so weit ausholen, so kann ich ihm nicht einfach das Knie oder die Faust sonst wohin schleudern. Wie auch immer, ich denke an Freddie, der meine Hand nicht loslässt, der mich herausfordert und provoziert, aber immer da ist, um meine Tränen zu trocknen, was ich umgekehrt nicht behaupten kann, ich bin nicht immer so bereit, seine Tränen zu trocknen. Ich muss zugeben, dieses Glück, das echte, wahre, habe ich schon lange, ich sollte nicht so undankbar sein. Meine Mutter hat mich geliebt, statt mich in die erstbeste Mülltonne zu stecken, sobald sie kapiert hat, dass. Ich habe sie aber auch alle geleimt, muss ich sagen. Bis ich drei Jahre alt war, hat niemand etwas bemerkt, leider kann ich mich nicht an das muntere, *normale* kleine Mädchen erinnern, das ich mal war. Ich hatte meine Mutter, und ich habe Freddie und ein paar echte Freunde dazu, ich sollte mich auf mein Glück besinnen, ich sollte es mehr schätzen, aber jetzt stehe ich vor der Rue des Soupirs 57 und stoße seufzend die Tür auf.

Ich habe den Namen und die Etage notiert, dritter Stock links F. Suzain. Françoise Frédérique Fabienne Fanny Florence, es sei denn, es ist ein Mann, Franck Félicien Fulbert

Fulgence Ferdinand. Ich steige die Treppe hoch, atme tief in den Bauch ein und langsam durch die Nase aus, ganz ruhig ganz ruhig ganz ruhig ganz ruhig, es wird alles gut laufen. Unglaublich, was man sich alles vorlügen kann, diese Fähigkeit zu verdrängen, die Augen zu verschließen vor uns selbst. Es wird gut laufen? Ha Ha Hu-Hu-Hu-Ha. Es gibt wenig Hoffnung, sehr wenig Hoffnung, dass es *gut* laufen wird. Seit sechsundzwanzig Jahren schon schwankt der Zeiger zwischen nicht so toll und katastrophal. Nein, es wird nicht *gut* laufen. Würde man mich fragen, wie tief ich auf einer Skala von 1 bis 10 in der Scheiße stecke, würde ich meistens zwischen 5 und 9 sagen. Bis zur Taille an den guten Tagen, bis zu den Nasenlöchern, wenn die Flut steigt. Gerade steigt sie im Tempo eines galoppierenden Pferdes, wie um den Mont-Saint-Michel herum, den ich nie gesehen habe, auch wenn ich päckchenweise Kekse der gleichnamigen Marke esse, wobei Freddie mir jedes Mal für die Krümel dankt, die ich dabei für die Tauben auf dem Teppichboden hinterlasse, er sagt, ohne meine Fürsorge müssten die armen Tiere lernen, den Küchenschrank aufzumachen. Daran zu denken bringt mich zum Lachen, und da trifft auch schon ein Schlag die Wand Affenarsch. Ich schürfe mir den Handrücken auf und noch mal und noch mal, unter lächerlich spitzen Schmerzensschreien. Und noch mal, damit auch alle Fingerknöchel schön bluten. Eine jähe Bewegung zieht oft eine weitere nach sich, oft die gleiche, das kann sich drei Mal fünf Mal zehn Mal wiederholen, wie aufgezogen, urkomisch, man sollte mich dabei filmen. Sosehr ich mir also etwas vormache, es wird ganz sicher nicht *gut* laufen. Ich bemühe mich, meine überstürzte Flucht zu visualisieren, die Treppe hinunterrennen, versuchen, das Gleichgewicht zu halten und nicht der Länge nach hinzufliegen, aber es ist nicht so einfach, gerade ist Thai-Boxen angesagt, Fußtritte Fausthiebe im Sekundentakt. Wenn ich zu Hause bin, werde ich ein Freudenfeuer machen mit Freddies sämtlichen Büchern über persönliche Entwicklung und allen seinen Scheißzeitschriften, die einen ans Glück glauben lassen Hu-Hu-Ah Affenarsch Fette Hure Schlampe.

Ich habe keine Zeit zu klingeln, Madame F. Suzain hat mich sicher kommen hören, kein Wunder, und als sie mir die Tür weit öffnet, bin ich gerade bei Fette Hure Schlampe.

Da ist es nicht leicht, ganz natürlich zu lächeln.

2

GIPS

Die junge Frau ist vorbeigekommen, ich bin noch ganz durcheinander.

Sie war vollkommen pünktlich, daran lag es nicht. Ich wartete seit 18 Uhr 05 im Flur, also zehn Minuten vor der vereinbarten Zeit. Ich weiß, Doktor Borodine würde die Stirn runzeln, wenn ich ihm das gestünde. Er ermahnt mich ständig, es mit solchen Details weniger genau zu nehmen. »Zu früh ist auch nicht pünktlich, Madame Suzain!«, wie er so schön sagt.

Neulich (ich weiß wirklich nicht, was in mich gefahren ist, manchmal habe ich rebellische Anwandlungen!) habe ich ihm darauf wie aus der Pistole geschossen geantwortet: »Zu spät aber noch weniger!«, und da war der gute Doktor Borodine ausnahmsweise mal platt.

Wenn er seinen kohlrabenschwarzen Blick auf mich richtet, fühle ich mich wie ein ertapptes kleines Mädchen. Sein Charme lässt mich nicht kalt (ich erröte beim Gedanken, dass er diese Zeilen eines Tages lesen könnte, auch wenn ich genau weiß, dass das nicht passieren wird) (und ich glaube, das bedauere ich ein wenig), allerdings habe ich manchmal das Gefühl, dass er mich etwas unreif findet und mich behandelt wie einen unbeholfenen Backfisch.

Wie eine dicke dumme Kuh, um die Dinge beim Namen zu nennen.

Ich bin am ersten März sechsundsiebzig geworden, und ich finde, in meinem Alter kann ich doch wohl denken und leben, wie ich will. Und wenn es mir gefällt, auf Details zu achten und zum Beispiel Wert auf Pünktlichkeit zu legen, dann ist das meine Sache und mein Problem.

Ich höre schon Josiane: »Genau, meine Liebe: Es ist *dein Problem!*«

Nun, tut mir leid, aber ich finde, Pünktlichkeit ist einfach eine Sache der Höflichkeit, an der es im zwischenmenschlichen Umgang zunehmend mangelt.

Ich persönlich – wobei ich mich natürlich keinesfalls als Vorbild setzen will – könnte mir keine Sekunde vorstellen, zu spät zu kommen, außer natürlich, wenn ich der Person, die auf mich warten müsste, eine handfeste Entschuldigung vorzuweisen hätte. Genauso setze ich meine Ehre darein, stets fertig und vorbereitet zu sein, wenn ich mit jemandem einen Termin vereinbart habe. Ich weiß nicht, was daran rigide oder zwanghaft sein soll.

Wirklich nicht.

»Ja, aber musst du denn wirklich zehn Minuten vor der Zeit in deinem Flur warten, ein Auge auf die Uhr, das andere auf die Tür gerichtet, auf die Gefahr hin, für den Rest deines Lebens schielen zu müssen?«, würde Josiane mich sicher mit ihrem etwas unangenehmen kleinen Lachen fragen.

Soll sie mich doch schielen lassen, ich sage schließlich auch nichts über ihren Damenbart.

Ich bin sehr spät dran, ich habe gerade erst Mylord sein Futter gegeben, das arme Schätzchen konnte nicht mehr. Er ist zurzeit ganz wild nach Buchstabennudeln. Heute Abend hatte ich ein Steak Tatar für ihn vorgesehen, weil der Tierarzt gesagt hat, er brauche Proteine. Der kleine Teufel ist freudig zu seinem Napf getrippelt (Fressen ist immer ein Fest für ihn). Er wollte sich schon darüber hermachen, als er es sich plötzlich anders überlegt und mich vorwurfsvoll angeschaut hat. Ich konnte seinen Blick mühelos übersetzen.

Zum Glück sind Buchstabennudeln in fünf Minuten gekocht. Ich war so ungeduldig, über mein Treffen mit der jungen Frau zu schreiben, dass ich ganz vergessen hatte, sie ihm zu machen. Ich hatte es so eilig, dass ich mir nicht mal die Zeit genommen habe, seinen Namen auf den Tellerrand zu schreiben (M. Y. L. O. R. D) und ihm beim Fressen zuzuschauen.

Während ich schreibe, schlabbert der süße Gierschlund laut, das ist seine kleine Abendessensmusik, wie ich immer sage. Seine Kammermusik ist noch mal was anderes, denn der arme Schatz ist voller Winde und gibt gern bis spät in die Nacht Konzerte.

Er frisst, ohne Luft zu holen, hebt kurz den Kopf, beobachtet mich, und ich kann die Überraschung in seinen so ausdrucksvollen runden Augen lesen. Wie? Mein Frauchen macht nicht neben mir ihre Kreuzworträtsel, während ich fresse? Was ist denn los?

Armer Mylord. Ich will es nachher wiedergutmachen, ich weiß schon wie: Er darf sich neben mich aufs Sofa setzen, auf sein orangerotes Kissen, und wir schauen uns zusammen *Ice Age 2* an, das ist sein absoluter Lieblingsfilm, vor allem die Szene, in der Scrat den Gletscher spaltet. Die ist aber auch wirklich lustig.

Gar nicht lustig war dagegen das Treffen mit dieser jungen Frau. Nein, ganz und gar nicht.

Während ich im Flur ausharrte, um sie nicht warten zu lassen, wenn sie klingelte, wurde ich um 18 Uhr 11 durch ungewöhnlichen Lärm im Treppenhaus aufgeschreckt. Das Wort Lärm käme manch einem vielleicht übertrieben vor, aber in einem so ruhigen Haus kommt einem alles, was die sonstige Stille durchbricht, extrem laut vor.

Ich habe also diese Geräusche vom Erdgeschoss aufsteigen hören, eine polternde Stimme, Gebell. Ich erinnere mich gedacht zu haben: Wie? Sie hat es gewagt, ihren Hund mitzubringen?

Als der Radau auf meiner Etage angekommen ist, habe ich sofort aufgemacht, mein Magen war zugeschnürt, und mir stand der Schweiß auf der Stirn vor lauter Angst, dass die junge Frau das ganze Haus aufscheuchen könnte, insbesondere meine Nachbarn, Monsieur und Madame Piquet, die sich nicht gerade durch Toleranz auszeichnen. Vor meiner Tür stand ein schmächtiges Fräulein mit viel zu kurzen Haaren. Sie wirkte sehr unruhig. Ein Hund war nirgends zu sehen.

Die junge Frau hat mich angeschaut und Sachen zu mir gesagt, oder vielmehr geschrien, die so vulgär waren, dass ich sie nicht wiedergeben kann. Ich bin mir nicht einmal sicher, ob ich sie noch weiß.

Fette H…, Schl…! Glaube ich. Und das Schlimmste ist, dass sie mich danach angelächelt hat, als wäre nichts.

Ich war so schockiert, dass ich ihr die Tür vor der Nase zugeknallt habe, gegen alle Regeln der Höflichkeit, und umso schneller, als sie in dem Moment versucht hat, mir mit der Faust ins Gesicht zu schlagen. Mit dem Ergebnis, dass meine gepanzerte Tür ihren rechten Arm eingeklemmt hat.

Ich habe sie kreischen hören. Kein Wunder.

Ich zögerte, ob ich die Polizei anrufen oder mich lieber mit aller Kraft gegen die Tür stemmen sollte wie in diesen Horrorfilmen, wenn die Zombies versuchen in den Raum vorzudringen, wo der letzte Überlebende der Atomkatastrophe es nicht rechtzeitig geschafft hat, sich ordentlich zu verbarrikadieren. Blitzartig habe ich gedacht, bis ich mein Telefon fände, hätte sie genug Zeit hereinzukommen und mich mit ihrem heilen Arm zu erwürgen, um mich dann auszurauben und Mylord zu töten. Andererseits, wenn ich weiter so mit meinem vollen Gewicht – das mir ausnahmsweise mal sehr nützlich vorkam – gegen die Panzertür (mit Hochsicherheitsschloss) drückte, dann würde ich ihr schlicht und ergreifend den Arm abtrennen und diesen auf meinen Holzboden fallen sehen, was mir doch als einigermaßen disproportionierte Antwort auf die tatsächliche Natur des Angriffs erschien. Ein Schwall von Beschimpfungen, wie schmutzig auch immer, verdient als Strafe keine Armamputation.

Vielleicht der Zunge? Möglicherweise?

Da hörte ich plötzlich abgrundtiefe Stille. Josiane würde das Bild als abgedroschen bezeichnen. Aber wer kennt nicht dieses Gefühl, plötzlich die Stille zu hören, wenn ein Geräusch (das in diesem Fall kein Mozart war) mit einem Schlag aufhört?

Ich fühlte eine Panikattacke kommen. Und natürlich hatte ich keine Papiertüte zur Hand, um hineinzuatmen, damit der Sauerstoffpegel in meinem Blut wieder sank und dadurch mein Herz wieder ruhiger schlug (das ist für mich Routine). Zum Glück hatte ich vorsorglich mein Zenocalm und ein halbes Placidon genommen, extra wegen dieses Treffens, sonst hätte die ganze Sache ein böses Ende genommen. Doktor Borodine kann sagen, sooft er will, dass noch nie jemand an einer Panikattacke gestorben ist, ich selbst weiß genau, wie nah ich mich dem Tod jedes Mal fühle.

Nach ein paar tiefen Atemzügen habe ich mich zusammengerissen und allmählich eingesehen, dass ich trotz allem würde aufmachen müssen, auch wenn ich mich dadurch in Gefahr brachte. Um die Wahrheit zu sagen, ich hatte Angst, diese junge Frau umgebracht zu haben. Das war natürlich unwahrscheinlich. Man stirbt wahrscheinlich ebenso wenig an einem in einer Tür eingeklemmten Arm wie an einer Panikattacke. Sehr unwahrscheinlich also, gewiss. Aber nicht unmöglich. Wenn ich daran denke, dass mein armer Mylord fast an einem Herzinfarkt gestorben wäre, weil ich ihm auf die Pfote getreten bin. Auf die linke Hinterpfote. Armes, armes Baby. Dabei bin ich weiß Gott vorsichtig, ich kenne ja seine schlechte Angewohnheit, mir ohne Vorwarnung zwischen die Beine zu laufen.

Aber ich sehe meine eigenen Füße nicht, wie könnte ich da seine sehen? Eines Tages werde ich selbst der Länge nach hinschlagen, und dann wird mir niemand aufhelfen. Jedenfalls nicht Mylord. Armer kleiner Stöpsel.

Während ich also versuchte, mich zu beruhigen, konnte ich nicht umhin zu denken, dass diese junge Frau sich nur deshalb so aggressiv verhielt, weil sie unter Drogeneinfluss stand, was das Herz schwächen kann, so etwas habe ich in einer amerikanischen Krankenhausserie gesehen. Der Schmerz in dem in meiner Tür eingeklemmten Arm konnte jemandem, dessen Gesundheitszustand durch die Einnahme toxischer Substanzen beeinträchtigt war, durchaus einen tödlichen Schock zufügen. Denn diese Tür ist schwer, echte Wertarbeit. Ich habe sie vor nicht mal drei Jahren einbauen lassen, nachdem bei der

Bäckerin eingebrochen worden war. Danach hatte sich herausgestellt, dass der Einbrecher ihr eigener Mann gewesen war, dem hätte ich die Rechnung schicken sollen, die war nämlich gesalzen.

Josiane hat mir oft genug gesagt, dass diese Tür eine unnötige Ausgabe war, reine Verschwendung, zum Fenster rausgeschmissenes Geld.

Den Rücken gegen die Tür gepresst, sagte ich mir, dass die junge Frau auf meiner nagelneuen Fußmatte verbluten würde. Sie würde da sterben, durch meine Schuld. Man würde mich verhaften. Doktor Borodine würde vor Gericht zu meinen Gunsten aussagen, natürlich, der gute Mann, denn ich weiß, dass er mich schätzt. Mit seiner Redegewandtheit würde er alle Geschworenen zu Tränen rühren (vor allem die Frauen). Am Ende würde ich wahrscheinlich freigelassen werden, allerdings auf Bewährung, was nur recht und billig wäre, mit dem strengen Verbot, je wieder eine Tür zuzuknallen.

Ich bekam ganz feuchte Augen.

Ich hörte nichts mehr aus dem Treppenhaus. Der Arm der jungen Frau hing noch immer auf meiner Seite, während ihr übriger Körper (zumindest nahm ich das an) auf der anderen Seite geblieben war. Ich betrachtete diesen eingeklemmten Unterarm, diese leblose rechte Hand mit einem verstörten, wahrscheinlich etwas dämlichen Blick. Eine Zombie-Hand, die vielleicht plötzlich ein Eigenleben entwickeln und sich vom Arm lösen würde, so wie eine Frucht von ihrem Ast fällt, um wie eine dicke Spinne auf mich zuzulaufen. Ich weiß nicht, ob ich romantische Illusionen habe, wie Doktor Borodine so schön sagt, aber ich habe jedenfalls eine Menge Phantasie, das ist sicher. Eine Phantasie, die mir das Leben zur Hölle macht, wenn sie mir so fürchterliche Vorstellungen beschert, denn nachdem mir diese über den Teppichboden laufende Hand einmal eingefallen war, meinte ich sie fast zu sehen, und ich musste mich buchstäblich zwicken, um in die Realität zurückzufinden.

Manchmal frage ich mich, ob das Placidon mir nicht mehr schadet als guttut. Ich habe im Beipackzettel gelesen, dass es Halluzinationen bewirken kann. (Ich sollte mir die Nebenwirkungen nie durchlesen, sie sind so furchtbar, dass mir von der bloßen Vorstellung schlecht wird, aber ich kann nicht anders. Ich lese sie, und dann weine ich.) Allerdings sollte das Realitin (das Antihalluzinogen, das ich morgens nehme) derartige Unannehmlichkeiten verhindern, ebenso wie die anderen misslichen Nebenwirkungen des Placidons wie Haarausfall, Sodbrennen, Nierenversagen und Hautablösung am ganzen Körper.

Vielleicht sollte ich besser zwei davon nehmen? Ich muss mit Doktor Borodine darüber reden. Auch wenn er nicht Allgemeinmediziner ist, muss er doch Bescheid wissen.

Schließlich habe ich mich dazu durchgerungen, die verdammte Tür aufzumachen. Ich war fest entschlossen, um Hilfe zu schreien, so laut ich konnte, wenn die junge Frau mich angriff. Mir war egal, dass die Piquets dann sicher einen ihrer wütenden Zettel unten in die Eingangshalle hängen würden. Ich würde mir nicht wie ein Opferlamm die Kehle durchschneiden lassen, ohne auch nur Mäh zu machen, nur um die Hausruhe nicht zu stören. Wenn es sein müsste, würde ich schreien. Doktor Borodine hat es mir oft genug vorgebetet: »Stehen Sie nicht immer vor der ganzen übrigen Welt zurück, Madame Suzain! Sie haben auch das Recht zu existieren.«

Ich habe aufgemacht.

Die junge Frau hat sich sofort ihren Unterarm zurückgeholt (ich weiß nicht, wie ich es anders ausdrücken soll) und ihn wortlos an sich gedrückt. Sie wirkte so verletzlich und niedergeschlagen, dass ich zu meiner Überraschung etwas wie Rührung empfand. Relativ gesehen war es das gleiche Gefühl, das ich empfunden hatte, als ich sah, wie mein Mylord auf dem Parkett zusammensackte.

Wenn ich daran zurückdenke ... Ein Glück, dass er keine

Dogge ist, einen Fall aus solcher Höhe hätte er nicht überlebt.

N. B.: Daran denken, mit Doktor Borodine über die erstaunliche Parallele zu reden, die ich zwischen einer letztlich unbegründeten Empathie gegenüber einer Wildfremden und dem natürlichen Mitgefühl gegenüber meinem Mylord gezogen habe.

Die junge Frau zitterte von Kopf bis Fuß. Ich bemerkte ihre Blässe, den riesigen blauen Fleck auf ihrem Arm, ihren unglücklichen, aber ruhigen Blick, der in seltsamem Widerspruch zu ihren krampfartigen Bewegungen stand. Ich habe mir gesagt, dass es vielleicht eine Art epileptischer Anfall war oder Entzugserscheinungen oder was weiß ich. Und doch habe ich mich berührt gefühlt, jawohl, berührt. Ich verzeichne das, weil Doktor Borodine großen Wert darauf legt, dass ich meine Gefühle zum Ausdruck bringe. Er ist der Ansicht, dass all unsere Übel von unserer Unfähigkeit herrühren, unseren Schmerz und unseren Kummer herauszulassen. Also sage ich es, ja, ich habe mich berührt gefühlt, und auch ein bisschen schuldig, selbst wenn ich die Tür lediglich als Reaktion auf ihre Beschimpfungen zugeschlagen habe und um zu verhindern, dass der Faustschlag, zu dem sie ansetzte, mich voll ins Gesicht traf. Unter diesen Umständen hätte doch wohl jeder so gehandelt.

Wie dem auch sei, ich war besorgt. Natürlich war Mylord, der ein echtes Klatschweib ist, herbeigerannt, um zu sehen, was los war, und jetzt nutzte er die Gelegenheit, um auszubüxen. Ich versuchte ihn mit einem vorgeschobenen Bein daran zu hindern, denn sonst entwischt mir das kleine Monster in die Eingangshalle, das ist sein Lieblingsspiel. Und dann muss ich hinunterlaufen und ihn die Treppe wieder hochtragen, da er herzkrank ist und ich es nicht verkrafte, den Aufzug zu nehmen.

Ich konnte mir mühelos vorstellen, wie lächerlich ich wirken musste, während ich Mylord zurückzuhalten versuchte, ohne jedoch die Tür wieder schließen zu wollen, in den Türrahmen eingezwängt wie ein Pottwal in einem Netz, und dabei argwöhnisch diese junge Person betrachtete, die ganz aussah wie ein Punk mit Hund, nur ohne Hund. (Und auch ohne Tätowierungen, soweit ich sehen konnte.)

Natürlich kann ich das alles jetzt ganz ruhig erklären, während ich allein mit Mylord zu Hause sitze, vor mir mein drittes Heft und neben mir eine Tasse Kräutertee. Aber vorhin war ich, das muss ich zugeben, geradezu panisch.

Josiane würde sagen, dass ich ein Riesenangsthase bin. Ich hätte sie mal an meiner Stelle sehen mögen.

Aber ich schweife ab, wo Doktor Borodine mir doch verordnet hat, mich auf eine Sache zu konzentrieren, statt mich zu verzetteln, herumzuflattern und mich zwischen tausend verschiedenen Gegenständen zu verlieren »wie ein reizender zerstreuter Kolibri«.

Ein *rrr*eizender Kolib*rrr*i …

Ich glaube, ich bin mit dem gleichen Leiden geschlagen wie Jamie Lee Curtis in *Ein Fisch namens Wanda*. Der russische Akzent macht mich schwach. Die Schrift auch. Ich habe gelernt, Doktor Borodines Vornamen und Namen in Kyrillisch zu schreiben.

Fiodor Borodine: Фёдор Бородин

Fiodo*rrr* Bo*rrr*odine …

Wie schön diese Sprache anzuhören und anzusehen ist.

Was Fiodor angeht, so bin ich mir nicht ganz sicher, wie man es schreibt, es scheint da verschiedene Varianten zu geben, Fedor, Feodor, Fjodor, die alle auf den Vornamen Theodor zurückgehen. Aber nun ja, ich bin keine Kyrillikerin. Ich weiß nicht einmal, ob es das Wort Kyrilliker gibt oder ob ich es nicht gerade erfunden habe. Josiane würde sagen, das wäre mir durchaus zuzutrauen.

Ich kann mir nicht vorstellen, das mit Doktor Borodine zu besprechen. Ich weiß wirklich nicht, wie er mein Interesse an ihm deuten würde. Ich weiß ja selbst nicht, wie ich es deuten soll.

Kürzlich kam ich aus seiner Praxis und war strahlender Laune (das bin ich nach meinen Terminen bei ihm übrigens immer, was beweist, wie gut seine Methode auf mich wirkt). Ich habe in der Buchhandlung haltgemacht – sie liegt auf dem Weg –, um das letzte Buch abzuholen, das ich bestellt hatte, *Wunder der russischen Küche*. Ich habe schon eine ganze Sammlung und kenne mich allmählich aus mit Borschtsch, Bœuf Stroganoff, Golubzi (diese zuzubereiten habe ich allerdings aufgegeben, Kohlrouladen bekommen mir nicht), Piroggen mit Hackfleisch, Schaschlik, Watruschka und Syrniki. Bei der Gelegenheit habe ich auch gleich *Traditionelle Küche aus Russland und dem Balkan*, das gerade neu erschienen war, gekauft. Als der Buchhändler mich fragte, ob ich russische Vorfahren hätte, hörte ich mich antworten: »Nur angeheiratet.« Dann habe ich schleunigst bezahlt, um mich mit heißen Ohren und brennendem Dekolleté auf dem Gehweg wiederzufinden, zwischen Scham und Heiterkeit hin- und hergerissen. *Angeheiratet?* Was war nur in mich gefahren? Ich habe den ganzen Weg nach Hause vor mich hin gelacht, so sehr, dass ich Mylord die ganze Geschichte erzählen musste, der sich darüber amüsiert hat, und auch Josiane, die immer weniger Humor hat, finde ich. Aber ich schweife ab, ich schweife ab.

Ich hatte also die Tür wieder aufgemacht und damit den Arm der jungen Frau befreit, worauf ich sie mit einem seltsamen Mitgefühl anschaute und nicht wusste, was ich tun sollte. Und genau in dem Moment beschimpfte mich die junge Dame noch einmal klar und deutlich als fette H… und als Schl… (Ich hätte nie gedacht, dass ich einmal so etwas in mein Tagebuch schreiben würde. Ich danke dem Erfinder der

Auslassungspunkte.) Trotzdem wirkte sie derart harmlos, dass man hätte meinen können, ich hätte mir alles nur eingebildet. Davon war ich fast schon überzeugt, als sie plötzlich heftig mit der Faust gegen die Wand schlug, zwei, drei Mal hintereinander, mit ihrem gesunden Arm, wobei sie spitze kleine Schmerzensschreie ausstieß.

Josiane hätte mir geraten, auf der Hut zu sein, und ich weiß, dass sie einer so sichtlich verstörten, nicht gerade normalen jungen Frau nie ihr Vertrauen geschenkt hätte. Aber was heißt schon »nicht gerade normal« ... Man wird schnell in eine Schublade gesteckt. Ich bin bereit zu wetten, dass manche Leute mich auch nicht als sehr *normal* beurteilen würden, auch wenn sie nicht unbedingt wüssten, in welche Schublade sie mich einsortieren sollten. In die der Dicken? Die der alleinstehenden Frauen mit Hund? Oder die der Agoraphoben? Aber da brauche ich mir keine Sorgen zu machen: Bei meinem Umfang könnte ich durchaus mehrere ausfüllen.

Dann hat die junge Frau plötzlich aufgehört, gegen die Wand zu schlagen, und zu mir aufgeschaut.

Ich habe gefragt: »Geht es wieder?«

Etwas Besseres ist mir nicht eingefallen.

Und sie antwortete im Wortlaut: »Mir tut der Arm weh. Schlampe.«

Und da ich etwas sprachlos dastand (was man wohl verstehen kann), hat sie zwischen den Zähnen hervorgestoßen, es tue ihr leid, sie könne nicht anders, sie habe ein Syndrom namens Wu-Ha-Wu-Ha usw., ich spare mir die Details, und ob ich ihren Freund anrufen könne, damit er sie abholen kommt ...

Ich habe wissend genickt, als wäre alles sonnenklar. Gegenüber einer sozial auffälligen Krankheit Überraschung oder ungesunde Neugier zu bekunden wäre höchst taktlos gewesen, denke ich. Im Übrigen hatte ich von der Krankheit schon einmal gehört, in der Sendung *Sie haben meinen Parkplatz! Wol-*

len Sie auch meine Behinderung? Ich schätze diese Sendung sehr. Die Reportagen sind sehr gut gemacht, sehr interessant und zeigen Leute mit so schrecklichen Leiden, dass man sich beim bloßen Zuschauen gleich viel besser fühlt. Trotzdem, auch wenn ich die Problemchen der jungen Frau, die ständig fluchen und bellen musste, verstehen konnte, war ich nicht weit davon entfernt, ein Unwohlsein zu erleiden, es kribbelte in meinen Händen. Diese lächerliche Position, halb drinnen, halb auf dem Treppenabsatz, behagte mir überhaupt nicht, es war äußerst bedrückend.

Also habe ich Doktor Borodines Rat angewandt: Distanz herstellen zwischen mir und den Störfaktoren. Doktor Borodine hat eine hochinteressante Theorie über Störfaktoren entwickelt. Er hat sogar ein Buch zum Thema verfasst, *Wie man Widrigkeiten entgegentritt*, das ich ihm sofort abgekauft habe, so wie ich es mit allen anderen tue – er hat einen ganzen Stapel davon im Wartezimmer liegen –, und er hat mir liebenswürdigerweise eine Widmung hineingeschrieben:

»Für F. Suzain,
die mutig und entschlossen voranschreitet auf dem anspruchsvollen Weg der Besserung.
Ihr ergebener
Fiodor Borodine«

Unsere beiden Vornamen fangen mit F an. Ich betrachte oft seine wunderbare Handschrift, schwungvoll, harmonisch (wenn auch etwas unleserlich). Manchmal fahre ich mit dem Zeigefinger seine Buchstaben nach, als wäre die Berührung der Tinte seines Füllers etwas wie ihn zu (*Streichung*).

Ich habe mich also gemäß Doktor Borodines Lehren mental in Stressabwehrhaltung begeben (Kapitel 3, Abschnitt 8), dank dem, was er Widerstand und Einschluss nennt:

1 – Widerstand: mich distanzieren.

2 – Einschluss: einen positiven Punkt finden, der mich emotional mit der Quelle des Stresses verbindet.

Mit anderen Worten:

1: Die Beschimpfungen nicht persönlich nehmen, denn sie konnten nicht an mich persönlich gerichtet sein, da wir uns ja gar nicht kannten (Distanzierung).

2: Bedenken, dass eine junge Frau, die bellt wie Mylord (emotionale Verbindung), nicht nur schlechte Seiten haben kann.

Ich habe den Entschluss gefasst, dieser jungen Frau zu helfen, koste es, was es wolle. Manchmal überkommt mich ein Mut, der mich selbst erstaunt. Ich bin in meine Wohnung zurückgetreten, habe die Tür zugemacht und die Sicherheitskette vorgelegt, und nachdem ich in Sicherheit war, habe ich die Dinge in der Reihenfolge ihrer Dringlichkeit erledigt. Ich glaube, Doktor Borodine wäre sehr positiv überrascht gewesen. Ich bin ins Badezimmer gegangen, um noch eine Vierteltablette Placidon zu nehmen und mir mit einem kalten Waschlappen übers Gesicht zu fahren, dann in die Küche, um Mylord zu trinken zu geben, denn der arme Liebling ist wegen seines Diabetes immer am Verdursten. Bei der Gelegenheit habe ich mir ein Stückchen schwarze Schokolade genehmigt, wegen des Magnesiums. Anschließend habe ich mein Telefon aus dem Wohnzimmer geholt und bin damit zurück zur Tür, durch die hindurch ich die junge Frau nach der Telefonnummer und dem Namen ihres Freundes gefragt habe. Er heißt Freddie.

Inzwischen fühlte ich mich durch dieses verrückte Abenteuer seltsam beschwingt.

Und ich schob noch hinterher: »Und Sie, wie heißen Sie?«, da ich bei unserem ersten Gespräch vor ein paar Tagen am Telefon vergessen hatte, sie danach zu fragen. Da ich ihre Antwort nicht verstand, öffnete ich die Tür einen Spalt weit – mit vorgelegter Sicherheitskette – und fragte noch einmal.

Sie bellte: »Harmonie« und fing dabei wieder an, gegen die Wand zu schlagen.

Da ich nicht die geringste Lust hatte, Monsieur und Madame Piquet herauskommen zu sehen, machte ich trotz meiner Angst auf, trat auf den Treppenabsatz hinaus und führte die junge Frau in meinen Flur, ungeachtet der Gefahr, denn nichts außer meiner Intuition sagte mir, dass sie nicht erneut versuchen würde, mich anzugreifen.

Ich brachte ihr einen Stuhl und ein großes Glas Wasser. Sie dankte mir mit einem Nicken und trank dann in hektischen kleinen Schlucken. Ich habe nichts gesagt, denn wenn man es gleich aufwischt, hinterlässt Wasser auf einem gewachsten Parkett keine Spuren. Dann rief ich ihren Freund an, besagten Freddie, und erklärte ihm in zwei Sätzen, was passiert war, wobei ich jedoch wegließ, dass ich für die Tür, die den Arm seiner Freundin eingeklemmt hatte, durchaus mitverantwortlich war, und vor allem, dass ich sie so fest wie möglich zugehalten hatte. Der junge Mann antwortete mir mit höflicher, besorgter Stimme. Wirklich keine Punk-Stimme. Er bat darum, mit Harmonie zu sprechen, und da ich laut gestellt hatte (für den unwahrscheinlichen Fall – aber man kann ja nie wissen, wie Josiane sagen würde , dass sie zusammen einen Raubüberfall planten), hörte ich, wie er ihr sagte, er komme so schnell wie möglich, sie solle sich keine Sorgen machen. Die junge Frau nickte, sie wirkte ruhiger, gab nur noch schüchterne kleine Wu-Ha Wu-Ha-Laute von sich, und die Schimpfwörter schienen ihr auch allmählich auszugehen. Sie gab mir das Telefon zurück und murmelte sogar: »Danke.« Ich holte einen zweiten Stuhl herbei, schließlich wollte ich nicht neben ihr stehen bleiben, in meinem Alter und in meinem Zustand, und so saßen wir dann schweigend da (ich jedenfalls, denn sie ihrerseits kläffte weiter schwach vor sich hin, was Mylord sehr zu gefallen schien), wie zwei Patientinnen im Wartezimmer. In dem Zusammenhang fragte ich mich, ob es wohl ratsam wäre, Doktor Borodine anzurufen. Ich glaube zwar kaum, dass Hypnose bei einem Knochenbruch hilft. Aber vielleicht täusche ich mich ja.

Die junge Frau schien in düstere Gedanken versunken zu sein, und ihr Schweigen machte mir Angst. Ich verabscheue Schweigen, es erinnert mich an den Tod, und an den Tod zu denken, finde ich morbid, wobei *morbid* ein besonders unangenehmes Wort ist, das übrigens gern mit Übergewicht assoziiert wird. Kurz, um das Eis zu brechen, habe ich schließlich etwas dämlich gefragt: »Dann heißen Sie also Harmonie?«, als könnte sie mir antworten: »Ach nein, ich habe meinen Vornamen eben gerade geändert, ich heiße jetzt Germaine.«

Dann heißen Sie also Harmonie? Uninspirierter geht es wirklich nicht.

Sie hat genickt und mit einem kleinen Lächeln gesagt: »Ich weiß, es ist lächerlich – Flittchen!, wenn-wenn-wenn man das Ergebnis sieht Ah-Wu-Ha!« (Ich kürze ab.) Ich habe ihr gesagt, es sei ein hübscher Vorname, und ich selbst hieße Fleur – wodurch ich mithilfe einschließender persönlicher Elemente eine emotionale Verbindung zwischen uns herstellen wollte (Kapitel 6, Abschnitt 2). Sie hat geantwortet, da hätten wir ja wenigstens eine Gemeinsamkeit. Und da ich nicht verstand, erklärte sie in fatalistischem Ton: »Unsere Eltern waren Visionäre.«

Gestern bin ich spät ins Bett gegangen. Ich hätte diesen ganzen denkwürdigen Abend gern an einem Stück niedergeschrieben, aber ich konnte die Augen nicht mehr offen halten und bin auf meinem Stuhl eingeschlafen, bis Mylord mich geweckt hat, weil er sich wie wild kratzte (ich glaube, er hat Neurodermitis). Da habe ich mich ins Bett gelegt und bin sofort wieder eingeschlafen. Die Aufregungen des Abends hatten mich mehr Kraft gekostet, als ich dachte.

Ich frage mich auch, ob ich nicht aus Versehen zwei Noctisom statt einer genommen habe, das wäre eine Erklärung. Ich muss daran denken, mir eine Pillenbox zu besorgen, sonst nehme ich irgendwann mal eine zu viel. Auch wenn Josiane sagen würde, dass »bei den paar Pillen«, die ich nehme, wirklich nichts passieren kann. Ein Noctisom (ein einziges!) am Abend, vier bis sechs Zenocalm pro Tag, zwei oder drei Sérénix, ein bis zwei Placidon, je nach Bedarf, plus das Realitin und das Constipax, wenn es nötig ist – was ist das schon, wenn sie doch wirken und mich beruhigen, auch wenn ich manchmal den Eindruck habe, dass mein Denken davon etwas konfus wird und an Lebhaftigkeit verliert. Was kein großer Verlust ist, würde Josiane scherzen – sie lässt keine Gelegenheit aus, mich zu necken.

Ich bin um sechs Uhr früh aufgestanden. Ich mag diese

Tageszeit nicht, ich bin kein Morgenmensch. Ich schätze die Ruhe des Morgens nur, wenn sie von den kleinen Geräuschen des Lebens ringsherum aufgelockert wird, von den gedämpften Schritten der Nachbarn, dem leisen Rauschen des Verkehrs, dem leichten Schnarchen von Mylord in seinem Körbchen ... Kurz, die Stille und ich, wie schon gesagt, der Tod und das alles, nun ja, ich will nicht immer wieder die gleichen Geschichten erzählen. Sich wiederholen, das geht mit alten Freunden, mit denen man sich in endlosen Weißt-du-noch-Schleifen ergehen kann. Aber für sich selbst ewig dasselbe wiederkäuen, das ist kein gutes Zeichen, finde ich.

Wenn die Kalebasse einen Sprung hat, verliert sie bald Wasser.

Ich nehme den Faden also da wieder auf, wo ich gestern abgebrochen habe.

Ich habe mein ganzes letztes Kapitel (»Kapitel«, wie eingebildet das klingt! Als wäre ich eine Romanautorin! Doktor Borodine muss darüber immer lachen ...) noch einmal durchgelesen.

Apropos Doktor Borodine, ich habe heute Nacht von ihm geträumt, fällt mir gerade wieder ein.

Ich erinnere mich nicht an meinen Traum, was sehr schade ist, aber ich bin um drei Uhr morgens aus dem Schlaf hochgefahren, ganz aufgewühlt und mit dem Gefühl, als hätte ich gerade ausgerufen: »Aber nicht doch, Fiodor!«

Ich frage mich, ob ich diesen Satz nicht wirklich laut ausgesprochen habe, denn als ich mich im Bett aufsetzte, war mir, als hallte er noch in meinem Ohr nach. Als hätte mich meine eigene Stimme geweckt. Wenn ich wirklich geschrien habe – was ich befürchte –, werde ich dies, in Anbetracht der dünnen Wände im Haus, bald an den Blicken von Monsieur und Madame Piquet erkennen.

Ich kenne sie, diese dumme (*Streichung*) diese alte (*Streichung*) diese Schnüfflerin, sie wird versuchen, mich ganz unauffällig auszufragen, auf ihre scheinheilige Art. Ich höre sie schon honigsüß flöten: »Mein Mann und ich haben neulich nachts gemeint, aus ihrer Wohnung Stimmen zu hören ... Hatten Sie Besuch, Madame Suzain?« Madame Piquet spricht nie in ihrem eigenen Namen, sie fängt alle ihre Sätze mit »Mein Mann und ich« an, manchmal sogar nur mit »Mein Mann«.

Ich weiß nicht warum, aber diese Frau versetzt mich in Furcht und Schrecken. Wenn sie mich anspricht, fühle ich mich wie ein riesiges Stück Käse in den Krallen einer bösartigen Maus.

Ich habe schon mit Doktor Borodine darüber gesprochen, der mich ermahnt hat, mich zu wehren.

»Lassen Sie sich nicht von jedermann einschüchtern, Madame Suzain. Lesen Sie noch einmal das Kapitel 12 meines letzten Buches, *Trotz der Anderen leben*. Lesen Sie es, und vo*rrr* allem, setzen Sie den Inhalt in die P*rrr*axis um.«

Es ist beschlossene Sache: Wenn Madame Piquet es wagt, mir auch nur die geringste Frage zu stellen, werde ich ihr die Stirn bieten! Ich werde ihr sagen, ein *Freund* habe *die ganze Nacht bei mir verbracht*, und dazu verlegen kichern, nur um ihr Gesicht zu sehen.

Was ihren Mann betrifft, so ist er nicht der Typ, andere Leute auszuhorchen, dazu würde er sich nicht herablassen, im Übrigen müsste er, wollte er sich zu mir herablassen, erst einmal auf eine Leiter steigen, er reicht mir nämlich höchstens bis unter die Achseln. Trotzdem wird er mich wie gewohnt von oben herab anschauen, was für einen so kleinen Mann doch bemerkenswert ist.

Aber die Bösartigkeit der Leute hat nun mal wenig mit ihrer Statur zu tun. Wenn es anders wäre, müsste man mich sofort aus dem Verkehr ziehen, ich wäre eine tödliche Gefahr.

Falls ich im Schlaf geschrien habe, wird der liebe Monsieur

Piquet es sich sicher nicht nehmen lassen, einen seiner giftigen Zettel an die Haustür zu kleben, mit denen er die ganze Welt an die Moral, die Höflichkeit und die Regeln der Hausgemeinschaft erinnert, das Ganze in der ersten Person Plural, da er nicht zu schreiben wagt: *Der König verfügt.*

Ich kann mir seine wütende Prosa mühelos vorstellen:

An alle Bewohner des Hauses.

Wir erinnern Sie daran, dass es um des Friedens und des Wohlbefindens aller willen verboten ist, die Ruhe des Hauses zu stören, bei Tag wie bei Nacht. Dies ist die letzte Mahnung, und jeder Verstoß gegen diese Grundregel des guten Benehmens wird ohne weitere Vorwarnung mit einer Meldung bei der Polizei geahndet werden.

Monsieur Piquets Zettel sind stets anonym, auch wenn alle genau wissen, wem sie zuzuschreiben sind. Neuerdings machen sich gewisse Hausbewohner einen Spaß daraus, sie mit »Der Spießer« zu unterzeichnen. Ich verdächtige das junge Paar aus dem vierten Stock, wenn es nicht einer ihrer zahlreichen (und extrovertierten) Freunde ist. Ich muss gestehen, dass ich mich selbst hin und wieder habe hinreißen lassen, einen seiner Aushänge mit Rot zu korrigieren, wenn er etwa daran erinnerte, die Tür des Müllraums wieder zu *schliesen*, oder die *Bewoner* bat, die Haustür nicht zuschlagen zu lassen.

Ich zitterte vor Erregung und Angst, dass ich mit dem Rotstift in der Hand erwischt werden könnte. Ich glaube, ein bisschen Gefahr finde ich durchaus reizvoll. Das ist meine Mata-Hari-Seite.

Das Komische dabei ist, dass ich im Grunde ziemlich mit Monsieur Piquet einverstanden bin, was Höflichkeit, Respekt vor den Nachbarn und so weiter angeht, und dass mich die verschiedenen Unsitten und Verstöße auch einigermaßen schockieren. Aber ich mag solche maskierten Rächer nicht, die meinen, sie hätten einen Polizeiauftrag.

Dieser Monsieur Piquet ist hart und spitz wie sein Name. Außerdem straft er mich mit Verachtung, seit Mylord ihm eines Mittwochmorgens ans Bein gepinkelt hat. Monsieur Piquet kam herunter, um seine Post zu holen, als wir gerade wieder hochgingen. Mylord war ausnahmsweise zu Fuß (oder sollte ich sagen »zu Pfote«), denn ich hatte beide Hände voll mit einem Paket von Blanche Porte (dem Versandhandel für Unterwäsche, ein Satz lächerlich kleiner Miederhöschen, die ich zurückschicken musste). Als wir uns auf dem Treppenabsatz im ersten Stock begegnet sind, hat Mylord im Vorbeigehen und ohne jede Vorwarnung Monsieur Piquets Hosenaufschlag begossen, weiß der Himmel warum. Das hat Monsieur Piquet nicht gut aufgenommen, was ich verstehen kann. Aber wie auch immer, erstens habe nicht ich persönlich ihn angepinkelt, ich weiß also nicht, warum er es mir übelnimmt, und zweitens habe ich mich entschuldigt. Etwas flüchtig, das kann schon sein, aber er blockierte mich im Treppenhaus (um ehrlich zu sein – und das bin ich immer –, weiß ich natürlich, wer wen blockierte), und ich fühlte, dass sich eine Panikattacke anbahnte, während mich noch zwei Treppen von meiner Placidon-Schachtel trennten. Schlimmer noch, Monsieur Piquet wollte mich zurückhalten, um mich über die Gründe seines Ärgers genau ins Bild zu setzen, denn wenn man einen Hund hat, muss man und so weiter und so fort, was vollkommen richtig ist, aber es war ein Notfall. Um mich zu nötigen, ihm zuzuhören, hat er mich dummerweise am Handgelenk gepackt. Nicht direkt grob, aber energisch genug, dass sofort Panik in mir aufstieg. Und in solchen Situationen kann ich nicht den geringsten Zwang vertragen. Ich weiß nicht mehr ganz genau, was dann passiert ist, ich erinnere mich nur dunkel, Monsieur Piquet gegen die Wand gedrückt zu haben. Ich höre mich noch schreien: »Aus dem Weg! Aus dem Weg!«, mit einer derart schrillen und verängstigten Stimme, dass er hätte verstehen müssen, in welcher Bedrängnis ich war. Aber leider hat der alte Trottel nicht nur das nicht erkannt, er hat auch die Art des Notfalls völlig falsch gedeutet. Während ich endlich meine Tür aufschloss, habe ich gehört, wie er gegenüber Madame Benasli – erster Stock rechts, sie hat wohl den Kopf herausgestreckt, um zu sehen, was los war, was sie zwölf Mal am Tag macht, regelmäßig wie eine Kuckucksuhr – verkündete, »Leute wie ich« sollten doch gefälligst vorsorgen, *es gebe ja schließlich Windeln!*

Kurz und gut, seitdem bedenkt mich Monsieur Piquet jedes Mal, wenn wir uns begegnen, mit wütenden und leicht angewiderten Blicken, seine Frau lächelt mir zu, als wolle sie mich steinigen, und Madame Benasli gibt mir den Rest, indem sie mir diskret und mitleidig zunickt.

Vorher war ich die Dicke mit dem Hund.

Jetzt bin ich die inkontinente Alte.

Das alles sagt mir freilich nicht, ob ich heute Nacht nun »Aber nicht doch, Fiodor!« geschrien habe.

Ich frage mich, ob ich Doktor Borodine diese Anekdote erzählen kann. Ich möchte nicht, dass er denkt, ich träume von ihm und nenne ihn beim Vornamen. Zumal es tatsächlich so ist.

Was war wohl in diesem Traum passiert, dass ich so entschieden ausrief: »Aber nicht doch, Fiodor!« und deswegen sogar mit brennenden Wangen und Herzklopfen aus dem Schlaf fuhr? Nicht doch *was?* Ich kann nur Vermutungen anstellen, es lässt mir keine Ruhe. Die bloße Mutmaßung, ich könnte in meinem Alter ungehörige, ja laszive Träume haben, beschämt mich ganz schrecklich. Nun ja, schrecklich ist vielleicht übertrieben, sagen wir, ich habe gemischte Gefühle, ich frage mich sogar, ob es mich nicht ebenso sehr freut, wie es mich geniert. Ein Indiz dafür ist die ungewöhnlich fröhliche Stimmung, in der ich mich seit heute Morgen befinde und von der ich nicht weiß, ob ich mich damit brüsten kann.

Um auf den gestrigen Abend zurückzukommen (Fiodor würde sagen, ich schweife schon wieder*rr* ab): Wir warteten also im Flur, die junge Frau und ich, als es nach einer guten halben Stunde klingelte. Es war der Freund (Mann, Lebensgefährte, Liebhaber? Man weiß heutzutage nicht mehr, wie man sagen soll), kurz, es war besagter Freddie, den ich angerufen hatte. Gott, ist dieser Junge gutaussehend! Ich muss gestehen, dass ich überrascht war, denn für eine junge Frau, die so (*Streichung*) (*Streichung*), für eine so (*Streichung*) … Ich will keineswegs darauf hinaus, dass man sich als Behinderte mit dem Ausschuss begnügen sollte, aber ich war nicht darauf gefasst, dass dieser junge Mann so großartig aussehen würde. Das hat mich übrigens zum Nachdenken gebracht. Ich glaube nicht zu übertreiben, wenn ich sage, dass ich nie mit großen Reizen gesegnet war, sodass ich immer nur die Ladenhüter anzuschauen gewagt habe. Und wenn ich damit falschgelegen hätte? Schließlich sind die Geschmäcker verschieden. Wenn man sieht, dass selbst ein Topf wie Monsieur Piquet seinen Deckel gefunden hat, dann hätte ich, wer weiß, vielleicht einen schönen, glutäugigen Hidalgo verführen können? Die Iberer haben mir immer gefallen (die Slawen noch mehr, wie ich neuerdings weiß). (Ich erröte wie ein Backfisch, während ich das schreibe, was bin ich doch dumm!) Ich musste mich mit Monsieur Suzain begnügen, der von einem Hidalgo nur die schwarzen Haarbüschel hatte, die aus dem engen Kragen seines weißen Hemdes hervorschauten. Wir waren sechsundzwanzig Jahre verheiratet, bis er an einer Hirnblutung gestorben ist. Wenn er nicht als Erster gegangen wäre, wäre ich gestorben. Vor Langeweile. Danach hatte ich Duke, jetzt habe ich Mylord.

Beide Kurzhaarrassen.

Besagter Freddie hat sich gegenüber der jungen Frau wunderbar fürsorglich gezeigt. Es gibt also Männer, die sich um das

Wohlergehen ihrer Frauen (Lebensgefährtinnen, Freundinnen, Geliebten?) sorgen. Monsieur Suzain war kein schlechter Mann, aber wenn ich zum Beispiel entführt worden wäre (etwa von Russen) (*Schluss jetzt!*), wäre er unfähig gewesen, mein Phantombild zu erstellen. Wenn er von mir redete – was nicht oft vorkam –, dann fiel ihm nur ein, dass »Madame Suzain die Königin des Kalbskopfs mit Kapernsauce« sei.

Ich sehe vor mir, wie dämlich er dreingeschaut hätte, wenn er meine Augenfarbe hätte beschreiben sollen …

Dieser Freddie hat den Arm der jungen Frau sehr behutsam untersucht, was nicht einfach war, denn sie zuckte schon wieder. Als er das große, schwarzblaue Hämatom auf ihrem Arm entdeckte, rief er entsetzt aus: »Ach du Scheiße, da hast du dich ja voll erwischt! Wie hast du das denn hingekriegt?« Auch wenn das recht vulgär ausgedrückt war (oder sagen wir sehr umgangssprachlich), hörte ich sein aufrichtiges Mitgefühl heraus, und das ist ja letztlich die Hauptsache. Wen interessiert die Verpackung, wenn der Inhalt stimmt.

Allerdings wäre es mir lieber gewesen, wenn er sich nicht zu sehr gefragt hätte, wie der Zwischenfall sich genau abgespielt hatte, denn ich ahnte schon, dass ich dabei nicht so gut wegkommen würde.

Harmonie erzählte ihm, was passiert war, wobei sie meine Nöte mit keinem Wort erwähnte, ebenso wenig wie den Mut, den es mich gekostet hatte, sie in meine Wohnung zu lassen. Das fand ich ungerecht. Als sie fertig war, schaute der junge Mann mich böse an und fragte: »Sie haben ihr die Tür auf den Arm *geknallt*?«

Das musste ich wohl oder übel zugeben.

»Schämen Sie sich nicht?«

Da fing ich wieder an, mich unwohl zu fühlen. Diese seltsame junge Frau, die auf einem meiner Louis-Philippe-Stühle saß, dieser hübsche, aber feindselige junge Mann, das Gefühl, dass mein Flur sich in einen Gerichtssaal verwandelt hatte …

Sogar Mylord schien mich mit leisem Argwohn zu betrachten. Ich versuchte, im Kopf nachzuzählen, wie viele Tabletten ich seit dem Morgen genommen hatte (wobei ich natürlich nur an das Placidon, das Zenocalm und das Serenix dachte. Das Realitin und das Constipax wirken nicht gegen Angstzustände). Ich hatte die erlaubte Höchstdosis bereits erreicht, schöne Bescherung. Aber ich konnte ein paar Tropfen von dem Ponderol 10 mg nehmen, das mein Hausarzt mir für den äußersten Notfall verschrieben hat.

Der junge Mann schaute mich missbilligend an, dann fragte er mich, ob ich verstanden hätte, dass seine Freundin an einer neurologischen Krankheit litt.

Ich antwortete ihm, jetzt wisse ich es, weil sie es mir erklärt hatte. Ich fügte hinzu, ich hätte schon einmal eine Sendung über dieses Tabourette-Syndrom gesehen und verstehe, dass seine Gefährtin (Gattin? Freundin? Die Frage lässt mich nicht los) mich weder habe beschimpfen noch schlagen wollen. Ich fügte hinzu, allerdings hätte ich, als ich ihr die Tür öffnete, von alldem nichts gewusst und ich hätte ihr Verhalten falsch interpretiert, weil ich Angst hatte.

»Ich bin alt und krank«, erklärte ich.

Das schien ihn nicht weiter zu berühren. Diese jungen Leute sind so was von egoistisch!

Er seufzte nur und sagte zu der jungen Frau: »Tut mir leid, mein Herz. Ich wollte es ja nicht sagen, aber ich habe so etwas befürchtet …« Ich weiß nicht, was er mit »so etwas« meinte, aber ich nehme an, dass er auf mein Verhalten abzielte.

Harmonie bellte ihm etwas zu, das ihn aber nicht zu überzeugen schien.

Ich fragte mich, wie ich ihren Besuch abkürzen könnte, denn ich hatte nach all der Aufregung das dringende Bedürfnis, allein zu sein. Die Wände des Flurs begannen sich einander gefährlich anzunähern, und auch wenn ich weiß, dass das nicht real ist, möchte ich doch wetten, dass eine derartige optische Täuschung jeden in Angst und Schrecken versetzen würde. Ich hätte vielleicht noch ein Realitin nehmen sollen.

Aber dann hätte ich auch ein weiteres Constipax gebraucht.

Harmonie sagte, sie sei mir nicht böse, sie verstehe schon, und fragte mich, ob ich Eis hätte, um ihren Arm zu kühlen, bis sie beim Arzt wäre.

Ich wollte gerade zum Kühlschrank laufen und die Gelegenheit nutzen, um das Ponderol zu nehmen, als Mylord, der unserer Unterhaltung bisher still beigewohnt hatte, spontan auf den Schoß der jungen Frau sprang, was ich nicht für möglich gehalten hätte, denn das hat er, mein Goldstück, mein Klößchen, noch nie bei irgendjemandem gemacht, nicht einmal bei mir. Die junge Frau bellte vor Überraschung, Mylord antwortete ihr, worauf ich Harmonie, ohne nachzudenken, fragte: »Was haben Sie zu ihm gesagt?«

Der junge Mann schaute mich leicht besorgt an.

Harmonie wirkte etwas verwirrt, dann lachte sie laut los. Ich weiß nicht genau, warum, aber ich lachte auch, als hätte meine Dummheit die Situation schließlich entspannt.

Ich ging Eis holen und Arnika-Gel, ich verband ihren Arm und schiente ihn. Das kann ich sehr gut, ich habe einen privaten Fernkurs in Krankenpflege absolviert, der sehr viel Geld gekostet hat. Damals diente mir Monsieur Suzain als Versuchskaninchen für die Verbände, während er Fußball guckte.

Für die Spritzen wartete ich, bis er nach dem Geschlechtsakt eingeschlafen war, mit dem Ergebnis, dass ich darin nie viel Übung bekam.

»Hätten Sie das nicht früher machen können, wenn Sie wissen, wie es geht?«, fragte Freddie.

Wie sollte ich diesem feurigen, aber etwas nervigen jungen Mann erklären, was ein Angstzustand ist, wie sehr einen das lähmt, völlig in Beschlag nimmt und am Denken hindert? Vergebliche Liebesmüh. Versuchen Sie einmal, einem von Geburt an Blinden die Farbe des Himmels zu erklären oder einem Tauben Mozart nahezubringen.

»Ich bin Agoraphobikerin und Sozialphobikerin«, sagte ich (ganz ruhig). »Ich denke, Sie haben nicht die leiseste Vorstellung, was es bedeutet, Tag für Tag mit einem derartigen gesundheitlichen Problem zu leben. Ich bin Ihnen nicht böse« (auch wenn mein Ton eindeutig das Gegenteil besagte), »ich bin Ihnen *überhaupt nicht* böse, es ist eben für einen Gesunden schwierig, sich ein Leben mit einer Behinderung vorzustellen.«

Er warf seiner Gefährtin (Gattin, etc.) einen etwas ratlosen Blick zu. Der Junge sieht sehr gut aus, aber ich glaube, er ist ein bisschen langsam. Harmonie lächelte ihm auf eine komische Art zu und fragte mich dann, ob ich deshalb eine Putzfrau suchte.

»Dann brauchen Sie vielleicht eher eine Haushaltshilfe? Um einkaufen zu gehen? Um nicht Wu-Ha Wu-Ha aus dem Haus gehen zu müssen?«

Ich sagte nein, es sei nur, um Mylord während meiner Sitzungen bei Doktor Borodine nicht alleinzulassen. Ich erklärte ihnen, dass es für mich undenkbar war, meinen kleinen Liebling alleinzulassen, er sei mein ganzes Leben, mein einziger Gefährte (Freund? Gatte?).

Ich erzählte von seinem Herzanfall, ich erklärte ihnen, welche Angst ich hatte, mein armes Fröschlein sterben zu sehen. Ich sagte, er sehe zwar gesund aus (und er wirkte tatsächlich zehn Jahre jünger, wie er so auf dem Schoß dieses Mädchens saß und sich mit heraushängender Zunge und geschlossenen Augen den Kopf kraulen ließ), aber das täusche, er sei sehr anfällig.

»Er ist vor allem zu dick«, meinte Freddie.

Harmonie hustete laut, und Freddie fragte: »Was denn?«

Dann schaute er erst mich an, dann sie, rieb sich an der Nase und sagte: »Okay. Also, gehen wir dann mal?« Harmonie stand vorsichtig auf, um Mylord Zeit zu lassen, von ihrem Schoß zu steigen, und ich bemerkte – ohne ganz sicher zu sein –, dass sie die ganze Zeit, in der sie ihn auf dem Schoß gehabt hatte, keine einzige unkontrollierte Bewegung gemacht hatte.

»Wir fahren ins Krankenhaus«, sagte Freddie. »Ich bin mir sicher, dass dein Arm gebrochen ist!«

»Ich bin mir sicher, dass nicht«, erwiderte Harmonie, und dann schaute sie mir direkt in die Augen und fügte hinzu: »Dann sind wir uns also einig, wegen der Anzeige? Sie nehmen mich auf Probe?«

Natürlich hätte ich nein sagen sollen, angesichts ihres (*Streichung*), ich meine wegen ihrer (*Streichung*). Ich weiß nicht warum, aber ich habe gezögert, und da hat sie gefragt: »Wann soll ich anfangen?«

Josiane hätte mir geraten, mich nicht überfahren zu lassen, sie hätte mich darauf hingewiesen, dass diese junge Frau ganz offensichtlich unfähig war, sich um Mylord zu kümmern, dass sie in meiner Wohnung alles kaputtmachen würde, und wer weiß, ob sie nicht doch drogensüchtig war? Man weiß ja, dass die jungen Leute von heute andauernd auf chemische Substanzen zurückgreifen.

Dieser Freddie versuchte ihr zu sagen, sie solle erst noch mal nachdenken und den Ball flach halten, aber die junge Frau wirkte fest entschlossen.

Sie fragte mich: »An welchem Tag haben Sie Ihren Termin?«, und ich antwortete: »Mittwoch um 15 Uhr. Die Praxis ist knappe zehn Minuten von hier.«

»Dann komme ich um Viertel vor drei. Bis Mittwoch!«

Mylord fiepte, als Harmonie ins Treppenhaus hinausging. Sie streichelte ihm mit ihrer unverletzten Hand die Schnauze, wobei sie ihn als A...loch bezeichnete, was ihn aber nicht weiter zu stören schien, im Gegenteil, er sprang um sie herum und bellte ihr ein Liebeslied vor.

Ich schaute der jungen Frau nach, wie sie die Treppe hin-
unterging, zappelnd und von heftigen Bewegungen geschüttelt, hinter ihrem Freund Freddie her, der Stürze und Schläge
abfing, so gut er konnte, und fühlte mich plötzlich seltsam
besänftigt.

Ich sage Freddie, es sei nichts gebrochen, ich bin mir zwar nicht sicher Wu-Ha aber ich sage es, weil ich fest entschlossen bin, mich nicht erschüttern, nicht anfechten zu lassen. Freddie hat ganz offensichtlich nicht die gleichen Vorsätze gefasst wie ich. Als ich hinzufüge, es sei alles in Ordnung, bloß ein blauer Fleck, der in drei Tagen verschwunden sein werde, schüttelt er ernst den Kopf. »Da bin ich mir nicht so sicher, mein Herz, dein Arm sieht ziemlich ramponiert aus.« Ich wiederhole, es sei nichts, es tue fast nicht mehr weh, na ja, natürlich noch ein bisschen, wenn ich diese oder jene Bewegung mache Ha aber ich hätte das Gefühl, es sei nicht so schlimm. »Bei dir ist nie irgendwas schlimm«, antwortet Freddie, was natürlich nicht stimmt, manchmal schon. Meine Mutter, die drei Tage vor Muttertag vergisst, wieder aufzuwachen, Freddie, der mich nicht mehr lieben könnte, der genug von mir haben könnte, Elvire, meine Fast-Schwester mit ihrem nervösen, unmöglich einzufangenden Blick, Elvire, die ihre durchgeknallte Familie überlebt hat, das alles sind schlimme Sachen. Ich könnte auch noch viel mehr anfügen, Krieg, Umweltverschmutzung, die Welt, die gegen die Wand fährt, Staatschefs, die ihre gutgläubigen Wähler betrügen, Attentate, Terroristen Affenarsch Tiere, die in Schlachthöfen grausam massakriert werden, Kinder, die als Sklaven verkauft werden. Schlimmes ist nicht

schwer zu finden. Ist da ein dunkelblau verfärbter Arm vielleicht schlimm? Nein.

Freddie fährt sehr vorsichtig, er spielt Rettungswagenfahrer,
er schneidet keine Kurven, fährt nicht zu dicht auf, vermeidet
für seine schwerverletzte Freundin jede Erschütterung, er ist
ein cooler, gelassener Mann, der die Situation im Griff hat wie
ein Profi. Seine Ratgeber über persönliche Entwicklung haben
heute ihre Berechtigung gefunden, statt nur unser Bücher-
regal zu füllen.

Ich halte meinen Arm an meinen Bauch gedrückt, aber
nicht zu fest, um den Schmerz nicht zu verschlimmern, der
eigentlich nicht sehr stark ist, eher diffus, schwer zu sagen,
woher er genau kommt. Er sammelt sich und sackt immer
tiefer immer tiefer, weit weg von der gequetschten Stelle. Als
suche er einen Rückzugsort. Er gleitet meinen Arm hinab,
von der Schulter zum Handgelenk, er flieht vor dem Ort des
Angriffs, so wie undichte Dachstellen allmählich eine Decke
durchtränken, Ränder bilden und schließlich langsam zu
tropfen beginnen, plitsch platsch, bis sich an einer bestimmten Stelle ganze Eimer füllen, obwohl der vom Hagel zer-
schlagene oder vom Wind verschobene Dachziegel vielleicht
ein paar Meter höher liegt, denn das Wasser tut, was es immer tut, es folgt seinem Lauf, es dringt durch den erstbesten
Spalt. Ich denke über diesen Schmerz nach, der in meinem
Handgelenk pulsiert, obwohl die Verletzung viel weiter oben
ist. Dann schweifen meine Gedanken ab, ich denke an alles,
was an einer bestimmten Stelle wehtut, auch wenn diese
Stelle nicht der Ursprung des Schmerzes ist. Streitereien zum
Beispiel, die oft losbrechen, wenn man sie nicht erwartet.
Deren Quelle manchmal weit zurückliegt. Die Kriege, die
Konflikte, die verlogene Präsidenten im Namen der Demo-
kratie lostreten, deren Ursprünge jedoch viel weiter oben
liegen, nämlich auf der Höhe ihres Aktienportfolios. Ich
halte meinen verletzten Arm, ich bin weit weg von meiner

ursprünglichen Verletzung, ich springe von einem Gedanken zum nächsten, ich denke an Waffenhandel, an mörderische Marionetten, die man an die Spitze von Ländern setzt und dann exekutiert, je nach Interessenlage der Konzerne, die auf dem großen Dach der Welt ihre Veitstänze tanzen, ohne sich um die Zerbrechlichkeit der Ziegel zu kümmern, egal wenn sie springen egal wenn sie brechen egal wenn es drei Etagen tiefer reinregnet. Ich denke an das Erdöl, an das sterile Saatgut von Monsanto, an die Pharmaindustrie, die die Erde vergiftet, an den Imker in China oder in Mexiko, der seine Bienenvölker reihenweise sterben sieht, weiß der, wo genau der Dachschaden liegt, nein, natürlich weiß er es nicht. In dem Moment fragt Freddie: »Die Frau ist völlig durchgeknallt, oder?« »Wer denn«, frage ich. »Die Alte, die dir den Arm gebrochen hat.« »Mein Arm ist nicht gebrochen«, erwidere ich. Freddie ignoriert mich, er redet weiter. »Willst du wirklich bei der arbeiten? Das ist nicht dein Ernst, oder?« »Doch, doch, das ist mein Ernst, und ich werde gleich am Mittwoch anfangen.« »Aber was willst du denn damit beweisen, mein Spatz?« »Nichts«, antworte ich. »Gar nichts. Ich habe weder der Welt etwas zu beweisen noch mir selbst.« Das stimmt natürlich nicht. Genauso wenig, wie zu sagen, dass das Wasser immer direkt unter dem Dachschaden reinläuft. Dass der Schmerz immer an der verletzten Stelle pocht. Genauso wenig, wie zu behaupten, dass das Leben allgemein und besonders meins mir so gefällt, wie es ist, und dass nichts es schöner machen könnte. Freddie sind solche Überlegungen fremd, und ihn dazu bekehren zu wollen, ist zwecklos, im Übrigen beweist er gerade, dass er seine Meinung nicht ändern wird.

»Ich habe kein gutes Gefühl, ich bin mir sicher, dass die Alte nicht ganz dicht ist.«

Nicht ganz dicht.

Ich frage Freddie, was er wohl meint, was die Leute über

mich denken. Leute, die mich nicht kennen, die mich noch nie gesehen haben. Ob sie bei mir *ein gutes Gefühl* haben, ob sie nicht auch meinen, dass ich *nicht ganz dicht* bin, zu nichts zu gebrauchen, reif für die Mülltonne. »Hör auf, mein Herz, ich ertrage es nicht, wenn du so von dir redest, also hör auf, ja?« Ich sage ihm, dass ich aufhören kann zu reden, aber nur weil man die Augen zumacht, hört die Realität nicht auf zu existieren. Die Leute halten mich für nicht ganz dicht, so ist es nun mal. Ich frage Freddie, ob ich es bin. »Was?« »Nicht ganz dicht.« Ich sehe seine Augen glänzen, er wird bald verschwommen sehen, das ist gefährlich, man sollte mit glänzenden Augen nicht Auto fahren. »Schon gut, war ein Witz«, sage ich. »Ich bin völlig dicht.« Er schnieft und antwortet: »Na ja, vielleicht bist du es schon ein bisschen.« »Ein bisschen was?« »Nicht ganz dicht.« Und er fügt hinzu: »Ich meine, wenn man das *Tabourette*-Syndrom hat …« Er lacht leise vor sich hin. »Geh zum Teufel«, sage ich. Aber ich kann nicht anders, ich muss auch lachen.

Der Arm ist doch gebrochen. »Ein hübscher Bruch«, sagt der Assistenzarzt. »Ein hübscher, glatter Bruch, keine Dislokation. Nicht so schlimm, machen Sie sich mal keine Sorgen! Aber die Schiene da nehmen wir ab – wer hat die denn gebastelt? –, wir machen Ihnen eine aus Kunstharz. Könnten Sie vielleicht aufhören, sich zu bewegen?«

Aufhören, mich zu bewegen, das ist die Geschichte meines ganzen Lebens. Aufhören, mich zu bewegen, na klar doch Affenarsch.

Freddie hat ihm schon von meinem Tabourette erzählt, deshalb bleibt der Überraschungseffekt aus. Spielverderber.

Tatsächlich bin ich nicht erstaunt, dass mein Arm gebrochen ist. Als die Panzertür ihn eingeklemmt hat, tat es höllenweh. Und dass die dicke, panische Frau dann mit ihrem vollen Gewicht, ihrem vollen Riesensäugergewicht dagegengedrückt hat, hat die Sache für meinen Humerus nicht besser gemacht. *Mein Humerus.* Das klingt wie *mein Numerus*, wie in Numerus clausus, was geschlossene Zahl bedeutet. Der geschlossene Kreis der Menschen, die eine eiserne Gesundheit keine Anomalie keine Behinderung haben, denen alles gelingt, ohne dass sie hart darum kämpfen müssen. Diese Menschen, denen das Glück lacht, über das ganze Gesicht. Mein Humerus hat das überraschende Zuschlagen einer Panzertür (mit Hochsicherheitsschloss, wie ich weiß, weil Madame Suzain es erwähnt hat, als sollte ich stolz darauf sein, meinen Arm von einer so hochqualifizierten Tür zerschmettert zu sehen, stolz und vielleicht sogar ein bisschen dankbar für die Ehre) nicht gut vertragen. Madame Suzain hatte Angst, deshalb hat sie so reagiert, das habe ich sehr wohl verstanden, ich bin ja nicht blöd. Die Angst ist Grund für viele Dummheiten. Sie hat sicher gedacht, ich würde sie umbringen zerstückeln und ihrem zu dicken Hündchen zum Fraß vorwerfen. Fett von den Pfoten bis zu den Lefzen bis zu den Hängebacken. Was zur Bestätigung der fragwürdigen Theorie beiträgt, nach der die Leute Haustiere haben, die ihnen ähneln. Ich frage mich, was für ein Tier ich adoptieren sollte, gibt es welche, die voller Tics und Zwangsstörungen sind, voller Wu-Hu-Has voller Rauschen in der Leitung. Ein springendes zappelndes zuckendes Tier, ein schreiendes brüllendes unberechenbares Tier, das niemand niemand niemand haben will, so ein Tier bräuchte ich. Als die Tür meinen Arm eingequetscht hat, hat es mich so heftig geschüttelt, dass ich keine Luft mehr gekriegt habe, der Schmerz schoss mir bis in die Schulter bis in die Kiefer hoch, ich dachte, ich müsste sterben, mein Herz würde aufhören zu schlagen, so dämlich wie das meiner Mutter, nur war ihres so zuvorkommend, mitten in der Nacht stehenzubleiben, ich hoffe, es geschah sanft und mitten in einem schönen Traum. Ich dachte, ich würde auf diese lächerliche Art sterben, die in gewisser Weise zu mir passte, was habe ich in einem früheren Leben nur angestellt, um ein so beschissenes Karma zu erben? Als die dicke Fleur die Tür schließlich wieder aufgemacht hat, ist der Schmerz abgeflaut, aber es ist doch ein hübscher Bruch.

Das Schwerste an diesem elenden Tag sind die zwanzig Minuten, die ich im Flur auf einem Stuhl mit plastiküberzogenem Polster auf Freddie warten muss. *Zwanzig Minuten* neben dieser Frau, die auf genauso einem Stuhl sitzt, diese rührende dicke Frau, diese fette alte Kuh mit depressiven sanften Augen, die ihr Taschentuch in den Händen zerknüllt und verängstigt um sich schaut, die sich an ihr Taschentuch klammert, als hänge ihr Leben daran, als könnte es sie vor den Gefahren dieser Welt schützen, wenn sie es in ihrer Faust knetet, vor den Leuten, den Geräuschen, den Monstern unterm Bett, vor der lauernden Krankheit in einer Ecke des Raumes und dem Tod in der anderen und vor mir natürlich vor mir mir mir Wu-Hu-Hu-Ha-Ha-Ha.

Ich habe ihr einen Mordsschreck eingejagt, wie könnte ich ihr böse sein, ich kann mir ganz gut vorstellen, wie es sich anfühlt, von jemandem wie mir grundlos beschimpft und angebrüllt zu werden und mit knapper Not einem Faustschlag zu entgehen. Ich spüre ihre Angst, sie versprüht sie wie einen diffusen Nebel, Madame Suzain verströmt ihre Furcht wie ein Raucher seine Rauchwolke, aber ich kann nicht alles Elend der Welt auf meine Schultern nehmen, mein eigenes reicht mir, sie muss schon selbst zusehen, wie sie mit ihren fruchtlosen Ängsten und ihrer unmäßigen Panik klarkommt. Mein

Mitgefühl ist verbraucht verschlissen mottenzerfressen wie ein alter Pulli, man kann durch die Löcher hindurchschauen. Ich bin wütend, ich habe gute Gründe dafür, ich hatte mich fast davon überzeugt, dass alles gut laufen würde, und bin unleugbar gescheitert. Ich bin auf die Fresse gefallen, wie Freddie sagen würde, um mir dann noch den Rest zu geben: *Wie nicht anders zu erwarten, mein Küken!* Ich kann das nicht hören. Ich kann mich nicht daran gewöhnen, zum Scheitern verurteilt zu sein.

Zwischen zwei Zuckungen zwei Rucklern sage ich zu Madame Suzain, dass ich das Tourette-Syndrom habe, ich erwarte, dass sie nachfragt, *was für ein Syndrom*, aber nein, sie scheint es zu kennen. Mehr oder weniger. Das Tabourette-Syndrom.

Dabei ist es eine seltene Krankheit, ich kenne die Statistiken, ich kann sie auswendig, weniger als ein Prozent der Bevölkerung ist davon betroffen, etwa dreimal mehr Männer als Frauen, bei zwei Dritteln der Patienten klingen die Symptome bis zum Erwachsenenalter ab, verschwinden ganz oder werden erträglicher, nur ein kleiner Teil der Erkrankten neigt zu heftigen, ausladenden Bewegungen und zur Koprolalie. Koprolalie, vom altgriechischen *kopros*, wie zum Beispiel in Koprophagen, scheißefressende Insekten, in Koprolith, versteinerte Kacke, aber auch in Koproprietät, Miteigentum, wahrscheinlich weil da eine Menge Scheiße zu verwalten ist, und von *laló*, was »ich rede« bedeutet. Ich leide also unter der zwanghaften Neigung, unanständige Wörter aus dem sexuellen oder analen Bereich auszusprechen, ausgerechnet ich, die jede Vulgarität verabscheut, ich habe wirklich das große Los gezogen. Ich hatte eine Chance von weniger als 0,3 %, davon betroffen zu sein, und mit bald dreißig sollte es längst abgeklungen sein, und das Risiko, *gleichzeitig* von motorischen und vokalen Tics Zuckungen Störgeräuschen Sprachdreck geschlagen zu sein Fette Hure Affenarsch, ging gegen null. Die

Wahrscheinlichkeit, bei den EuroMillions zu gewinnen, wäre höher gewesen, echt schade, dass ich nicht gespielt habe.

Während ich Madame Suzain meinen Fall erkläre, fühle ich mich gedemütigt. Dabei müsste ich mir mit der Zeit einen Panzer zugelegt haben, hochsicherheitsverschlossen wie diese Panzertür, ich habe keinen Grund, mich zu schämen, ich bin nicht dafür verantwortlich, ich hätte mit einer viel schlimmeren Behinderung zur Welt kommen können, ohne Arme ohne Beine ohne Herz ohne Ideale oder schlimmer noch, ohne Humor. Ich sollte mich glücklich schätzen, wie man so sagt. Es könnte viel schlimmer sein, schätze dich glücklich. Ich schätze mich gar nicht. Weder glücklich noch sonst wie. Ich bin einfach nur müde müde müde, immer erklären erläutern vorwarnen zu müssen, mich nie auch nur eine Stunde vergessen zu können, und selbst wenn ich es schaffen würde, wenn ich mich vergäße, die anderen würden mich sicher nicht vergessen. Wu-Ha. Die Leute, die die Wörter Krankheit und Behinderung verstehen, verstehen auch, dass es nichts zu lachen gibt, und sagen sich ganz zu Recht: Es hätte auch mich treffen können. Die anderen lachen, weil sie Angst haben, ohne daran zu denken, dass ihr Lachen verletzend ist. Die Grenzen zwischen ihnen sind fließend, durchlässig, man kann das Lager wechseln oder auf der Linie, die beide trennt, Himmel und Hölle spielen. Wir sind alle Himmel-und-Hölle-Spieler, wir hüpfen hinter unserem Stein her von der Erde in den Himmel. Während wir auf den mit rosa Stoff und durchsichtigem Plastik bezogenen Stühlen warten (wie vakuumverpackte Leberpastete), lacht Madame Suzain nicht, lächelt nicht, sondern senkt vor vollkommen gerechtfertigtem Schuldbewusstsein den Blick, wegen der zugeschlagenen und extra mit ihrem vollen Gewicht zugehaltenen Tür Ta Tadaaaa. Sie fragt mich nach meinem Vornamen, ich frage sie nach ihrem, wie soll man da nicht lachen. Mich Harmonie zu nennen, was hat sich meine Mutter dabei nur gedacht. Ich weiß ich weiß ich weiß, man sah es nicht, als ich meinen ersten Schrei ausstieß, ich habe der Hebamme weder den Mittelfinger gezeigt noch habe ich sie beschimpft, ich war kein von Zuckungen geschütteltes kleines Monster, nein, ich habe brav an meinem Daumen genuckelt und bin eine ganze Weile ein kleines Mädchen wie alle anderen geblieben. Ich habe keine Erinnerung daran, nicht an den winzigsten Moment. Und Fleur Suzain, die fette Blume, die ungeheure Riesenrafflesie, die größte Blume der Welt, eine fleischige Blume, die nach Aas stinkt – haben Fleurs Eltern vielleicht geahnt, was aus ihrem kleinen Mädchen namens Blume werden würde, sicher nicht, sonst hätten sie ihr diesen Namen nie gegeben. Ich bin nicht harmonisch, und sie ist keine zarte Blume. Ich habe mich eines Tages in ein wildes zappelndes springendes kleines Tier verwandelt, und sie ist zu dieser gewaltigen, trägen Kuh geworden, zu dieser dicken Hippodame mit traurigen, ängstlichen Augen. Wir gehören beide einer sich ausbreitenden Art an, der Spezies derer, die in Verstecken hausen, sich in Hobbitlöchern vergraben, in beschrifteten Schubladen leben. Morbide Adipositas, Soundso-Syndrom oder Dingsda-Krankheit. Wir gehören der Art der schwer einzuordnenden Nieten an, die sich zum Überleben besser im Hintergrund halten. Ich träume jeden Tag davon, einen Fuß vor die Tür zu setzen, ohne sofort alle Aufmerksamkeit auf mich zu ziehen. Den Leuten keine Angst mehr zu machen, die anderen nicht mehr zum Lachen zu bringen, und wenn ich die Blicke auf mich ziehen sollte, dann weil ich ein Kunstwerk bin, ein seltenes, kostbares, schönes Objekt. Ich bin kostbar, ich bin selten, ich bin viel mehr als selten, ich bin einzigartig, und ich bin ich. Und Madame Fleur Suzain ist ebenso einzigartig und selten und genauso bemerkenswert. Man könnte eine Führung über Madame Fleur Suzain machen, bewundern Sie Ihre planetengleichen Rundungen, die Wölbung dieses schinkenprallen Armes, beachten Sie den zartperlenden Rosentau auf ihrer Oberlippe, die Sanftheit in ihren verschüchterten Kinderaugen, in denen zu lesen steht, dass sie nicht weiß, wie schön sie mit dreißig gewesen sein musste, wie sie Monsieur Pierre Paul Rubens gefallen hätte, wenn sie vier Jahrhunderte früher gelebt hätte.

Ich werde zu dieser Frau gehen und auf ihren scheußlichen Hund aufpassen, auf ihren dicken kleinen Rollmops, der nach Kölnischwasser riecht, ich werde hingehen, was auch geschehen mag, und wenn ich Geschirr Nippsachen mit Plastik bezogene Stühle kaputtmache, dann werde ich eben weitersehen. Ich habe fast keine Angst mehr, ganz im Gegensatz zu Madame Suzain, die vor ihrem eigenen Schatten erschrickt, dem Schatten einer schwangeren Elefantin eines Blauwals eines Zeppelins, der den Himmel verdunkelt. Genau das ist Madame Suzain, ein mit Blei beschwerter Fesselballon, für immer am Boden festgehalten von der vereinten Schwere ihrer Angst und ihrer Masse. Ich bin mir sicher, dass Madame Suzain in ihrem Kopf frei verliebt federleicht ist, ich bin mir sicher, dass sie zwölf Jahre alt ist und jeden Morgen, wenn sie aufwacht und sich auf die Bettkante setzt, überrascht die Schwerkraft wiederentdeckt. Das Herz wird ihr schwer, wenn sie beim Aufstehen sieht, wie ihr kolossaler Schatten sich über den Holzboden ausbreitet wie eine Ölpest. Dann bricht das schwere Los einer dicken Frau wieder über sie herein. Einer alten dicken Frau obendrein. Und auch die Angst legt sich sofort wieder um ihre Schultern wie ein zu enger Mantel. Fleur atmet durch einen Strohhalm, sie schränkt ihre Bewegungen ein, so lebt man mit Angstzuständen, nehme ich an. Ich kann es nicht wissen, denn ich kenne keine Angstzustände.

Mir genügt die Besorgnis, das Rauschen in der Leitung und *alldas*.

Zurück zu Hause mit meinem hübsch in Kunstharz verpack-
ten Arm, versucht Freddie mich so diplomatisch wie möglich
davon zu überzeugen, dass ich Besseres verdiene. »Aber Besseres als was denn?«, frage ich. Besseres, als bei Madame Suzain zu arbeiten. Für Freddie verdiene ich *Besseres* als alles, was
mir geschieht. Wenn man auf ihn hören würde, was aber nicht
der Fall ist, müsste man mich behandeln wie eine exotische
Prinzessin, wie einen vom Himmel hinabgestiegenen Engel.
Alle Schranken alle Zäune alle Hindernisse Schicksalsschläge
Ungerechtigkeiten sollten vor mir zerbröseln zu Staub zerfal-
len sich als roter Teppich vor mir entrollen, ich verdiene das
Beste in der besten aller Welten. So was kann sich nur Freddie
ausdenken.

Wir reden den ganzen Abend über Madame Suzain, über
ihren fassförmigen Zwerg von Hund und über »die Zeit, die
du damit verlieren wirst, diesen Köter zu hüten«. »Die Zeit,
die ich damit verlieren werde, diesen Köter zu hüten«, sage
ich, »wird dem Nichtstun abgerungene Zeit sein. Und diese
Frau rührt mich, ich spüre bei ihr etwas, ich glaube, sie ist
labiler und hat einen noch größeren Knacks als ich.« »Na und?
Was willst du damit sagen?«, fragt Freddie. »Du willst deine
Zeit damit verlieren – unterbrich mich nicht, mein Spatz, ich
weiß, was ich sage –, du willst *deine Zeit* damit *verlieren*, bei

dieser verrückten Alten, die was weiß ich für Pillen einwirft, zu arbeiten, weil sie einen noch größeren Knacks hat als du? Aber was bezweckst du denn damit, mein Herz? Willst du einen Verein gründen? Den Club der Nulpen?« Freddie verstummt mit einem Schlag, wird blass um die Nase, schaut auf seine Schuhspitzen, als hoffte er, dort seine nächste Replik ablesen zu können. Da steht aber nichts, komisch. Freddie hat gerade etwas Undenkbares zu mir gesagt, lauter flüchtige kleine Wörter, leicht auszusprechen, aber unendlich schmerzhaft zu hören. Zu spät, um sich auf die Zunge zu beißen. Wenn die Wörter einmal draußen sind, kann man sie nicht wieder einfangen, sobald der Käfig offen ist, drängen sie hinaus, sie fallen wie Körper, die eine Fassade entlang hinabstürzen, immer schneller werden und am Ende am Boden aufschlagen. Manchmal erfasst sie der Wind, bevor sie den Boden erreichen, trägt sie davon, verleiht ihnen Flügel, dann gleiten sie durch die Lüfte, steigen auf, entfernen sich, bis man sie nicht mehr hört, oder aber sie bleiben da, sitzen auf dem Rand der Ohrmuschel wie Schwalben auf dem Dach. Raumgreifendes Schweigen. So monumental, dass man sieben Mal drum herumlaufen könnte wie die Gläubigen um die Kaaba. Ein Schweigen, das sich auf etwas Irreparablem gründet. »Den Club der was?«, frage ich. Aber ich habe es genau gehört. Ein völlig neues Wort aus Freddies Mund, ich bin so erschüttert, es von ihm zu hören, dass ich es kaum erkenne. Als er es aussprach, hat es sich in meinem Kopf sofort zu einem Bild materialisiert. *Nulpe*. Ein frisch erblühtes Wort, das ich mit bunten Blüten schmücke, mit grünen Blättern in der Farbe der Hoffnung, grün wie ein hübscher Zandoli, denn etwas anderes konnte Freddie mir nicht sagen wollen, nein, er konnte mich nicht als Nulpe bezeichnet haben, also als Nichtsnutz Blindgänger Parasit Krücke Flasche Niete nein nein NEIN das konnte er nicht.

Nulpe, das ist nicht böse, es erinnert an Blumenfelder an Frühling an Vogelgesang im Sonnenuntergang, das Leuchten der Nulpen in der stillen Weite der Ebene. Es sei denn, es wäre ein springendes, brüllendes Tierchen, seidig und weich, ja, es ist sicher mein Totemtier und mich so zu nennen ein Liebesbeweis. Oder eine wunderschöne Blumensorte, die mit diesem klingenden, originellen Namen bedacht wurde. Die Heilige-Harmonie-Nulpe, ein Rausch der Sinne, eine betörende, seltene Blüte. Aber während das Wort in meinem Schädel diese Echos widerhallen lässt, weckt es zugleich dumpfere, feindlichere Assoziationen, die sich weit *weit weg* in der Ferne zusammenballen zusammenrotten, bevor sie mit aller Gewalt auf mich einstürmen. »Den Club der *was?*«, wiederhole ich. Freddie entschuldigt sich mit schmollender Miene, den Kopf auf meine Knie gelegt, meine Hände sanft, aber fest in seinen gefangen, damit er sich keinen Schlag einfängt, weil Wu-Hu-Ha-Ha er entschuldigt sich wie ein Kind, mit der gleichen Sorglosigkeit, dem gleichen verminderten Bewusstsein der Schwere seiner Tat. Zugegeben ist schon halb vergeben, Schwamm drüber, da muss ich ihm aber doch erklären, dass manche Wörter Spuren hinterlassen, dass Verzeihen nicht Vergessen heißt, und da wird Freddie sauer: »Schwamm drüber, sag ich dir!« »Okay«, sage ich, »okay, aber was soll ich mit deinen lausigen Entschuldigungen und deinem zugegebenen Fehler anfangen? Im Übrigen wüsste ich nicht, wie du den Fehler hättest verheimlichen können, du Dödel, es ist ja keine heruntergefallene Vase, deren Scherben du zuunterst im Mülleimer hättest vergraben können, um einer Standpauke zu entgehen, es sind Wörter, *die du gerade zu mir gesagt hast.* Deine Wörter, du Arsch du Schwein du Drecksack, was soll ich damit anfangen, kannst du mir das erklären? Die werden sich festsetzen wie eine Brille, die man mir auf den Nasenrücken genagelt hätte. Dicke Gläser für Kurzsichtige, meinen Augen aufgezwungen wie ein zu enges Eisen am Fuß eines Pferdes. Ich werde mich in deinem Blick fortan als Nulpe sehen, ist dir klar, was das bedeutet? Nicht mehr als die Liebe deines Lebens, als deine kleine Waldfee, sondern als Niete.« Verdammte Scheiße. Freddie erklärt, seine Worte seien über seine Gedanken hinausgeschossen, er habe es nicht so gemeint, habe nicht gedacht, was er gesagt hat, aber das ist ein Ding der Unmöglichkeit, man muss die Wörter denken, bevor man sie sagt, wie soll das anders gehen, sie kommen nicht aus dem Nichts aus dem Nebel. Die Wörter sind nicht über seine Gedanken hinausgeschossen, sondern nur über seine Höflichkeit seinen Respekt vor mir seine Achtung seine Liebe seine Zuneigung. Wenn er diese Wörter gesagt hat, dann weil sie tatsächlich da waren. Freddie steht blass und kalt auf.

Zu meinem zwanzigsten Geburtstag habe ich einen Tandemsprung mit dem Fallschirm gemacht, und als ich im freien Fall war, hatte ich genau dieses Gefühl des Unwiederbringlichen, ich konnte nur noch fallen, es gab keinen Weg zurück ins Flugzeug, ich konnte nur senkrecht weiterfallen auf einer vollkommen vorhersehbaren Bahn, und dann würde ich ohne jede Überraschung landen, außer wenn der Fallschirm nicht aufgehen sollte, in diesem Fall würde ich auf den Boden aufklatschen wie ein Kuhfladen und der baumlange Ausbilder auf mich drauf. Ich weiß nicht, warum ich daran denken muss, während ich Freddie beim Aufstehen zusehe. Zusammengekniffene hübsche Lippen, Tränen in den Augen vor Zorn oder Scham, ich weiß es nicht. Ich sehe nur, dass er wortlos geht, nachdem er die Tür zugeknallt hat, zum Glück weit weg von meinem Arm. Ich lege mich in die Badewanne, um zu versuchen, den Tornado einzudämmen. Es geht auf der ganzen Linie rund Rauschen in der Leitung lawinenartiges *Alldas* wildes Gezappel, und je mehr ich meine Bewegungen kontrollieren will, desto schlimmer wird es natürlich Hurensau Wu-Ha. Freddie hat recht. Ich bin eine Nulpe, nichts anderes, und Freddie hat gerade noch etwas in mir zerbrochen, ein Bruch mit Dislokation, eine Dislokation des Herzens, das mir in die Kehle hochgerutscht ist, meines Selbstvertrauens, das ins Klo gespült worden ist, meines Selbstbildes, das mir wie ein Bumerang voll in die Fresse fliegt. Zappelnde nackte junge Frau in ihrer Badewanne mit Gipsarm in einer Plastiktüte, dieser zu magere zu nervöse neunundzwanzigjährige Körper, in dem ich gefangen bin, schreiende kleine Hampelfrau, hässliche Nulpe mit Augen voller Tränen. Für diesen Bruch wird eine Kunstharzschiene nicht reichen.

In dieser Nacht schlafe ich zum ersten Mal, seit Freddie und ich ein Paar sind, allein. Ich rufe nicht an, ich versuche nicht herauszufinden, wo er ist oder bei wem, ich versuche nicht, ihn zu suchen, ich hoffe nicht auf seine Rückkehr, ich verzweifle nicht an seiner Abwesenheit, ich schlafe ein wie ein Stein, mit all meinen Brüchen. Und der Schmerz deckt mich zu.

3

NEON

Am Mittwoch um 14 Uhr 45 bin ich wieder in der Rue des Soupirs 57, und ich fühle mich seltsam ruhig, was allerdings von außen nicht ganz so aussieht. Ruhig und fast gelassen, obwohl ich in einem Bett aufgewacht bin, dessen Laken nicht zerknittert genug sind nach einer Nacht ohne Zärtlichkeiten. Seit zwei Tagen ertrage ich die leere Wohnung, das Frühstück allein mit mir selbst und meinen Butterbroten, in bleierner Stille. Einer Stille, die nur durch mich, meine Geräusche meine Worte meine Beschimpfungen durch mich und mich und MICH durchbrochen wird, durch meine widerspenstigen Arme meine Arme wie Windmühlenflügel, die Don Quijote herausfordern, überlange Riesenarme, die ständig durch die Luft wirbeln. Freddie ist nicht nach Hause gekommen, ich ertappe mich dabei zu denken, dass er nicht wiederkommen wird. Entmutigt seine Liebe, vertrocknet seine Zärtlichkeit, ich bin allein, und meine Zukunft besteht darin, bei einer unter Anxiolytika stehenden Frau einen übergewichtigen Hund zu hüten.

Ich klingele. Madame Suzain öffnet mir sofort und hält die Tür demonstrativ weit auf. Ich zeige ihr meine Kunstharzschiene, sie nimmt ihre Backen in beide Hände und ruft in dramatischem Ton: »Oooh mein Gott, es tut mir ja so leid!«, sie macht sich ganz dünn, um mich hereinzulassen, wobei ich mir hier eine dichterische Freiheit erlaube, denn dünn machen kann sie sich eigentlich nicht. Der Hund trippelt schnurstracks auf mich zu und beschnüffelt meine Fußknöchel, höher reicht er nicht. Nach kurzer Untersuchung watschelt er zufrieden wieder davon, um sich in sein Körbchen fallen zu lassen. Madame Suzain hat ihre Backen nicht losgelassen, sie hat winzige rosige Patschhändchen mit kurzen Fingern und ohne Ringe. Ich frage mich, ob sie vorhat, so zu ihrem Termin zu gehen, beide Backen zwischen ihren pummeligen Händen, die Augen nach unten gezogen, den Mund noch zu einem überraschten *Ooooh* geformt. »Es ist nicht schlimm«, sage ich, »ein einfacher Bruch.« Madame Suzain jammert: »Ein Bruuuch!« und presst ihre Backen ein bisschen fester zusammen, ich frage mich, ob man die Abdrücke ihrer Finger sehen wird oder nicht, wenn sie wieder loslässt. Sie wirkt ehrlich bestürzt. Sie hat sich schon ausgehfertig gemacht, ein zu langes Kleid in Beigetönen, scheußliche flache Schuhe, eine Oma-Strickjacke, eine lange Perlenhalskette in Farben, die sich latent beißen, auf ihrem Riesenbusen präsentiert wie auf einem Verkaufsständer. Dazu eine einzige, aber nennenswerte Extravaganz: Ihre verquollenen Lider sind romantisch rosa und ihre verkrampften Lippen himmelblau geschminkt. Sie muss einen viel jüngeren Liebhaber haben, eine andere Erklärung gibt es nicht, sie überrascht mich ein bisschen, diese Madame Suzain, sie sieht aus wie ein schüchterner Zeppelin, ist aber vielleicht eine fleischfressende Blume, eine echte Cougar, ein Vamp in flachen Schuhen, ich finde das nicht lächerlich, jeder Mensch darf nach Glück streben, ich frage mich nur Tadaaa wie der Liebhaber von Madame Suzain wohl aussehen mag. Ich stelle ihn mir sehr männlich vor, ein tätowierter Hells Angel ein Muskelpaket mit dichtem Schnurrbart Lederjacke spitzen Stiefeln, und Fleur mit zarten Dessous unter ihrem Sackkleid. Sie wirkt genauso verängstigt wie beim letzten Mal, ist wahrscheinlich auch genauso zugedröhnt. Sie nuschelt und stammelt beim Reden. Sie gibt mir Anweisungen zu Mylord: ihn nie aus der Wohnung lassen, seinen Launen nicht nachgeben, ihm nichts zu fressen geben, auf keinen Fall. »Oder vielleicht einen Hundekuchen, aber nur, wenn Sie sehen, dass er traurig ist. Er hat manchmal Angstzustände, und ich überlasse ihn ja heute zum ersten Mal jemand anderem, mein armer kleiner Liebling! Ich fürchte, es wird ihn ganz durcheinanderbringen! Ich bin jedenfalls ganz durcheinander. Nicht, dass ich Ihnen nicht vertraue, Harmonie. Ich darf Sie doch Harmonie nennen? Ich habe volles Vertrauen in Sie, trotz dieser, ich meine, Ihrer … Ich vertraue Ihnen *vollkommen*. Jedenfalls *niemals* mehr als drei Hundekuchen, auf gar keinen Fall! Mylord ist an diese Disziplin gewöhnt, verstehen Sie, wir haben sehr strikte Regeln, dagegen dürfen wir nicht verstoßen. Drei Hundekuchen sind das Maximum, außer es gäbe einen Notfall, aber dann rufen Sie mich besser an, auch wenn es mir natürlich lieber wäre, wenn Sie mich nicht anriefen.«

Ich frage, woran ich einen Angstzustand bemerken würde und wie ich das Ausmaß seiner Panik beurteilen könnte, um die Zahl der Hundekuchen richtig abzuschätzen, die ich ihm wegen seinem Diabetes bloß nicht geben soll, aber wenn, dann höchstens drei.

»Oh, das ist einfach«, antwortet Madame Suzain, »wenn es ihn überkommt, wird er inkontinent. Ich habe Ihnen die Kackabeutel und das Saugpapier in die Küche gelegt, Sie werden sehen.«

Ich ziehe keine Grimasse, schöne Selbstbeherrschung, dabei hasse ich alles, was mit Ausscheidungen zu tun hat, Pipi Kacka Kotze, ich kann's nicht ändern, es ekelt mich, ich hätte keine gute Krankenschwester abgegeben. Falls ich eines Tages Mutter werde, auch wenn es bisher nicht danach aussieht, weiß ich nicht, wie ich das alles hinkriegen soll, vielleicht bringe ich das Baby zurück in die Klinik, wenn es zu schwierig wird, vielleicht überlasse ich es seinem Vater, wenn er mich bis dahin nicht schon verlassen hat. Vielleicht mache ich es auch wie alle anderen Mütter und komme irgendwie damit klar. Madame Suzain redet immer schneller, sie scheint sich unwohl zu fühlen, ihre Augen flattern, ich spüre, dass meine Gegenwart ihren Stress steigert, ich will nicht, dass sie mich ansteckt, es gibt nichts Ansteckenderes als Leute, die Angst haben, Panik ist ein aggressiver, offensiver Virus, man braucht sich nur Massenbewegungen anzuschauen, etwas Krawall, ein Brand oder eine Bombe, und alles rennt und überrennt die anderen, rette sich, wer kann, vor allem ich, aus dem Weg, aus dem Weg, egal, wenn die anderen auf der Strecke bleiben. In Paris hat man nach den Attentaten vom 13. November 2015 nach einem Fehlalarm auf der Place de la République Schuhe Kleidungsstücke und *Kinderwagen* gefunden. Ich habe mich immer gefragt, ob die Babys noch drin waren. Ich sehe Madame Suzain, die so gestresst ist, dass sie auch ihre Schuhe ihre Sachen zurücklassen wird, sie fällt gleich in Ohnmacht ins Koma oder stirbt mir unter den Fingern weg, ich sage ihr ganz ohne Störgeräusche, sehr freundlich und mit olympischer Ruhe, dass ich ihre Anordnungen verstanden habe, dass sie sich keine Sorgen zu machen braucht und nicht zu spät zu ihrem Termin kommen soll. Das Wort Termin lässt sie in die Höhe hüpfen wie ein Tropfen Wasser in einer heißen Pfanne. Sie schaut in heller Panik auf die Wanduhr, knöpft ihre Jacke schief zu, nimmt ihre koffergroße Handtasche und rennt davon wie das Kaninchen in *Alice im Wunderland*: »Zu spät! Ich komme zu spät!«

Ich schließe die Tür hinter ihr, und es kehrt Ruhe ein, Mylord seufzt in seinem Korb, und ich mache einen Rundgang durch die Wohnung. Eine große Dreizimmerwohnung, wie ich gern eine hätte, zwei Toiletten, ein Wohnzimmer, ein Esszimmer, das werde ich mir nie leisten können, von Freddies Lohn könnten wir die Miete nie bezahlen. Außerdem ist Freddie sowieso weg Wu-Ha er hat mich verlassen, ich bin allein arbeitslos mittellos, ich werde auf einer Parkbank enden, Kinder werden mich mit Steinen bewerfen, ich werde sie beschimpfen, und die Polizei wird mich abführen, ich werde dem Kommissar den Mittelfinger zeigen und als Wu-Hu-Ha bezeichnen. Solche Anekdoten können mir ohne weiteres passieren, in der Schule habe ich Schlimmeres gebracht, und Lehrer haben keinen Humor, würde mich wundern, wenn das bei Kommissaren anders ist.

Die Wohnung selbst ist schön, aber ihre Einrichtung lässt nach meinem Geschmack zu wünschen übrig. Madame Suzain mag Porzellanschäferinnen, Sammeltassen, Nippes in Vitrinen. Manche Leute brauchen kalte, schlichte Linien, Marmor und Alu, unbequeme Sessel und breite Fensterfronten. Mir gefallen Trödelkram, nutzlose und vor allem stabile Sachen, denn bei mir ist nichts von Dauer. Nicht einmal die Liebe, wie es scheint.

Madame Suzain hat ihre Anweisungen bis ins letzte Detail auf Klebzettel geschrieben, die ich auf dem Küchenschrank auf dem Kühlschrank auf dem Fernseher auf der Toilettentür finde.

– Mylord nicht rauslassen

– Ihm nichts zu essen geben

– Seine Hundekuchen sind im oberen Schrank links hinter dem Kaffee

– Der Notfallschlüssel ist im Schlüsselkasten (rosa Häkelanhänger)

Normalerweise stört mich Stille nicht weiter. Aber hier an diesem fremden Ort, in Gesellschaft eines Hundes Wu-Hu-Ha-Ha dem ich nicht viel zu sagen habe, ist sie mir unangenehm. Zwei Stunden hier totzuschlagen, zwei Stunden vergeudetes Leben, warum muss ich mich in derart sinnlose dämliche Situationen bringen? Ich höre Freddie, wie er mir *die Zeit, die ich damit verlieren würde, diesen Köter zu hüten* vorhält. Er hat recht, was bringt es, in einer fremden Küche zu sitzen, einen übergewichtigen Mops zu hüten, der in seinem Hundekorb voller Kuscheltiere schnarcht, das alles für bestenfalls dreißig Euro? Und selbst wenn ich in einen anderen Raum gehe, denn ich kann ja hingehen, wo ich will, ich könnte im Wohnzimmer lesen oder im Schlafzimmer oder in Madame Suzains Bett in ihren hübsch bestickten Laken Hu Hu oder auf ihrer Toilette, die Füße auf dem kleinen lila Teppich, bin ich nicht zu Hause. Die Langeweile bricht über mich herein, ich kann mich nicht mehr auf meine Lektüre konzentrieren Tadaaaa Lesen ist sowieso ein Kunststück. Meine Nummer hätte großen Erfolg. Der unvorhersehbar und jäh vorschnellende Arm, das Buch, das bei jeder zuschlagenden Tür jedem Telefonklingeln jedem Hupen auf der Straße drei Meter durch den Raum fliegt. Vom Schreiben ganz zu schweigen, da klammere ich mich an meinen Stift, strenge mich an, setze all meinen guten Willen daran, und wenn ich am Ende des verdammten Scheißformulars angekommen zu sein glaube mit all den kleinen Kästchen zum Ausfüllen, dann fällt mir meine Schulter in den Rücken oder mein Arm geht durch oder meine Hand wird wild, ich nehme unter dem gespielt gleichgültigen Blick des Beamten hinter der Panzerglasscheibe ein neues Formular. Am Computer ist es leichter, man muss nur die Tastatur auf dem Schreibtisch festkleben, Freddie hat mir ein todsicheres System gebastelt, ich kann nichts mehr kaputtmachen durch die Luft schmeißen, kann endlich in aller Ruhe zappeln. Aber Freddie ist weg, er hat mich gerade verlassen, fällt mir wieder ein, der Schmerz schlägt über mir zusammen wie eine Welle, die in der Tiefe gelauert hat. Als Mama eingeschlafen ist, gab es auch solche Momente vergifteter Gnade, kurze Momente des Vergessens, die ganz schnell von der kalten Realität überrollt werden, Mama ist tot, Mama ist nicht mehr da. Das Schnarchen des Hundes reißt mich aus dieser Düsternis. Man soll nicht an der Tür des Unglücks verharren, manchmal geht sie auf. Ich warte auf einen Anruf von Freddie, der Anruf kommt nicht. Mein mitgebrachter Roman kommt nur langsam in die Gänge wie ein schüchterner Liebhaber, der Angst hat, sich ungeschickt anzustellen. Die Wanduhr tickt im Sekundenrhythmus, und der scheußliche Köter macht mit seinen Lefzen schmatzende Geräusche, ich muss mich bewegen, sonst Wu-Hu.

Ich werde mit Mylord spazieren gehen, das ist eine gute Idee. Ich trete gegen sein Körbchen und sage: »Beweg dich, du dicker Rollbraten, wir gehen Gassi.« Ich hätte seinen Kopf tätscheln können, aber man soll sich vor Hunden hüten, die man nicht kennt. Ich an seiner Stelle würde beißen, ohne zu zögern. Mylord schreckt auf öffnet die Augen schaut mich an wie ein geprügelter Hund, den Blick muss er einstudiert haben, um seine wegen dem Diabetes verbotenen Hundekuchen zu bekommen. »Versuch gar nicht erst, mich zu erweichen, die Antwort ist nein.« Er schüttelt sich mühsam, quält sich träge aus seinem Körbchen heraus. Ich suche eine Leine, finde sie erwartungsgemäß an der Garderobe im Flur, mit einem albernen Geschirr daran. Nachdem der Rollmops als Husky verkleidet ist, gehen wir aus der Wohnung, und ich schließe die Panzertür mit dem Schlüssel mit seinem rosa Anhänger ab, der sich graziös windet wie der Ringelschwanz eines Hausschweins.

Mit einem Hund an der Leine sieht das Leben ganz anders aus. Mylord checkt am Fuß der Straßenlaternen seine Nachrichten, nimmt sich Zeit, darauf zu antworten, indem er das Bein nicht sehr hochhebt, bei einer Größe von nur fünfunddreißig Zentimetern darf man nichts Unmögliches erwarten. Er trippelt voran, die große, zerknautschte Zunge baumelt zwischen den feuchten Lefzen von einer Seite zur anderen. Am Ende der Leine, auf der Seite der Herren, fühle ich mich frei und groß, anders und stolz. Ich habe Freddie die Stirn geboten. Er hat mich vielleicht verlassen, er kommt vielleicht nicht wieder, und mein Leben geht den Bach runter, aber ich habe mich diesmal nicht von seiner schrecklichen Nettigkeit begraben lassen, von dieser ewigen Rücksichtnahme, die mich infantilisiert und einsperrt. Es gibt Leute, die dich verkehrt lieben, die dich mit einer Liebe aus dicker faseriger Watte einwickeln, um dich vor Erschütterungen zu schützen, damit du nur ja keinen Sprung kriegst, dir kein Fitzelchen Haut abschürfst. Auf so vorsichtige Art geliebt zu werden, ist nicht gut, Mama ließ mich Fahrrad und Rollschuh fahren, obwohl sie genau wusste, dass. Die Watte war nicht im Herzen meiner Mutter, sie war im Medikamentenschrank neben den Pflastern. Freddies Liebe ist stabil und widerstandsfähig, aber er traut mir nichts zu. Seine Liebe beruhigt mich, aber sie lässt mich nicht wachsen. Er stutzt mir die Flügel, nie darf ich vergessen, wie hoch oben das Nest und wie groß das Risiko ist, es verlassen zu wollen. Ich habe mich gewehrt, daran muss ich mich festhalten. Nicht beim Streit stehenbleiben, bei den verletzenden Worten, bei der vorläufigen Trennung oder *vielleicht.* Ich habe nicht auf seine Meinung gehört, ich habe ganz allein entschieden, ich habe beschlossen, hierherzukommen und meine Zeit zu verlieren für einen Apfel und ein Ei, ich habe auch Madame Suzains Anweisung nicht gehorcht, den Hund nicht herauszulassen, bin nur meinem eigenen Willen gefolgt, und vielleicht gibt es ja nichts Dämlicheres, als mich über diesen Stadtspaziergang in Begleitung eines asthmatischen Köters zu freuen wie ein König, aber genau jetzt in diesem Moment fühle ich mich, als wäre eine schwere Last von mir abgefallen, und ich muss unbedingt verstehen warum.

Es ist der Blick der Leute. Das ist es.

Sie schauen mich nicht mehr an, oder ich sehe sie nicht mehr, das kommt aufs Gleiche heraus, ich bin zu der anonymen Person geworden, die ich immer zu sein geträumt habe. Eine junge Frau, die ihren Hund ausführt, eine vielleicht etwas zappelige junge Frau, aber nicht merkwürdiger als all diese Leute, die an ihrem Telefon hängen, immer zwischen zwei Welten, zwischen hier und anderswo, auf der Straße in der U-Bahn im Zug und *am anderen Ende der Strippe,* wie meine Mutter gesagt hätte, dabei haben Telefone schon lange keine Strippe mehr, *am anderen Ende der Strippe* ist jemand, der auf sie wartet, sie ausschimpft, sie liebt, sie einstellt oder ihnen kündigt, ihnen eine Geburt einen Tod eine Niederlage einen Erfolg verkündet. All diese Leute mit ihren Stöpseln in den Ohren zappeln auch, sie machen komische Bewegungen, lachen, schreien auf, heben die Arme zum Himmel, wischen sich Lachtränen Zornestränen Kummertränen ab, manchmal gebrauchen sie sogar sehr unfeine Wörter, die sie allerdings mit voller Absicht sagen. Bräuchte ich mir nur Stöpsel in die Ohren zu stecken, um in den Augen der anderen normal zu erscheinen? Dann hätte ich bis jetzt meine Zeit verschwendet. Eine kleine Verschiebung des Blicks verändert die Perspektive komplett. Woran hängt die Normalität? Mylord Suzain scheint sich pudelwohl zu fühlen. Die Nase in den Wind halten, auf eine Bordsteinkante pinkeln, sich von einer fremden Schnauze den Hintern beschnüffeln lassen, dies höflichkeitshalber erwidern. Er ist sicher nicht oft aus Madame Suzains Wohnung herausgekommen, hat sein Leben im Warmen verbracht, ohne die Nase aus der Tür zu strecken, oder jedenfalls nur selten. Ich kann sie mir gut vorstellen, die beiden Treibhauspflanzen, die dicke Topfblume Fleur und den Mops in seinem Korb.

Ich gehe in den Lebensmittelladen, mein Kaffee ist fast alle, ich trinke zu viel davon, ich weiß, das ist für Nervenbündel wie mich nicht angezeigt. Diego lächelt mir breit zu, dann sieht er den Hund, und sein Lächeln erlischt. »Nichts für ungut, Momo, aber dein Hund muss draußen bleiben, das ist Vorschrift, wegen der Hygiene.« »Das ist nicht mein Hund«, sage ich, »kein Problem. Aber wenn du bitte aufhören könntest, mich Momo oder Nini oder Harmo zu nennen.« Ich binde die Leine am Fahrradständer fest, kaufe Kaffee, Schokolade und Kekse, das wird mein Abendessen, Scheiß auf die Diätetik, ich koche nicht gern, dafür habe ich kein Talent, aber ich bin sehr gut darin, Wände großflächig mit Crêpe-Teig neu zu verputzen oder den Boden mit Gemüseschalen oder Scherben zu pflastern.

Auf dem Rückweg zu Madame Suzain begleitet mich das Gefühl, etwas vergessen zu haben, etwas wie ein Wort, das mir auf der Zunge liegt, ein Wort, das ich kenne, das sich mir aber entzieht, es versteckt sich am Saum meines Bewusstseins, und ich stelle tausend Mutmaßungen an: *Es fängt mit M an*, oder *Es enthält ein i*, und erst vor der Haustür begreife ich die Ungeheuerlichkeit meines Versäumnisses, ein dickes fettes Versäumnis mit einem lächerlichen Geschirr, ich habe Mylord am Fahrradständer vergessen Wu-Hu-Ha-Oh.

Ich gehe den ganzen Weg zurück Hurensau Affenarsch ich beschimpfe alle Welt, geschüttelt und gebeutelt von wilden Bewegungen, die mir überraschte, forschende Blicke einbringen. Ich mache mir keine Sorgen um den verfluchten Mops, den wird niemand klauen, er ist viel zu hässlich, aber ich habe Angst, ohne ihn zu Madame Suzain zurückzukommen, ich muss ihn unbedingt zurückbringen, bevor sie wieder zu Hause ist. Ich renne graziös wie ein wildgewordener Gibbon, ich sage mir, was soll's, kann mir doch letztlich egal sein Affenarsch Scheißköter, trotzdem fühle ich mich schuldig. Wie nicht anders zu erwarten, ist Mylord noch da, er sieht mich und wedelt mit dem Schwanz. Ich schleife ihn hinter mir her, ein Passant meckert mich an: »Sie können doch nicht so an dem Hund zerren, Sie Tierquälerin!« Ich würde es gern ignorieren, was geht den das denn an, aber der edle Ritter hat ja recht, was ich auch für Probleme haben mag, Mylord sollte es nicht ausbaden müssen. Der Fehler liegt bei mir, bei mir allein, denn *ich* habe ihn vergessen. Ich gehe langsamer, was eine Heldentat ist, denn wenn ich in so einem Zustand bin, kontrolliere ich nichts mehr oder fast nichts. Freddie ruft mich an, als ich gerade bei Madame Suzain ankomme, zum Glück vor ihr. Ich spüre das Vibrieren des Telefons, ich sehe sein Bild auf dem Bildschirm, das Foto von ihm im Sonnenschein, wo er so gut aussieht, und verspüre Unwillen. Verstehe jemand die Komplexität der menschlichen Natur. Seit zwei Tagen hätte ich meine Augen meine Nieren mein Herz meine Seele für einen Anruf von ihm gegeben, und jetzt, wo es so weit ist, stört er mich. Es ist nicht der richtige Moment. Ich bin eine andere Frau, seit ich vor einer halben Stunde herausgefunden habe, dass ein Hund an der Leine mir den Mut verleiht, der Außenwelt entgegenzutreten. Freddie ist nicht mehr mein einziger

Retter. Wahrscheinlich ist alles nur eine Täuschung, ich glaube, das Ruder übernommen zu haben, wieder Herrin meines Leben zu sein, und heute Abend werde ich dann weinen und in mein Kopfkissen beißen, aber im Moment habe ich keine Lust, mit ihm zu reden, ich feiere das Ende der Abhängigkeit, ich fühle mich als Königin aller Nulpen, mein Kopf ist voller Pläne, die zwar undeutlich sind, in denen er aber nicht vorkommt. Seine dämliche Bemerkung hat etwas in mir geweckt. Ich weiß noch nicht, wie und in welcher Gestalt dieser Teig aufgehen wird, aber etwas arbeitet in mir, etwas sedimentiert, etwas ist möglich geworden. Etwas ist möglich mit *alldem*. Mein Leben hat sich seit gestern Abend nicht wesentlich verändert, aber es hat eine neue Richtung genommen, wegen ein paar ungeschickten Worten, zwei Nächten allein, nichts Großartiges, und doch. Die Größe des Samenkorns sagt nichts über die Statur des Baumes aus. Nur wenige Samen sind so winzig wie die des Riesenmammutbaums. Freddie hat tief in meinem Herzen tief in meinem Bauch in der fruchtbaren Erde meines Schmerzes meiner empfindlichen Seele einen Nulpensamen gesät, der bereits keimt, der seine zarten, weißen Wurzeln austreibt. Ich lasse das Telefon klingeln, Freddies Lächeln erlischt in der Sonne, die an dem fernen Morgen schien, an dem ich dieses Foto gemacht habe, eines fernen, entflohenen, seit Monaten vergangenen Tages, von dem ich nichts anderes mehr weiß, als dass wir uns geliebt und dass wir gelacht haben, aber ich weiß nicht mehr warum. Dieses Foto ist das Bild eines Geistes, und ich werde nicht mit ihm sprechen. Ich gebe dem Mops, der schnauft wie ein Walross, etwas zu trinken, er ist von unserem Ausflug entzückt und überhaupt nicht nachtragend, ganz im Gegenteil, er scharwenzelt derart um mich herum, dass es fast peinlich ist, sind Hunde etwa masochistisch drauf, vielleicht macht es sie ja an, wenn man sie mit der Leine würgt. Ob es wohl eine klinische Studie zum Thema »Erotische Atemkontrolle beim Hund« gibt?

Madame Suzain kommt zehn Minuten später nach Hause, ihre hübsche Schminke ist abgesehen von ein paar diskret verteilten Überresten weg, sie wirkt verwirrt erschüttert völlig durch den Wind. Ihr rüpelhafter Liebhaber muss sie auf der Werkbank flachgelegt haben. Sie will wissen, ob es gut gelaufen ist mit Mylord und mir, ich denke mir ein Drehbuch wie für einen Werbefilm des Tierschutzvereins aus, ich habe mit ihm Ball gespielt, ihm aus der Zeitung vorgelesen, er hat einen Hundekuchen gegessen, aber nur einen einzigen, Ehrenwort. Alles war wunderbar großartig bestens. Ich spüre, dass es sie etwas kränkt, nicht unentbehrlich zu sein. Also füge ich eilig hinzu, trotz allem hätte Mylord sich gleich, nachdem sie weg war, eine lange Weile vor die Tür gesetzt und dabei nachdenklich traurig niedergeschlagen dreingeschaut, und seit mindestens einer halben Stunde, vielleicht mehr, zeige er alle Anzeichen großer Ungeduld. Ich spüre ihre Erleichterung. Mit sorgenvoller Miene meint sie, sie sei eventuell bereit, mir Mylord nächsten Montag um die gleiche Zeit erneut zu überlassen, als wollte ich mir eine Bohrmaschine borgen, die sie nur ungern ausleihen will. Ich schicke mich an, ihr zu sagen, dass ich nicht wiederkäme, weil ich mich tödlich gelangweilt habe. Aber ich nicke nur und lehne den Kaffee ab, den sie mir aus Höflichkeit anbietet, meine Gegenwart ist ihr zu viel, und ich brauche selbst frische Luft, ich schiebe einen Termin vor, um sie nicht zu kränken, vielleicht beim nächsten-beim nächsten Mal-Mal-Mal, jetzt habe ich keine Zeit mehr, tut mir leid Fette Hure ich habe einen Termin im Krankenhaus wegen meinem Arm. »Mein Gott, ich hoffe, es tut nicht allzu weh!«, sagt Madame Suzain und umklammert wieder mit beiden Händen ihre Backen, was für ein seltsamer Reflex. »Nein, alles in Ordnung, ist nur zur Kontrolle«, sage ich. Sie lässt ihre Backen los, bringt mich zur Tür und lässt sich nicht einmal etwas anmerken, als ich auf dem Treppenabsatz leicht austicke Wu-Ha es musste raus Tadaaaa ich kann mich nicht allzu lange im Zaum halten.

Sie sagt: »Bis nächsten Montag also? Vielen Dank noch mal, wirklich!« und grüßt dann die Nachbarin, die gerade aus ihrer Wohnung gekommen ist, was keine gute Idee war.

Mit Freddie und mir läuft es nicht mehr, der Honigmond ist vorbei, der Honigtopf ist umgekippt, wir sind nur noch zusammen, weil der Zucker uns aneinanderklebt. Kann ich noch sagen: »Freddie *und* ich«, muss ich mich daran gewöhnen zu sagen: »Freddie *oder* ich«, »Freddie *ohne* mich«? Und warum eigentlich mit Freddie beginnen, warum sollte ich nicht allein das Subjekt meiner Sätze bilden: »Ich *ohne* Freddie«, einfach nur »ich«. Wu-Hu-Ha-Ha. Wahrscheinlich musste das zwischen Freddie und mir passieren, *zwischen MIR und Freddie* waren viel zu viele Unstimmigkeiten, viel zu viel Ungesagtes. Seit ich mit ihm zusammenlebe, bin ich wie Mylord beim Gassigehen, ich trabe munter hinter Freddie her, ich laufe brav in Freddies Schatten, ich verlasse mich in allen wesentlichen Dingen auf ihn. Das ist nicht gut, überhaupt nicht gut, man muss sein Leben seinen Weg allein wählen, egal wenn man sich täuscht, man muss sich der Möglichkeit der Niederlage stellen. Ich verstehe jetzt, dass es in Freddies Fußstapfen für mich keine echten Niederlagen geben wird, Siege aber genauso wenig. Mein Leben muss sich öffnen. Als ich klein war, machte meine Mutter mir manchmal einfach so Geschenke, nur um meiner großen Augen willen, weil dann mein Ungestüm mein Gezappel einen Moment lang aussetzten. Sie kam mit einem geheimnisvollen kleinen Lächeln, einem ganz besonderen Gesichtsausdruck vom Einkaufen zurück, sie wandte sich ab, wühlte in ihrer Tasche und drehte sich mit den Händen hinter dem Rücken wieder zu mir um. »Augen zu, Hände auf, mein Kätzchen. Ich habe dir etwas mitgebracht!« Ich wünschte mir Riesenhände, Hände wie Flügel wie Bettlaken wie Segel, denn je weiter und größer meine Hände, desto größer das Geschenk. Heute will ich Hände, um das Universum zu durchkämmen, um ganze Sternenfelder abzuernten, das Leben ist ein Geschenk, das ich zu lange in seiner Verpackung gelassen habe, ich will die Bänder mit scharfen Zähnen durchbeißen, das Papier zerreißen wie eine wütende Katze. Ich muss mich beruhigen. Leben, schön und gut, aber wozu Tadaaa nachdem meine schönen Reden versiegt, mein lyrischer Überschwang, meine dämliche Euphorie erschöpft sein werden. Ich habe schon in mehreren Unternehmen gearbeitet, hatte mehrere Stellen, darunter nicht eine, die mir gefiel oder die mit meinen Wu-Hu-Has vereinbar war. Seelenlose Jobs, Klofrau Putzfrau Hausmeisterei Archivablage Sortierstelle, nichts Kompliziertes und so weit wie möglich vom Publikum entfernt für alle Fälle. Meine Zukunftspläne waren unerreichbar, Träume, was für ein Schwachsinn, man sollte nur Wünsche haben, die seinen Möglichkeiten entsprechen. Man sollte nicht von fernen Horizonten träumen, wenn man zu kurze Flügel hat. Ich wollte Französisch unterrichten Wu-Hu-Ha wie soll das gehen, eine von Tics geschüttelte Lehrerin, die ihre Schüler beschimpft, die ohne Vorwarnung schreckliche Wörter hervorstößt Fette Hure Affenarsch es war undenkbar, aber *das* war es, was ich gern gemacht hätte, und *dafür* hätte ich alles gegeben. Ich habe alle guten Ratschläge in den Wind geschlagen. »Denk lieber noch mal darüber nach, du machst dir nicht klar, wie schwierig das ist.« Ich habe Kurse besucht, ich habe gelesen, ich habe mich zu den ersten Zulassungsprüfungen angemeldet, für Mathematik und Französisch. Man hatte mich informiert, dass ich *angesichts*

meiner Situation und *um die Chancengleichheit zu gewähr-
leisten* – zum Totlachen – eine Zeitverlängerung bekäme, um
die ich beim Arzt der Kommission ansuchen müsste, die sich
um *solche Dinge* kümmere. Der Arzt war unfreundlich und
hatte es eilig, er schaute mich kaum an, stellte mir keine Fragen. Der Grund meines Besuchs lag auf der Hand, ich hatte
kaum Zeit, meinen Wunsch zu unterrichten zu erklären, von
Chancengleichheit zu reden, da hatte er mir *angesichts meiner
Situation* schon mit einem schwungvollen Stempeldruck ein
Drittel mehr Zeit für die schriftliche Prüfung genehmigt. Mit
einer gleichgültigen Geste reichte er mir die Bescheinigung
und meinte: »Das ist alles, was ich für Sie tun kann, auch wenn
ich daran zweifle, dass Sie für diesen Beruf geeignet sind. Aber
das ist Ihre Entscheidung, nicht wahr?« Er fügte noch ein
»Viel Erfolg!« hinzu, das eher klang wie »Die wäre ich los!«.
Sein Blick sagte alles, ein Drittel mehr Zeit würde auch nichts
ändern. Ich hatte kein Mitgefühl erwartet, aber auch keine
derartige Verachtung. Ich erinnere mich noch allzu gut an die
fatale schriftliche Prüfung, an den jungen Mann, der Aufsicht
hatte und meinetwegen länger bleiben musste, sein Gesicht,
als ich ihm meine Bescheinigung zeigte, Zeitverlängerung um
ein Drittel Hurensau Schlampe ich erinnere mich noch genau
an ihn, ein junger Typ mit fettigen Haaren, der nach Schweiß
roch. Als die reguläre Zeit um war und der Raum sich ge-
leert hatte, blieb ich mit ihm allein, er schrieb ununterbro-
chen Nachrichten, zum Glück war der Ton ausgestellt, aber
es vibrierte trotzdem alle naselang, ich sah ihn vor sich hin
lachen und verfiel in Paranoia, er machte sich über mich lustig,
machte vielleicht Fotos oder Videos von mir, wenn ich nicht
hinschaute, bald würde ganz Frankreich über mich lachen.
Ich hatte schon solche Filme im Netz gesehen, widerwärtiger
Voyeurismus, von miesen Schweinen gestohlene Bilder, es war
also möglich. Ich wurde immer gestresster, kontrollierte nichts
mehr, man muss mich bis ans andere Ende des Gebäudes ge-

hört haben Arschloch Drecksack und da habe ich es plötzlich hingeschmissen, habe meine Blätter abgegeben, das war doch alles für die Katz, und bin lange vor Ablauf des großzügig gewährten zusätzlichen Drittels gegangen, die ganze Arbeit umsonst, ich werde nicht Lehrerin. Aber wie, wie habe ich nur daran glauben können? Freddie wartete am Ausgang auf mich wie ein Vater auf seine Tochter, die auf dem Jahrmarkt war, er hätte fast fragen können: »Hast du dich gut amüsiert, mein Küken, mein Schatz? Hast du beim Angelspiel was Schönes gewonnen?« Aber nein, er hat verstanden, er hat das, was von mir übrig war, in die Arme genommen und gesagt: »Ist nicht schlimm, mein Häschen, dann machst du eben was anderes!« Aber es war sehr schlimm, und ich habe gar nichts mehr gemacht.

Und ich hatte nicht darum gebeten, getröstet zu werden.

An diesem Punkt meines Lebens bin ich steckengeblieben, warum weitermachen, ich konnte genauso gut aufgeben, mich Freddie überlassen, um mein eigenes Gewicht nicht mehr allein tragen zu müssen. Freddie wirkte stabil, ich habe mich ihm überantwortet. Gibt es ein Wort, um zu sagen, dass man von sich selbst zurücktritt? Dass man seinen Ehrgeiz aufkündigt. Ich habe mich Freddies Armen überlassen, er war meine Zuflucht mein Hafen vielleicht mein Gefängnis. Ich muss mich losreißen. Neu anzufangen wird schwer, aber ich spüre doch einen Keim von Hoffnung, als hätte der Streit meine Ketten gesprengt, die Ketten, die mich an mich selbst und an ihn fesselten, ein Streit eine Verletzung Salz in der Wunde, das war es vielleicht, was ich brauchte. Nulpe. *Nulpe*, das Wort singt in mir seine zarte Melodie, hübsches Glöckchen, silberhelle Schelle am Hals des kleinen Kälbchens Wu-Hu-Oh-Oh ein schwacher Luftzug, ich atme, ich hoffe, ich klammere mich an Strohhalme verdammte Scheiße.

Als ich aus dem Haus von Madame Suzain komme, mache ich einen großen Umweg, keine Lust, nach Hause zu gehen und mich tot zu schwitzen in der winzigen Wohnung im fünften Stock unterm Dach und mit einem Hof wie ein Brunnenschacht, wie ein Tor zur Hölle, *Ihr, die Ihr hier eintretet, lasst alle Hoffnung fahren*, ein Hof, der die Hitze speichert und verdichtet und wie eine Kanonenkugel hereinschießen lässt, sobald man die Fenster aufmacht. Keine Lust, auf Freddies Fragen zu antworten, denn Freddie wird zu Hause sein, da bin ich mir sicher, wir hatten noch nie so lange Streit. Zwei Nächte ohne einander, das ist eine Premiere, ein Rekord. Ich sehe ihn vor mir, aufs Sofa gefläzt, denn Freddie setzt sich nicht, er lässt sich gleiten, schmiegt sich der Form des Kanapees an wie ein Teig, den man in eine Backform gießt. Je mehr ich an ihn denke, desto gereizter fühle ich mich, ich habe Madame Suzain in einem relativ ruhigen Zustand verlassen, aber die bloße Aussicht, nach Hause zu gehen, bringt mich wieder in Aufruhr, vor allem die Vorstellung von Freddie auf dem Sofa. Ich stelle mir seinen gespielt unschuldigen Blick vor, seinen Blick, der mich meiden wird, denn Freddie kann Konflikte und Dramen nicht ausstehen, ich kann mir seine Vorwürfe mühelos vorstellen: »Ich hab dich vorhin angerufen, warum bist du nicht drangegangen?« Weil mir nicht danach war, das ist alles. Ich rechtfertige mich heute für nichts, nicht dafür, dass ich nicht ans Telefon gehe, nicht dafür, dass ich mich nicht in den Arm nehmen lassen will, weil nein nein und nochmals nein, ich habe heute einen zornigen Tag, jeder Versuch, mich zu trösten, wird mich ausrasten lassen, das ist sicher. Schluss mit dem Bonobo-Weibchen-Verhalten, der geringste Annäherungsversuch wird mich in die Flucht schlagen, weit weg, und im Übrigen *bin* ich schon weit weg, viel zu weit weg, verdammt, ich habe nicht aufgepasst und bin in die falsche Richtung gegangen, ich habe mich verlaufen. Als ich klein war, hatte ich oft aus heiterem Himmel Wutanfälle, das kommt häufig vor bei Tourette-Kindern. Ich verwandelte mich in einen Tornado in einen tasmanischen Teufel, ich wirbelte herum, riss Poster von den Wänden, warf Tassen Teller Besteck durch die Gegend. Meine Mutter wusste, wie sie mich beruhigen konnte, na ja, sie wusste es nicht immer, aber sie hatte gute Intuitionen. Einmal hat sie angefangen, auch herumzuwirbeln, herumzuwirbeln wie ein Kreisel und die Wände mit dem Obst zu bombardieren, das sie gerade eingekauft hatte, dann leerte sie sich den Wasserkrug über den Kopf aus, ich sehe uns noch mitten in der Küche stehen, Mama mit triefenden Haaren und klatschnasser Bluse, die Füße in einer Pfütze, die sich auf dem Fliesenboden ausbreitete, ich wie erstarrt, völlig verblüfft, aller Zorn verflogen, sie ganz still, noch überraschter als ich. Ich wagte nicht mehr, mich zu bewegen, zu schreien, gegen die Wände zu schlagen, schließlich musste ich lachen, sie auch, die Krise war vorbei, manchmal ist Lachen eine Rettung.

Als ich mit heißen schmerzenden Füßen zu Hause ankomme, ist niemand da, keine Menschenseele in der Wohnung, alles still, ich bin gekränkt, es wäre mir lieber gewesen, wenn Freddie da gewesen wäre, um es ihm vorwerfen zu können, aber dass er es nicht für nötig gehalten hat, nach Hause zurückzukommen, *das* ist unerträglich. Was mag seine Abwesenheit bedeuten, zähle ich nicht mehr für ihn oder wie? Ich ärgere mich, dass ich so infantil so wenig unabhängig so wenig gefestigt bin in meinen Entscheidungen. Ich will ihn verlassen, aber ohne dass er mich verlässt. Ich will die Gefahr, aber ohne Risiken einzugehen. Ich will fallen, aber keine blauen Flecken. Ich mache Musik an, *What a wonderful world*, danke Mister Armstrong, ich mag diese langsamen, wiegenden alten Jazz-Songs, ich ziehe mich aus, lasse Luft an meine Haut, behalte nur Unterhemd und Höschen an wegen dem lüsternen alten Opa von gegenüber, der immer durch seine Fensterläden schielt. Die Gymnastikmatte herausholen, meine Übungen machen, mich entspannen mich nach und nach dehnen. Die Wildkatze zähmen, die mein Leben zerkratzt, damit sie ihre Krallen einzieht und aufhört zu fauchen, ein ruhiges Herz werden ein abgeflauter Taifun eine leichte Brise.

Ich bin am Boden zerstört. Ich muss mich wieder aufrappeln und versuchen, alles, was heute passiert ist, so objektiv wie möglich aufzuschreiben.

Der Tag hatte schon denkbar schlecht angefangen, warum hätte er besser werden sollen. In der Nacht hatte ich einen schrecklichen Alptraum: Ich stand vor einer endlosen Reihe von Küchentischen, darauf lagen Leichen, denen ich mit einer Kettensäge die Arme abschneiden sollte, um sie wie Holzscheite zu bündeln, was schon nicht lustig war, und da habe ich unter den Opfern plötzlich Doktor Borodine erkannt. Bei der Vorstellung, auch ihn verstümmeln zu müssen, habe ich angefangen zu weinen wie ein Schlosshund und »Fiodor, Fiodor!« geschrien. Aber genau in dem Moment, als ich dazu ansetzte, ihn zu zerlegen (denn das war meine Arbeit, ich hatte keine Wahl, ich musste es tun, auch wenn es mir schrecklich leidtat), setzte er sich plötzlich auf und begann, wild mit den Armen zu wedeln und zu schreien: »Fleurrr, liebe Fleurrr, aberrr nicht doch!«

Da bin ich aufgewacht, zitternd und schweißüberströmt.

Etwas später beim Frühstück habe ich festgestellt, dass meine Frühstücksflocken von Motten angegriffen worden waren, das hat man davon, wenn man bio kauft. Das Schlimmste war, als ich plötzlich eine Made in meinem Milchkaffee schwimmen sah, und ich hatte schon die Hälfte davon getrunken. Ich hätte mich beinahe auf Mylord übergeben und musste mindestens eine Stunde lang aufstoßen. Dann habe ich mir den ganzen Morgen Sorgen gemacht, dass diese völlig (*Streichung*) etwas zappelige junge Frau zu spät kommen und ich meinen Termin versäumen würde, mit dem Ergebnis, dass ich immer nervöser wurde. Außerdem fühlte ich mich schrecklich schuldig gegenüber meinem liebsten Mylord, der nicht mal wusste, dass ich ihn zum ersten Mal in seinem Leben verlassen würde, das arme, arme Baby. Ich hatte mich nicht getraut, es ihm zu sagen, ich versuchte munter zu wirken und tat, als wäre nichts, so wie es alle Eltern in solchen Situationen tun – das nehme ich zumindest an –, um ihm keinen Floh ins Ohr zu setzen.

N. B.: Apropos Flöhe, ich muss daran denken, ihm ein Insektizid-Halsband zu kaufen, wenn ich in die Apotheke gehe, denn er wird mit Fremden in Berührung kommen.

Ich bin trotzdem überzeugt, dass mein süßes Baby etwas ahnte, der Beweis: er hat mittags nicht aufgefressen, was überhaupt nicht seine Art ist.

Dann hat mich Josiane um 12 Uhr 43 angerufen. Sie klang überrascht und verstimmt, weil ich mich nicht zur gewohnten Zeit gemeldet hatte, also um 12 Uhr 15. Ich würde sogar sagen, sie klang verärgert, ihre Stimme war ausgesprochen schroff, als sie mir erklärte, sie habe leider nicht viel Zeit, da bald *IHR Canasta* beginne. Es ist erstaunlich, wie Josiane Großbuchstaben hörbar machen kann. Ich habe *IHRER Majestät* geantwortet, ich hätte selbst nur wenig Zeit, da ich *JEMANDEN* erwartete. Am liebsten hätte ich hinzugefügt, das sei nicht der richtige Tag, um mir dumm zu kommen. Jedenfalls hatte ich ihre Neugier geweckt: Sie hat mich sofort mit indiskreten Fragen bombardiert.

So, so, ich hätte also eine *Verabredung*? Vielleicht ein *Rendezvous*? Und ich hätte ihr nichts gesagt, ich *kleine Heim-*

lichtuerin? Und ob *man* denn erfahren dürfe, worum es sich handele?

Ich hasse solche Indiskretionen, vor allem, wenn sie mit leiser Ironie gefärbt sind. Als könnte ich kein *Rendezvous* haben! Warum denn bitte nicht? Weil ich zu alt bin? Zu rund? Ich war schon auf hundertachtzig, als sie noch hinzufügte, dann hätte ich *meinem lieben Fiodor* ja *ausnahmsweise mal* etwas zu erzählen.

Ich weiß nicht, was mich mehr empörte, das *ausnahmsweise mal* oder das *meinem lieben Fiodor*. Da ich jedoch schwach bin (was ich mir übrigens dauernd vorwerfe, ich muss dieses Thema unbedingt mit Doktor Borodine besprechen. Wenn ich mich je wieder hintraue …), habe ich ihr erklärt, dass ich eine junge Frau erwartete, die meinen Mylord hüten sollte, weil ich ihn seit seinem Herzanfall nicht mehr alleinlassen konnte und mitzukommen für ihn zu anstrengend wäre usw. Immer habe ich Josiane gegenüber das Gefühl, Rechenschaft über mein Leben ablegen, ja, mich rechtfertigen zu müssen, was doch sehr ärgerlich ist. Jedenfalls hat Josiane gekichert, und wenn sie auch nicht triumphierend gesagt hat: »Na also, dachte ich mir doch! Ein Rendezvous war ja auch unvorstellbar!«, hat sie es doch so laut gedacht, dass es mir in den Ohren pfiff.

Da ich einen starken Hang, um nicht zu sagen einen starken Drang dazu habe, mich ins Schlamassel hineinzureiten, musste ich auch noch ungefragt alle Details hinzufügen, die ich besser für mich behalten hätte: Harmonies Syndrom, ihren Armbruch, die Vorwürfe ihres Freundes Freddie, bis hin zu meiner Angst, diese junge Frau könnte mich versetzen und ich meinen Termin nicht wahrnehmen.

Josiane hat nie in ihrem Leben auch nur das geringste Fitzelchen Angst empfunden (ich bin versucht zu sagen, dass man, um Angst zu haben, über ein Mindestmaß an Vorstellungskraft verfügen muss), aber sie ist misstrauisch, wie ich wohl schon einmal erwähnt habe. Kaum hatte ich ihr alles erzählt, begann sie Entsetzensschreie auszustoßen, sie meinte, ich sei verrückt, eine wildfremde Person angeheuert zu haben, und wenn diese Krankheit sie derart aggressiv auftreten ließ, dann war sie vielleicht, nein *ganz sicher* auch sehr gefährlich.

»Jedenfalls ist es nicht ansteckend, das habe ich überprüft!«, habe ich gesagt, mit dieser für mich typischen Neigung zu dämlichen Witzen.

Sie erwiderte schroff, ich solle damit nicht scherzen, wenn sie über mich herfiele, dann hätte ich das nur mir selbst zuzuschreiben, sie an meiner Stelle würde diese junge Person sofort anrufen, um ihr abzusagen, und wenn sie darauf beharre zu kommen, dann solle ich die Polizei anrufen. Dann sagte sie, sie müsse das Gespräch jetzt *zwingend* beenden, denn sie könne *ihre Partner* keinesfalls warten lassen. Aber ich solle nicht zögern, mich zu melden, wenn ich Probleme hätte. Selbstverständlich.

»Und wenn ich ermordet werde, soll ich mich dann auch melden?«

Mein Satz landete im Nichts, sie hatte schon aufgelegt.

Das Gespräch hatte bei mir einen beginnenden Angstzustand ausgelöst, wie so oft, wenn ich mit Josiane rede. Ich fühlte mich nunmehr derart nervös und unentschlossen, dass ich ratlos vor meinem Kleiderschrank stehen blieb und Höllenqualen litt, weil ich keine Ahnung hatte, was ich anziehen sollte, um zu meinem lieben F(*Streichung*) Doktor Borodine zu gehen.

Ich habe mich schließlich für mein leinenfarbenes Kreppkleid entschieden, darüber eine dünne Rayonjacke und eine hübsche, recht originelle bunte Halskette, die ich in den siebziger Jahren auf einem Kunsthandwerksmarkt gekauft habe.

Natürlich ist Dokor Borodine nicht der Typ, der bemerkt, wie ich mich anziehe, und ich weiß außerdem auch gar nicht, warum ich wollen sollte, dass er das tut. Aber ich sehe bei unseren Sitzungen gern ordentlich aus. Da ich fand, dass ich ein bisschen zerknittert wirkte – danke, Josiane!, wagte ich es, mich leicht zu schminken. Und genau diesen Moment hat sich die Neonlampe im Bad ausgesucht, um mich im Stich zu lassen, was sonst. Ich bin selber schuld, sie flackert schon seit zwei Monaten, wenn ich sie anmache, ich kann mich nur an die eigene Nase fassen, dass ich immer alles vor mir herschiebe. Kurz, ich hatte mit meiner Verschönerungsaktion kaum angefangen, als im Wohnzimmer das Telefon klingelte. Ich habe gedacht, es könnte Harmonie sein, und bin hingestürzt, überzeugt, dass sie im letzten Moment absagen würde, man weiß ja, wozu die jungen Leute von heute fähig sind, nichts zählt mehr für sie, vor allem keine Verpflichtungen. Aber nein, es war eine fremde Männerstimme, die mir eine Veronda verkaufen wollte und mich *Madame Schijain* nannte. Ich verlor kostbare Zeit damit, diesem Herren zu erklären, dass ich nicht wüsste, wie ich eine Veranda anbauen sollte, da ich im dritten Stock eines Hauses mit winzigen Balkons wohne, um die Unterhaltung schließlich, da meine Argumente ihn nicht zu überzeugen schienen, abzukürzen, indem ich etwas plötzlich auflegte, zugegeben, aber manchmal muss man eben kurzen Prozess machen, wie schon Monsieur Guillotin meinte. Doktor Borodine hat mich gelehrt, mich aus unangenehmen Situationen herauszuziehen, unter all den anderen wunderbaren Dingen, die mein Leben verändert haben.

Ich bin also zurück ins Bad gegangen, um mich blindlings weiter zu schminken, und ich war kaum fertig, als Harmonie auf die Minute pünktlich geklingelt hat. So kann man sich täuschen!

Ich habe an ihrem Blick gesehen, dass sie meine Aufmachung bemerkte, und mich gefragt, ob ich die Extravaganz nicht zu weit getrieben hatte mit meinem schicken Kleid und der etwas zu farbenfrohen Kette. Zum Teufel mit meiner Schüchternheit!, habe ich mir dann aber gesagt. In meinem Alter sollte ich mich nicht mehr um das Urteil der anderen scheren.

Ich habe ihr alle Anweisungen in Bezug auf Mylord gegeben, und sie schien sie zu verstehen, außer vielleicht in Bezug auf die Hundekuchen. Jedenfalls fand ich sie ruhiger als beim letzten Mal, auch wenn sie dauernd bellende Laute ausstößt, aber da ich ja nun Bescheid wusste, war ich darüber nicht weiter schockiert. Ich habe auch bemerkt, dass sie dazu neigt, meine Worte oder ihre eigenen zu wiederholen, was ziemlich irritierend ist. Vielleicht ergeht es ihr mit Mylords Bellen genauso, immerhin scheint er auch auf die Laute der jungen Frau zu antworten. Ich habe gedacht, dass ihr Duo auf Dauer die Nachbarn stören könnte, insbesondere Monsieur und Madame Piquet, die keine großen Musikliebhaber sind. Das wüsste ich nämlich, die Wände sind dünn. Ich war mit dieser belanglosen Frage beschäftigt, als Harmonie mich darauf hinwies, dass ich mich noch verspäten würde, und das wäre tatsächlich auch passiert, wenn sie mich nicht zur Ordnung gerufen hätte. Ich bin in aller Eile losgerannt, ohne mir auch nur die Zeit zu nehmen, meinen armen kleinen Stöpsel ein letztes Mal zu streicheln. Das lastete mir dann den ganzen Weg lang schwer auf dem Herzen, zusätzlich zu der scheußlichen Angst, die mich jedes Mal überkommt, wenn ich aus dem Haus gehe. Mein Unbehagen musste mir ins Gesicht geschrieben stehen, denn ich bemerkte, dass manche Passanten mich mitleidig musterten, auch wenn ich alles Menschenmögliche tat, um ihrem Blick nicht zu begegnen, was natürlich alles nur noch schlimmer machte.

Das Unbehagen wurde freilich aufgewogen von meiner Vorfreude darauf, Doktor Borodine wiederzusehen. Ich war seit dem Herzanfall meines armen Babys nicht mehr bei ihm gewesen, ich konnte es kaum erwarten. Er ist ein so guter Arzt, so aufmerksam und kompetent. Das war der einzige Grund meiner Eile: meine grenzenlose Dankbarkeit für diesen hervorragenden Heilkundigen. Deshalb überkommt mich jetzt, wenn ich daran zurückdenke, was in seiner Praxis passiert ist, eine solche Scham, dass ich mich am liebsten in einem Mauseloch verstecken möchte.

Josiane würde sagen, das müsste aber ein großes Loch sein.

Als der liebe Doktor Borodine mich in sein Sprechzimmer führte, sah ich gleich, dass er mich mit einer neuen Eindringlichkeit anschaute, die mich ganz durcheinanderbrachte. Nach einer kurzen Pause fragte er mich mit seiner wundervollen Stimme: »Wie geht es Ihnen, liebe Madame Suzain?«, und ich antwortete mit einem erbärmlichen Spruch: »Es geht nicht, es läuft.«

Schrecklich, sobald ich verlegen bin, versuche ich Humor an den Tag zu legen, dabei habe ich überhaupt keinen, oder jedenfalls keinen, der irgendjemanden zum Lachen bringt.

Doktor Borodine war so taktvoll, nicht auf meinen Scherz einzugehen, während ich über jedes seiner Bonmots in Ekstase gerate.

Dann fing ich an, ihm von mir zu erzählen, da ich ja der Gegenstand dieser Sitzungen bin, das sollte man schließlich nicht vergessen. Und wie ich es mit Josiane getan hatte, erzählte ich auch ihm von Harmonies erstem Besuch bei mir, von Gilles de Tabourette, dem gebrochenen Arm, meiner Panzertür. Seltsamerweise war es letzteres Detail, das ihn am meisten zu interessieren schien. Nach der Sitzung, bei unserem *Debrriefing* (ach ich liebe dieses Wort!), wollte Doktor Borodine auf die Gründe zurückkommen, die mich zum Einbau einer derartigen Sicherheitsvorrichtung veranlasst hatten. Wovor fürrrchtete ich mich? Fühlte ich mich seitdem rrruhiger?

Ich habe ihm von dem Einbruch bei der Bäckerin erzählt – ohne zu erwähnen, dass der Einbrecher ihr eigener Mann war. Mir macht es ja nichts, wie eine Idiotin dazustehen, außer in den Augen Fiodors, das würde ich nicht ertragen. Dann habe ich noch hinzugefügt, es sei vor allem mein Versicherer, der sich seitdem ruhiger fühle, denn so seien *meine wertvollen Gemälde* gut geschützt.

Doktor Borodine war überrascht und bat mich sofort, ihm von diesen Gemälden zu erzählen, was mir einmal mehr klargemacht hat, dass niemand meine kleinen Scherze versteht. Um mich nicht in demütigenden Erklärungen ergehen zu müssen (»Nein, nein, das war doch nur ein Scherz ...«) und um das Credo von Josiane, die eine erfahrene Frau ist, zu befolgen, *je dicker man aufträgt, desto eher glauben einem die Leute*, habe ich mir eine Sammlung impressionistischer Werke angedichtet, Sisley, Degas, Monet, Cézanne und sogar *eines der letzten Werke von Frédéric Bazille*, von dem es vor ein paar Monaten eine Ausstellung gab, davon hatte ich gelesen. Ich war entsetzt über das, was ich gerade tat, denn ich verabscheue Lügen, und ich hoffte von ganzem Herzen, dass Fiodor, der in mir liest wie in einem offenen Buch, meine Schwindelei bemerken würde. Aber er sagte mir nur, er liebe die Impressionisten und wäre entzückt, *meine Sammlung bei Gelegenheit einmal bewundern zu dürfen*.

Für mich brach eine Welt zusammen. Ich hätte alles gegeben für ein Placidon, zehn Serenix, eine ganze Schachtel Zenocalm. Ich log meinen Therapeuten an, und er merkte es nicht einmal!

Dabei hätte ich es wissen müssen: Josiane hat ihrem Hausarzt gegenüber immer behauptet, sie rauche zwei bis drei Zigaretten am Tag. Hätte er auch nur einen Hauch von Beobachtungsgabe besessen, hätte er das doch von sich aus berichtigen müssen. Josianes Zähne sind gelber als die einer Biberratte, ihr Zeige- und Mittelfinger sind safrangelb gegerbt, sie riecht wie ein Aschenbecher und ihr chronisches Emphysem hat sie sicher nicht von zu vielen Lakritzbonbons. Eine Zeitlang hat das zu vielen Meinungsverschiedenheiten zwischen uns geführt! Warum sollte man seinen Arzt anlügen, wenn das Ziel doch ist, dass er einen behandelt? Worauf sie mir antwortete, sie suche ihn nicht deswegen auf, sondern wegen *Frauenproblemen* (letzteres Wort sprach sie ganz leise aus, als gestehe sie einen Diebstahl oder einen Mord). Josiane erwähnte diese mysteriösen *Frauenprobleme* damals so oft, dass ich sie eines Tages doch fragte, ob es schlimm sei, denn ich begann mir Sorgen zu machen. Josiane plaudert immer sehr freizügig aus dem Nähkästchen und geizt nicht mit Details, also erklärte sie mir, seit ein paar Monaten *fühle sich ihre Puderdose an wie Schmirgelpapier* – ich habe eine Weile gebraucht, bis ich den Ausdruck verstanden habe und rot geworden bin wie eine Ampel an der Kreuzung. Worauf sie noch hinzufügte, sie habe endlich das richtige Mittel dagegen gefunden, ich hätte ja sicher Rosarios Lächeln und seine Tränensäcke bemerkt, die von ihren heißen Nächten zeugten. Josiane hat eine sehr unverblümte Sprache, und der Umgang mit ihr hat meinen Wortschatz sehr bereichert, auch wenn es sich oft um Ausdrücke handelt, die nicht so leicht unterzubringen sind.

Aber ich schweife schon wieder ab! Ich war bei Fiodor Borodine stehengeblieben, der mir zuhörte, wie ich von meinen Impressionisten erzählte, und weit davon entfernt war, mich zurück auf den Boden der Tatsachen zu holen, der sich sogar einladen lassen wollte, um meine Gemälde mit eigenen Augen zu sehen.

Ich hatte mich derart in meiner Lüge verstrickt, dass ich nicht mehr wusste, wie ich wieder herauskommen sollte. Nun würde ich Fiodor nie einladen können, und das war umso schmerzhafter, als ich so oft davon geträumt hatte. Meinem Heft kann ich es ja anvertrauen, ich stellte mir vor, dass er zum Tee käme (in meinen Träumen erschien es mir am schicklichsten, ihn zum Tee einzuladen, zumindest für das erste Rendezvous). Er hätte Konfekt dabei, einen kleinen Blumenstrauß, er wäre elegant, aber dezent gekleidet. Meinerseits wäre ich bei der Friseurin und der Kosmetikerin gewesen, wenn ich auch leider kein Kleid hatte, das ich an meinen Staubsauger hätte anschließen können wie diese Vakuumsäcke, um mein Volumen zu halbieren. Ich hätte beim besten Teehändler des Viertels

Orange Pekoe besorgt, oder besser noch Golden Tips. Der Rest meiner Träumereien verschmolz mit gewissen Szenen aus *Leidenschaften, Romanzen, Eifersüchte*, meiner Lieblingsserie. Fiodor in der Rolle von General Perkins, ich in der von Gräfin Armande de Chaufroix de Vaux.

Doch ach, nun ist nichts von alldem mehr möglich. Ich hatte Fiodor nach Strich und Faden belogen: Ich besitze an Kunstwerken nichts als eine Reproduktion von Bernard Buffet, die ich mit Heftzwecken in der Toilette aufgehängt habe. Fiodor hatte mir geglaubt, ihm die Wahrheit zu gestehen wäre zu schwierig, davon würde ich mich nicht wieder erholen, ich würde die Therapie nach all den Monaten abbrechen müssen. Im Übrigen hatte sich der ganze positive Effekt der Sitzung gerade in Sekundenschnelle verflüchtigt, und ich fühlte mich noch schlechter als vorher, was sich bis jetzt, um bald 19 Uhr, nicht geändert hat. Wie dem auch sei, meine Verlegenheit musste wohl durchscheinen, denn Doktor Borodine bat mich reumütig, seinen unpassenden Vorschlag so schnell wie möglich wieder zu vergessen, seine Position als Therapeut *verbiete ihm jeden Vorstoß in mein Privatleben, abgesehen von dem, was ich ihm in den vier Wänden seiner Praxis anvertraute.* Ich seufzte auf, aber nicht aus Erleichterung, oh nein. Ich würde meine Lüge zwar nicht gestehen müssen, aber Fiodor würde nie, *niemals* zum Tee zu mir kommen, das hatte er gerade ganz klar gesagt. »Oder vielleicht später einmal, eines Tages, wenn wir unsere Therapie abgeschlossen haben?«, fügte er dann mit seiner russischen Bassstimme noch hinzu. Da habe ich wieder angefangen zu hoffen. Ich könnte ihm ja erzählen, ich hätte meine Sammlung einen Tag vor seinem Besuch versteigert, auf eine Lüge mehr oder weniger kam es auch nicht mehr an. Und wir würden doch noch zusammen Tee trinken. Vielleicht würden wir, er und ich, sogar (*Streichung*).

Als wir uns verabschiedeten, nahm Doktor Borodine meine Hand zwischen die seinen und schaute mir noch einmal mit solcher Aufmerksamkeit in die Augen, dass ich errötete. Dann murmelte er in besorgtem Ton: »Passen Sie gut auf sich auf, meine liebe Madame Suzain.« Ich wartete, bis er die Tür seines Sprechzimmers wieder geschlossen hatte, um diskret auf die Toilette am Eingang zu gehen. Ich hasse es, so zu tun wie zu Hause, aber ich kann es nicht ändern, Aufregungen schlagen mir auf die Blase, und ich war kurz davor zu platzen. Und da, nachdem ich mich erleichtert hatte, erlitt ich den Gnadenstoß. Ich erblickte mich im Spiegel über dem Waschbecken und fiel beinahe in Ohnmacht. Wegen dieser verdammten kaputten Neonröhre hatte ich mein Lippenrot und meinen Lidschatten verwechselt, die beide in Stiftform sind. Mein Mund war blau, und meine Lider waren rosa, es war ein einziges Gräuel. Ich verstand plötzlich Doktor Borodines eindringliche Blicke, bevor mir einfiel, dass ich so schon die halbe Stadt durchquert hatte, angemalt wie ein Mandrill-Popo, wie Josiane sagen würde, die sich in Fragen der Eleganz auskennt, und dass ich mir zu allem Überfluss eine Kunstsammlung internationalen Ranges angedichtet hatte, um vor Doktor Borodine nicht das Gesicht zu verlieren, was angesichts meiner Clownsschminke ein Witz war.

Ich habe alles mit einem Papiertaschentuch abgewischt, so gut es ging, und bin dann an den Wänden entlang nach Hause geschlichen, derart gedemütigt, dass ich nicht einmal Angstzustände hatte.

Die junge Harmonie hatte sich um Mylord gekümmert, so gut sie konnte, das arme Ding, auch wenn ich meinem liebsten Baby sicher schrecklich gefehlt hatte. Diese Gewissheit war mein einziger Trost an diesem katastrophalen Tag. Nun ja, nicht ganz. Wenn ich ehrlich bin – und das bin ich immer, außer wenn ich mir eine Gemäldesammlung ausdenke (ich möchte beim bloßen Gedanken daran vor Scham sterben) –, wenn ich also ehrlich bin, muss ich gestehen, dass ein weiterer Zwischenfall mich etwas aufgemuntert hat.

Als sie gerade gehen wollte, wurde Harmonie, die bis dahin relativ ruhig gewesen war, wieder von ihrem Tabourette eingeholt, und sie fing an, diverse Schimpfwörter auszustoßen und obszöne Gesten zu vollführen, während wir uns in der Tür für den nächsten Montag verabredeten (wenn es denn einen nächsten Montag gibt ...).

Vom Lärm angezogen wie Kakerlaken vom Licht, kam Madame Piquet auf den Treppenabsatz heraus, um Harmonie mit offenkundigem Misstrauen zu mustern.

Harmonie grüßte sie sehr höflich, ehe sie sie aufforderte: »Geh Schwänze lutschen.« Ich biss mir auf die Zunge, um nicht hinzuzufügen »in der Hölle«. Ich bin mir sowieso sicher, dass Madame Piquet den Film *Der Exorzist* nie gesehen hat.

Wie dem auch sei, die olle Madame Piquet stieß einen markerschütternden Schrei aus und legte eine Hand auf ihr Herz, ein sinnloses Unterfangen, da sie keins hat. Daraufhin nahm Harmonie zwischen zwei blumigen Beschimpfungen Abschied und verschwand im Treppenhaus. Dann hörte ich direkt neben mir eine Handvoll Knochen auf den Boden fallen. Madame Piquet war quer über den Treppenabsatz zusammengebrochen. Ich vermutete, dass sie eine vasovagale Synkope erlitt, was mir schon oft genug passiert ist. Also verpasste ich ihr ein paar ordentliche Ohrfeigen, was bei ihr aber nicht half. Sie zeigte keine Reaktion. Da ich mir nicht vorstellen konnte, sie von Mund zu Mund zu beatmen – die Giftzentrale ist zu weit entfernt –, ging ich zurück in meine Wohnung, um einen Rettungswagen zu rufen. Da das Krankenhaus ganz in der Nähe ist, tauchte schon fünf Minuten später ein Trupp von uniformierten, gut gebauten jungen Männern auf. (Ich war natürlich nicht wieder auf den Treppenabsatz hinausgegangen, so viel Trubel hätte ich nicht verkraftet, aber nichts hinderte mich daran, durch den Spion zu gucken.) In dem Moment trat auch Monsieur Piquet aus dem Aufzug, seine Zeitung unterm Arm. Er blieb mit offenem Mund stehen, als er seine Frau mit glühenden Wangen auf der Fußmatte liegen sah, über ihr ein schwitzender Rettungssanitäter, der ihr das Herz massierte.

Madame Piquet kam bald wieder zu sich. Unkraut vergeht nicht.

Als ihr Mann sie fragte, was denn passiert sei, brach sie in Tränen aus und zeigte auf meine Tür, diese alte (*Streichung*), diese schreckliche Petze. Ich konnte mich gerade noch bücken, um nicht entdeckt zu werden. Mein Herz begann plötzlich zu rasen, und ich fürchtete schon, ich würde einen Herzinfarkt erleiden, als ich plötzlich eine fröhliche Erregung in mir aufsteigen fühlte, die mich an die Versteckspiele meiner Kindheit erinnerte.

Ich frage mich, ob Schokolade den Adrenalinpegel senkt.

Im Zweifel scheint mir, dass eine kleine Kur nicht schaden kann.

4

REGEN

Ich mochte die Schule nie, Eifersüchteleien Treulosigkeiten toxische Proben von allem, was das Leben so verspricht. Mit meinen Wu-Hu-Has und Störgeräuschen hatte ich Mühe, große Mühe, mich wirklich zu integrieren, sich in eine Gruppe zu integrieren ist wichtig lebenswichtig, das weiß jedes Kind, Einsamkeit Ablehnung, das tut von allem am meisten weh. Allein ist man nur man selbst, das reicht nicht. Ich fand Freunde unter den Außenseitern unter dem Ausschuss, da waren die Schüchternen Hässlichen Dicken Schielaugen Stotterer, die sonderlichen Energiebündel, die kleinen Kraftprotze, Gewichtheber, die das schon zu schwere Gewicht ihres Lebens hoch über ihre Köpfe stemmten. All die, denen nichts geschenkt wurde, die doppelt kämpfen mussten, um zu sein und zu haben. Die Voliere der seltenen Vögel.

Der Club der Nulpen, wie es Freddie entschlüpft ist, ohne mich verletzen zu wollen, er meinte es nicht böse, nein, das nicht, aber trotzdem, Wörter können gewalttätig sein, meine Verletzungen aus der Schulzeit sind nicht verheilt, ich weiß es, ich fühle es, der Körper spürt es, kaum denke ich daran zurück Tadaaa Kloß im Hals leichte Übelkeit Magenkrämpfe. Freddie kommt zwei Tage später um 22 Uhr zurück, als wäre nichts passiert, und *was* ist denn eigentlich passiert, objektiv gesehen, meine ich. Er will mich in den Arm nehmen.

»Nein, lass mich«, sage ich, »ich möchte, dass wir reden.« Es ist manchmal dringend notwendig, sich mitteilen zu können, sich nicht trösten, sich nicht mundtot machen zu lassen durch ein Lächeln eine Umarmung. Ich habe ihm Sachen zu sagen, zu *sagen*, verdammte Scheiße. Es kommt in Salven heraus in unkontrollierbaren Wellen, es geht weit über meine vorbereitete Rede hinaus. Ich sage: »Ich brauche Zeit, ich muss nachdenken, ich weiß nicht, ob wir, ich glaube, du und ich.« Ich suche nach tröstlichen Sätzen, ich finde keinen einzigen Tadaaa. Schweigen senkt sich über uns wie Schnee auf diesem Sofa in der brütend warmen Wohnung, jeder an seine Armlehne geklammert, wie zwei Ölgötzen sitzen wir da, ohne uns zu berühren, großes Unbehagen zwischen uns, wir sitzen im Schnee meiner eisigen Rede und warten vergeblich auf irgendein Wunder, aber Wunder gibt es nicht. Ich erwarte keine Entschuldigungen von Freddie, da gibt es nichts zu entschuldigen, es ist schlimmer als das, das vom Baum gefallene Blatt lässt sich nicht wieder ankleben, es wird nicht wieder grün, das Blatt ist ab, seine Zeit ist vorbei, es wird keinen neuen Frühling erleben, es ist jetzt vertrocknet und zerfällt. Wir trennen uns, während wir uns noch lieben, das ist schade, passiert aber öfter, als man denkt, zusammenleben wirkt ätzend, Haut und Seele müssen dran glauben. Liebe ist notwendig, reicht aber nicht aus. Es braucht außerdem Pailletten Glitzer Träume. Freddie schaut mich an, ohne zu verstehen, er würde mich liebend gern in die Arme nehmen, ich würde ihn gerne lassen, aber nein, das wäre nicht gut Wu-Ha unsere Liebe ist verschlissen, man sieht hindurch, wozu daran festhalten wozu kleben wozu flicken? Freddie leidet unter meiner Behinderung, er schaut mich an und sieht eine anormale gefangene verhinderte Frau, das wusste ich nicht, ich hätte es mir denken müssen, kein Wunder Hure verdammte Hure. Ich will mir nicht sagen, er hat recht, ich will mir nicht sagen, ich verstehe ihn, aber gut, es muss wirklich anstrengend sein, sich immer auf den Rhythmus des anderen einzustellen. Ich kann es ihm nicht verübeln. Ich verüble es ihm so sehr. Freddie betrachtet seine Fingernägel und fragt: »Wohin wirst du gehen?«, und ich höre, was er nicht sagt: »Wohin wirst du gehen, *in deinem Zustand?* Was soll *ohne mich* aus dir werden?« »Heute Abend schlafe ich auf dem Sofa«, sage ich, »morgen sehe ich weiter. Mach dir um mich keine Sorgen Hurensau Affenarsch.« »Das wird mir fehlen«, sagt Freddie. »Was?« »Jeden Tag als Affenarsch beschimpft zu werden.« »Ich kann dich ab und zu anrufen, wenn du willst. Ich kann es dir am Telefon sagen.« »Das wäre nicht dasselbe«, antwortet Freddie, »es wäre vorsätzlich.« Das war es immer, was glaubst du denn, Affenarsch.

»Egal, es wird mir jedenfalls fehlen«, wiederholt Freddie.

Am nächsten Tag früh aufgestanden ohne zu viel Lärm ohne Erdbeben ohne Indianergeheul, ohne auf die Wände einzuschlagen. Dabei steigt eine Welle in mir auf, ich schaue Freddie an, er schläft, ich denke: Ich verlasse ihn, muss ich denn wegen so einer Kleinigkeit gehen? Ich habe Tränen in den Augen, ich armes dummes Ding. Meine Tasche ist gepackt Wu-Ha ich muss nur noch auf Zehenspitzen hinausschleichen, Freddie schnarchen lassen, Arme und Beine weit von sich gestreckt. Soll ich ihn wecken, soll ich das Risiko eingehen, Adieu auf Wiedersehen sagen zu müssen? Ich weiß es nicht. Gestern Abend wollte er, dass ich im Schlafzimmer schlafe. Ich habe gefragt: »Warum denn, ich bin doch nicht aus Zucker, ich gehe, also nehme ich das Sofa, das ist nur konsequent.«

Ich ziehe Bilanz über die Verluste: der Sessel die kleine Lampe der Wohnzimmerblick über die Platanen das Plakat mit dem großen gelben Bär Freddies Kuscheltiere, denn Freddie ist ein Mann, der seine Kuscheltiere behalten hat. Es ist schwierig Wu-Ha wirklich schwierig, einen Mann zu verlassen, der noch alle seine Kuscheltiere hat. Ich sehe ihm beim Schlafen zu, er hat wieder mal ins Kopfkissen gesabbert, er hinterlässt lauter Schneckenspuren auf den Kissenbezügen. Ihn schlafen zu sehen war mein Privileg, er wird sich nie selbst so sehen können, Strubbelhaar geschlossene Augen Morgenbart auf den Wangen die zarte Tätowierung auf der Schulter eine japanische Miniatur ein blühender Kirschbaum. Liebte ich diesen Mann wegen seiner Kuscheltiere wegen seines blühenden Kirschbaums wegen seiner ewig vollgesabberten Kopfkissen? Ich muss aufhören, ich muss aufhören Wu-Ha ich tue mir weh mit dieser klebrigen Nostalgie, ich gehe, ich gehe, ich mache die Tür hinter mir zu, ich fühle mich schuldig und befreit, ich atme tief durch, und gleich danach kommt die wesentliche Frage, die einzige, die ich mir wirklich hätte stellen müssen. Wo werde ich meine zu schwere Tasche abstellen? Wo wird mein Herz mein Leben meine verdammte Freiheit unterkommen? Ich denke daran, bei meiner Freundin Elvire Zuflucht zu suchen, bis. Bis *was* eigentlich? Ich schicke ihr eine nicht sehr explizite Nachricht: »Kann ich vorbeikommen?« Antwort: »Kein Problem.« Bei Elvire gibt es nie ein Problem. Ich komme bei ihr an, sie macht mir auf, rote Augen, bedrückte Miene. Was ist das nur für ein böser Zauber? Sollte die lustige Elvire infiziert worden sein von einem superbösen Alien aus einem amerikanischen Film, Depressor Deprimax Melancolix oder Collaps? »Was hast du denn?«, frage ich. »Ich fliege aus meiner Wohnung raus.« *»Du fliegst raus?«* »Ja. Ich muss ausziehen.« Im Flur türmen sich Kisten und drohen einzustürzen wie neulich die Melonenpyramide, Diegos ganzer Stolz. Sie sagt: »Der Eigentümer will die Wohnung seiner Tochter geben, da ist nichts zu machen, es ist legal.« Sie sieht meinen Gips und fragt besorgt: »Was ist dir denn passiert?« »Erzähl ich dir später«, sage ich und füge hinzu: »Mit Freddie und mir ist es aus.« »Ach du Scheiße!« Elvire löst sich noch mehr auf, sie sorgt sich plötzlich mehr um mich als um sich selbst, und ich habe keine Lust mehr, ihr von meinem Leben zu erzählen. Es geht ihr schlecht, mir geht es nicht gut, wir sollten unsere Sorgen nicht kumulieren und die Waage auf die Negativseite ausschlagen lassen, ich werde ihr mein vorzeitiges Zölibat meine Fragen meine Wu-Has und meine Hurenärsche erspa-ren. Ich sage: »Ich hatte gehofft, ich könnte ein paar Tage bei dir schlafen.« »Für heute Nacht geht das klar, dann aber nicht mehr, ich muss die Wohnung morgen räumen.« »Mor-gen schon? Seit wann weißt du davon?« »Seit drei Monaten.« »Warum hast du denn nichts gesagt.« »Ich wollte es nicht glauben. Darüber zu reden hätte es zu real gemacht …« Sie schenkt mir eine Tasse Kaffee von gestern ein und sich selbst auch, lehnt sich ans Spülbecken, sie sieht aus, als wäre ihr kalt, arme Elvire. »Ich habe überall gesucht, was ich will, gibt es nicht, es ist alles zu teuer, zu hässlich, zu weit weg. Das Schlimmste ist, dass ich, bis ich etwas gefunden habe, zu-rück zu meiner Mutter ziehen muss.« »Ach du verdammte Scheiße.« »Genau«, bestätigt Elvire, »verdammte Scheiße, du sagst es!« Sie lacht. »Zu meiner *Mutter*! Verdammt, zu mei-ner *Mutter*! Kannst du dir das vorstellen?« Sie stöhnt, ringt die Hände, rauft sich die Haare, setzt eine tragische Maske auf. Ich lache mit ihr, auch wenn. Zurück zu ihrer Mutter der Irren der Durchgeknallten, das heißt so viel wie in die Hölle. Elvire hat mir so viel von ihr erzählt, dass ich das Ge-fühl habe, sie zu kennen. Gefährlich pedantisch voll panischer Angst vor Bakterien vor Keimen vor Schmutz, eines Tages hat sie Léo, Elvires kleinen Bruder, mit Chlorbleiche ge-waschen, weil er im Park im Sandkasten gespielt hatte. Einen dreijährigen kleinen Jungen. Der kleine Léo hatte schlimme Verbrennungen. Wurde seiner Mutter weggenommen, ist im Heim aufgewachsen und für immer gezeichnet. Elvires Vater Wu-Ha ein schwerer Fall von Hypochondrie. Mit fünfund-vierzig gestorben an einer fulminanten Hepatitis, was ein vornehmer Name für seine vom Paracetamol-Missbrauch zerstörte Leber ist. Die ältere Schwester begeht mit zwanzig Selbstmord. Der Bruder zieht am anderen Ende der Welt in den Krieg, als Söldner irgendeines Diktators, Adieu und auf

Nimmerwiedersehen, nie mehr einen Brief eine Nachricht, losgezogen, um fremde Menschen zu töten, sicher, um nicht seine Mutter umzubringen. Und inmitten dieser fauligen Misere Elvire, die kleine Fee, das leuchtende Flämmchen.

Elvire bin ich vor etwa sieben oder acht Jahren begegnet. Wenn man liebt, zählt man nicht. Wir stellen uns beide im gleichen Restaurant vor, ich als Putzhilfe, sie als Kellnerin. Sie trägt eine Sonnenbrille, obwohl das Wetter gar nicht so schön ist, ich mag keine Leute, die sich verstecken. Es sind noch zwei andere Mädchen da, der Chef tut so, als hätte er keine Zeit. Mit Leuten zu reden ist für ihn Zeitverschwendung, jedenfalls mit Angestellten. Er sagt vorab, dass er uns seine Antwort gleich am Ende des Vorstellungsgesprächs geben wird, Hopp Hopp, alle vier zusammen in sein kleines Büro, das nach Aschenbecher stinkt, keine Zeit für jede einzeln, von Respekt noch nie was gehört. Er stellt uns Fragen, ohne einen Blick in unsere Lebensläufe zu werfen, sagt die beschissenen Konditionen an, Hungerlohn keine Sozialleistungen kein Lunchpaket keine Anfahrtskosten, Sklaverei zum legalen Satz Ta Tadaaa was für ein Glück. Ich beherrsche mich, verdichte meine ganze Wut in meinem Inneren, mache mich innerlich leer, doch das hindert die Zuckungen den Krawall die Störgeräusche nicht daran auszubrechen, man wird immer nur von sich selbst verraten Affenarsch. Das andere Mädchen, das auch wegen des Putzjobs da ist, beginnt zu kichern und mich anzustarren, ich schaue ihr direkt in die Augen, normalerweise reicht das, aber bei ihr nicht, ich habe es mit einer starken

Gegnerin zu tun. Sie richtet sich auf, reckt die Brust vor und keift: »Was'n los?«, und da gebe ich auf. Dumpfbacken haben immer recht, auch wenn sie völlig danebenliegen, da kämpft man auf verlorenem Posten. Das schreckliche Gesetz des Dümmeren. Der gestresste Typ erklärt uns die Arbeit, die wir trotz ihrer großen Komplexität auch allein kapiert hätten. Für mich oder die hochnäsige Kuh, je nachdem wer diesen wundervollen Job bekommen wird, Böden und Tische saubermachen, Waschbecken und Klos putzen. Für Elvire oder die andere Tussi Bestellungen aufnehmen und die Kundschaft drinnen und draußen bedienen. »Den Tresen übernehme ich«, sagt der Chef, als handelte es sich dabei um eine höchst anspruchsvolle Tätigkeit. Er hat einen nicht wirklich ekelhaften, aber auch nicht ganz sauberen Blick, der sich ein bisschen in unsere Dekolletés verirrt. Ich fühle mich immer schlechter. Das dämliche Mädchen, das mich provoziert, der Neandertaler mit der niedrigen Stirn, das enge Büro. Die Krise naht, Rauschen in der Leitung unkontrollierte Bewegungen Hu-Ha-Laute, die ich nicht mehr unter meiner Zunge festhalten kann und *alldas*. Der Chef tut, als wäre alles in Ordnung, was die Sache nur noch schlimmer macht. Nach fünf Minuten sagt er in verlegenem Ton, seine Wahl falle auf die »andere Person«, die Person mit den großen Brüsten und dem zierlichen Hirn. Ich frage ihn, ob es wegen *Wu-Ha Ah-Ah Fette Hure Scheiße* sei. »Was meinst du wohl …!«, murmelt das Mädchen laut genug, dass ich es höre. Der Chef weist es weit von sich: »Nein, nein, es ist nicht *wegen*, es ist nicht *weil*.« Im Übrigen hat er gar nichts gemerkt, er weiß nicht mal, wovon ich rede. Er will keine Klage wegen Diskriminierung. »Aus welchem anderen Grund also?« Der Chef sucht und sucht, er überlegt, er denkt ganz fest nach, er strengt sich ungeheuer an. Schließlich fällt ihm eine Ausflucht ein, und in seinem Blick leuchtet ein schwaches Licht auf, er ziehe es vor, »eine jüngere Kraft auszubilden«. »In diesem Fall verstehe ich«, sage ich. Es stimmt, wir haben unsere Geburtsdaten angegeben, und es liegen fast sechs Monate zwischen ihrem und meinem. Das Mädchen wiehert sehr laut, ein hohes Kopflachen, verstärkt von der Leere in ihrem hohlen Schädel. Elvire zeigt keine Regung hinter ihren dunklen Gläsern. Das vierte Mädchen wirkt schlaff und völlig gleichgültig, sie riecht zehn Meter gegen den Wind nach Shit. Für den Kellnerinnenjob wählt der Wirt Elvire, aber als ich fast schon aus der Tür bin, höre ich sie ihm antworten: »Nö, ich hab's mir anders überlegt, ich habe keine Lust, bei Ihnen zu arbeiten.« Der Wirt wundert sich und fragt nach dem Grund. »Ich finde Sie unsympathisch«, antwortet sie. Dann höre ich ihren raschen Schritt hinter mir, immer näher, sie hat mich eingeholt und zischt zwischen den Zähnen: »Was für ein Arschloch!« Ich schaue ihr trotz der Sonnenbrille in die Augen, sie bricht in befreiendes Gelächter aus. Dann gehen wir auf ein Bier ins Café gegenüber. Sie ist ein großes blasses Mädchen, etwas mager und gebeugt von der Last des Lebens, aber hübsch. Mit einer etwas zu coolen Geste nimmt sie ihre Brille ab, und da entdecke ich ihren seltsamen Blick, ihre Augen, die nie stillstehen, nie ruhen, rastlose Augen, unmöglich einzufangen, flatternd flirrend unfähig zu entscheiden, was sie anschauen wollen, unablässig durch den Raum schweifend. Dieser fliehende Blick macht mich neugierig, verstört mich, lässt mich schwindelig werden. Ich versuche, mich an ihren Augen festzuklammern, auf den fahrenden Blick aufzuspringen. »*Nystagmus*«, erklärt sie. »So nennt man das.« Ich zeige Mitgefühl Wu-Hu-Ah fette Hure. »Wir zwei geben ein schönes Gespann ab!«, meint sie.

Seit wir uns kennen, hat Elvire sich alle Zeit genommen, die sie brauchte, um mir in lauter schrecklichen kleinen Bruchstücken ihr Leben zu erzählen, ein Kapitel nach dem anderen, nie zu viel auf einmal. Elvire kennt sich mit Giften, mit Toxinen gut aus. *Aus der Familie der Durchgeknallten hätte ich gern die Mutter, hätte ich gern den Vater, und den Bruder, und die Schwester auch noch.* Ich weiß nicht, wie man all diese Stürme mit einem so schönen Lächeln überleben kann, Elvire ist ein Wunder, sie hat wie durch ein Wunder überlebt. Sie ist die fröhlichste aller Nulpen, das Wort kreist und kreist in meinem Kopf, es beginnt meinen Blick zu ändern, ich suche nach meinen Artgenossen nach meinen Landsleuten nach denen, die wie ich auf fremdem Boden leben, nie wirklich mit dem Leben um sie herum verbunden. Öltropfen in einem Wasserglas. Störende Steinchen in einem Linsengericht. Rettende Steinchen, die mir manchmal geholfen haben, meinen Weg zu finden. Elvire gehört dazu, und auch Monsieur Poussin.

Monsieur Poussin wohnt im Erdgeschoss zur Straße hin, er muss hundert oder tausend Jahre alt sein, er bewegt sich mühsam mit seinem Rollator vorwärts, ich habe seine Existenz rein zufällig entdeckt. Eines Morgens gehe ich an seinem Fenster vorbei, was ich unwissentlich schon sehr oft getan habe, Rue des Soupirs Nummer 43, und finde auf dem Gehweg ein of-

fenes Buch. Das Buch muss vom Fensterbrett gefallen sein wie
ein Vögelchen aus dem Nest, kein Wunder bei dem Wind, der
schon seit ein paar Tagen weht. Ich bücke mich, hebe es auf,
es ist etwas fleckig vom Regen. Ein Handbuch der Fotografie,
genauer gesagt der Analogfotografie. Ich klopfe an das ange-
lehnte Fenster. »Hallo«, rufe ich, »hallo, ist da jemand?« Ich
drücke das Fenster etwas weiter auf, ganz langsam, dahinter
liegt ein dunkles Zimmer, in dem ich Tadaaa nichts erkennen
kann. »Hallo, ist da jemand?«, frage ich noch einmal. »Ich
habe gerade ein Buch auf dem Gehweg gefunden, gehört es
zufällig Ihnen?« Vom anderen Ende des Zimmers höre ich
eine alte Stimme: »Herein, herein.« Ich will nicht hineinge-
hen, nein nein nein, tut mir leid, ich will das Buch lieber aufs
Fensterbrett legen und schnell davonlaufen, ohne mich um-
zudrehen, denn zu einem Unbekannten in seine kellerdunkle
Wohnung gehen, nein nein nein, kommt nicht infrage. »Klingeln Sie bei Poussin, ich mache Ihnen auf! Es ist die erste Tür
nach den Briefkästen.« Warum kommt er nicht ans Fenster,
nimmt das Buch und bedankt sich, vielleicht ist er bettlägerig,
ich traue mich nicht, der zittrigen Stimme nicht zu folgen, alte
Leute rühren mich immer, dagegen kann ich nichts machen,
und *Monsieur Poussin* klingt hübsch, klingt zerbrechlich, ich
bin für Namen empfänglich, schon immer gewesen. Mit drei-
zehn habe ich mich unsterblich verliebt in einen gewissen
Balthazar Desrivières – von den Flüssen –, ich fand seinen
Namen so poetisch so romantisch so Ta Tadaaa tatsächlich war
dieser Balthazar ein Idiot, seine Flüsse waren Ströme von bit-
terer Galle von grundloser Bosheit, dabei sah er gut aus, er
hatte grüne Augen. Sechzehnjährige Jungs sind so gefährlich
wie Lamellenpilze, je anziehender sie aussehen, desto giftiger
sind sie. Also stehe ich kurz darauf vor dem Klingelbrett und
suche »Poussin« unter all den anderen Namen Delbard Mo-
reau Habib Lanquenot Bornerant, ich suche und finde ihn,
klingle, stoße die Tür auf und stehe in einem modrig riechen-

den Hausflur, ich klopfe an die erste Tür nach den Briefkästen, ich tue immer, was man mir sagt. Ein altes kleines Männlein, kaum größer als ein Troll, kommt zur Tür, sein Rollator schrammt über den Kachelboden mit Schnörkelmotiven. Es gibt Leute, deren vollkommene Hässlichkeit zu einer Art lebendigem Kunstwerk wird, zu einer liebenswerten Scheußlichkeit, Monsieur Poussin gehört dazu. Elefantenohren, dicke rote Säufernase, von tiefen Furchen durchpflügte graue Haut, monströse Augenbrauen, abstehende weiße Haarbüschel, planlos über den eiförmigen Schädel verteilt, und im zerfurchten Gesicht die Augen eines alten Eskimos, schmale Spalte, auf deren Grund es heiter funkelt. Er sieht mich lächelnd an, mit diesem offenen Lächeln der Leute, die das Leben noch vor sich haben, obwohl sie schon uralt sind, deren Tage sich auf ein paar letzte leere Kalenderblätter beschränken, wissen sie das überhaupt, erinnert irgendjemand sie manchmal daran? Wahrscheinlich nicht, denn sie tun, als wäre nichts, sie scheinen Zeit zu haben, jedem Unbekannten an der Tür Kaffee und Kekse anzubieten, Handelsvertretern Befragern für Umfrageinstitute Zeugen Jehovas. Was tue ich da, ich habe hier nichts zu suchen, ich würde am liebsten wegrennen Wu-Ha. Ich strecke dem Troll das Buch entgegen, sage mit fremder, allzu höflicher Stimme: »Ich dachte, das muss Ihnen gehören« und füge nicht hinzu alter Drecksack fette Hure. »Ja, ja, ganz recht, das Buch gehört mir. Aber kommen Sie doch herein, ich habe so selten Besuch!«, sagt Monsieur Poussin lächelnd. Er legt mir eine leichte Hand zwischen die Schulterblätter, um mich in sein Wohnzimmer zu schieben, mit der anderen Hand stützt er sich auf den Rollator. Neben ihm fühle ich mich riesig. Eine vor Gesundheit strotzende junge Riesin. In dem dunklen, höhlengleichen Raum bildet das Fenster ein messerscharf umrissenes Rechteck blendendweißen Lichts. »Ich hatte es da hingelegt.« Er zeigt auf das Fenster und lacht. »Der Wind muss es hinuntergeweht haben. Und ich habe es seit gestern überall gesucht!« Das Buch gehört ihm also. Es ist übrigens offenkundig, meine Augen haben sich an das Licht gewöhnt, ich sehe, ich bin ergriffen. Der Raum ist voll mit Schwarz-Weiß-Fotos, sie sind überall, auf den Wänden Türen Möbeln, gerahmt an die Wand gepinnt, an Wäscheleinen, die kreuz und quer durchs Zimmer gespannt sind, in Reichweite des wackeligen kleinen Monsieur Poussin, ich muss den Kopf einziehen, dabei bin ich nicht sehr groß. Mein Blick schweift über die Bilder, bleibt hier und da hängen, verfängt sich wie eine Mücke in einem Spinnennetz, es ist wie bei einem dieser perversen Irren in Horrorfilmen Wu-Hu-Ha Affenarsch, die ihre Höhle mit Porträts ihrer Opfer schmücken. Wenn dem so wäre, dann wären Monsieur Poussins Opfer zahllos. Ich habe eine stumme Menschenmenge vor mir. Kein einziges Stillleben, keine Landschaften oder Blumensträuße, überall Menschen. All diese Porträts haben eine Gemeinsamkeit, scheint mir, und da erkenne ich es plötzlich Ta Tadaaa. Monsieur Poussin hat alle diese Fotos von diesem Fenster aus aufgenommen. Hunderte von Fotos Wu-Ha manche überbelichtet oder verschwommen, andere unglaublich scharf, alle durchdrungen von Freude Bewegung Licht. Die Straße, nein *dieser Straßenabschnitt*, der vom Fenster aus sichtbar ist, dient als Bühne, seit wie vielen Jahren schon? Szenen in der Morgen- oder Abenddämmerung, Frühling Winter Sommernachmittage, Jahreszeitenwechsel an den Ästen der Platanen, nacktes Holz Knospen üppiges Blattwerk Laub auf dem Boden. Regennasses, schneebedecktes, hitzeflirrendes Pflaster. Ein immer gleiches und doch wechselndes Panorama, in dem Menschen vorbeiziehen, anonyme Gesichter und Silhouetten Passanten offene Regenschirme wie Blüten hohe Stiefel kurze Röcke Wollmäntel, alle eingefangen von diesem wachsamen Zyklopenauge, dem Objektiv von Monsieur Poussin, der aus seiner dunklen Höhle den unablässigen Strom des Lebens vorbeifließen sieht. Er folgt meinem Blick und sagt:

»Wenn Sie hier im Viertel wohnen, werden Sie sich sicher finden! Schauen Sie sich die Bilder nur näher an, doch, doch, ich bitte Sie!« Er lacht, der alte Troll, ich suche freudig nach bekannten Gesichtern und finde auch welche, ein Porträt von Diego Ta Tadaaa zwei Fotos von Tonton, darunter ein wunderschönes, mein vor drei Jahren verstorbener Nachbar, die Bäckerin, der Metzger und da: Freddie, der vorbeihuscht wie ein Schatten, und ich, ja *ich* auf dem Gehweg gegenüber in einem schönen Abendlicht. So habe ich mich noch nie gesehen, ich bin ergriffen, verwirrt. Ich gehe schnell, es muss Spätfrühling sein, ich trage ein langes weiches Tuch, auf dem Foto ist es grau, in Wirklichkeit aber porzellanblau. Ich wirke federleicht, anmutig, so kannte ich mich nicht. Ich muss lächeln. Monsieur Poussin streckt seine von den Jahrhunderten verkrümmte Hand aus, drückt mühsam die Wäscheklammer auf, nimmt das Porträt von der Leine und will es mir geben, ich wehre ab, er beharrt darauf, Rührung überwältigt mich, ich weiß nicht warum Wu-Hu-Ha-Ha. Im Lauf der Zeit entwickelt sich zwischen Monsieur Poussin und mir ein zartes Band, nicht wirklich Freundschaft oder Zärtlichkeit, wie soll man es nennen, ich denke an das Wort Komplizenschaft, aber worin wären wir Komplizen? Ich gehe ihn hin und wieder besuchen, ich weiß ja, wo er zu finden ist, er setzt keinen Fuß vor die Tür, nicht einmal, um Brot zu kaufen. Eine *Hilfe* kommt jeden Morgen und kümmert sich um ihn, sonst würde er vor Hunger Durst Einsamkeit sterben. So ist es. Manche Menschen brauchen zum Leben einen Hilfsmotor. Monsieur Poussin erzählt mir nicht viel aus seinem Leben, und ich belaste ihn nicht zu sehr mit meinem, wir machen uns das gegenseitige Geschenk, unsere Geheimnisse für uns zu behalten. Er bemerkt natürlich meine unkontrollierten Gesten und meine sprachlichen Ausrutscher, was sonst, aber wir reden nicht darüber. Ich sehe seine Hässlichkeit seinen Rollator sein hohes Alter seine Einsamkeit. In seiner dunklen Höhle auf dem Stuhl mit dem Strohsitz, der von einer schon lange toten Katze zerfetzt ist, wenn ich in kleinen Schlucken aus einer schmuddeligen Tasse faden Kräutertee nippe, dann wird mein Rauschen in der Leitung schwächer und kapituliert manchmal ganz, ich will nicht wissen warum. Zu wissen tötet die Magie. Ich weiß wirklich wenig über ihn. Er wird bald seinen einhundertdritten Geburtstag feiern, das allein ist schon schwindelerregend. Er wäre gern Fotograf geworden. »Aber das sind Sie doch«, sage ich, »Ihre Arbeiten sind großartig. Ich wollte gern Lehrerin werden, Lehrerin, können Sie sich das vorstellen? Sie sind ein Renoir der Analogfotografie, Ihre Frauen sind Liebende, Ihre Männer sind glücklich, und Ihre Fotos heilen, Sie haben diese Macht.« »Heilen?« Monsieur Poussin lacht, dass man sein Zahnfleisch sieht, aus dem noch ein paar Stummel ragen. »Ja«, antworte ich, »ja, ganz genau, sie *heilen*. Ich habe mich auf Fotos immer gehasst, aber auf dem Porträt, das Sie mir geschenkt haben, finde ich mich schön. Sie können sich nicht vorstellen«, sage ich, »Sie können nicht verstehen, wie gut mir das tut.« »Ich glaube doch«, erwidert Monsieur Poussin. »Ich erinnere mich, wie im Juli 1946 eine Frau ›Ich liebe dich‹ zu mir gesagt hat.« Ich frage ihn nicht, wer die Frau war. Es genügt mir zu wissen, dass sie »Ich liebe dich« zu ihm gesagt hat. Der hässliche kleine Monsieur Poussin mit seinen großen Ohren hat das Herz einer Frau höherschlagen lassen. Ob sie langweilig gewöhnlich unscheinbar oder voller Reize war, spielt keine Rolle. An dem Tag, an dem Monsieur Poussin mir das erzählt, denke ich an Freddie, der mich liebt, *mich geliebt hat*, mitsamt meinen Tics und Tocs und Tacs und *alldem*, man kann also zumindest eine Zeitlang jemanden genau so lieben, wie er *ist*. Ich bringe Stunden damit zu, diese Fotos zu betrachten, ganze Schachteln ganze Wäscheleinen voll, die das Leben des Viertels seit neunzig Jahren erzählen. Monsieur Poussin führt mir das Labor in seinem winzigen Badezimmer vor, Vergrößerungsapparat Plastikwannen Fixiersalz Entwick-

ler Stoppbad Papier in Matt Hochglanz Seidenmatt. Ich sage:
»Sie entwickeln Ihre Fotos also selbst, das ist unglaublich.«
Monsieur Poussin lächelt über meinen faszinierten Ausdruck.
»Das ist nicht besonders kompliziert, wissen Sie … Würde es
Sie interessieren zu sehen, wie es funktioniert?« Er und ich
erst im Stockfinsteren, dann im roten Licht der Dunkelkam-
mer, ich sitze auf dem Bidet, er steht vor seiner Badewanne
wie ein ehrwürdiger Hexenmeister mit geheimnisvollen Kräften. Beißender Geruch der Chemikalien, Porträts, die langsam
vor unseren Augen erscheinen wie Polaroids aus einer anderen
Zeit und von viel besserer Qualität. Das fachmännische Auge
des alten Trolls, der sortiert, zerreißt, behält, seufzt, sich freut.
»Dafür geht meine ganze Rente drauf, wissen Sie.« Ich wohne
schnellen und gewaltfreien Geburten bei: Blumenhändler
Briefträgerin Lieferant kleines Mädchen verliebter Junge, all
diese Menschen, deren Seele langsam zutage tritt und dann
fixiert wird. Chemie und Alchemie, Lösungen und Zauber-
wasser, Hydrochinon Natriumthiosulfat Natriumhydrogen-
sulfit Aqua Simplex aus dem Wasserhahn. »Als mein Vater
starb, war ich gerade zehn geworden. Er war Kriegsfotograf
gewesen, im Ersten Weltkrieg natürlich. Er hieß Louis Poussin.« »Poussin wie der Maler?«, frage ich. Er lächelt. »Nein,
nein, Poussin … wie das Küken!« Er sagt: »Ich habe seine
ganze Ausrüstung geerbt. Ich hatte ihn oft arbeiten sehen,
hatte sogar angefangen, mit ihm Aufnahmen zu entwickeln, er
hatte mir schon viel beigebracht. Ich liebte meinen Vater, er
war mein Ein und Alles. Mit fünf war ich vom Wagen des
Milchmanns überfahren worden, ich hinkte stark, ich war, wie
soll ich sagen? Ich war etwas menschenscheu … Der Blick der
anderen, verstehen Sie?« »Ja.« »Wenn mein Vater zu Hause
war, widmete er mir all seine Zeit. Nach seinem Tod muss
meine Mutter gedacht haben, dass die Fotografie mich ein
wenig über den Verlust meines Vaters hinwegtrösten würde.
Heutzutage würde man ein Kind nicht mit solchen Chemika-

lien hantieren lassen, aber damals …« Nach einer Weile fährt er fort: »Nach vier Kriegsjahren an allen Fronten ist mein Vater an einer Grippe gestorben … Man weiß nie im Voraus, wo das Schicksal einen erwartet. Ich habe fast kein Bild von ihm.« Monsieur Poussin zeigt auf eine Tür. »In diesem Zimmer ist er gestorben. Jetzt ist es meines. Ich habe mein ganzes Leben hier verbracht.« Monsieur Poussin, Fotograf aus Gedenkpflicht, in dieser Höhle verschanzt wie sein Vater in den Schützengräben. Er hat sein Jahrhundert Tag um Tag durchquert, ohne je etwas anderes festzuhalten als das banale Alltagsleben, das er von seinem Sessel am Fenster aus sah. Monsieur Poussin sagt, seine Arbeit sei bei weitem nicht so interessant wie die seines Vaters. »Ein bloßer Zeitvertreib, nichts weiter! Mein Vater, *der* hatte Talent.« Ich bin nicht mit ihm einverstanden und sage: »Ich kenne die Arbeit Ihres Vaters nicht, aber ich sehe die Ihre, es ist das Werk eines Ethnologen, eines Dichters, es ist eine Laterna magica, die vergangene Zeiten vor meinen Augen lebendig werden lässt.« Länge der schwingenden Röcke Kürze der hochgekrempelten Hosen Haarschnitte à la garçonne Absatzhöhen Hahnentritt- Vichy- Streifenmuster. Ich stöbere, wühle, sortiere. Ich erkenne mich auf acht Porträts wieder, Freddie auf zwölf, Tonton auf etwa zwanzig. Ich entdecke das noch junge, schmale Gesicht, dann den langsamen Verfall, die Zerrüttung bis zum heutigen Gesicht von Tonton, die gegerbte Haut. Auf all diesen Fotos erscheinen die Menschen liebenswert und schön, sie wirken glücklich, es ist unglaublich. Ich entdecke sogar ein Foto von Elvire, wahrscheinlich auf dem Weg zu mir. Als ich ihn bitte, es mir auszuleihen, um eine Kopie davon zu machen, sagt Monsieur Poussin: »Behalten Sie es, Sie machen mir damit eine Freude. Nehmen Sie alle, die Sie wollen. Doch, doch! Wenn ich nicht mehr da bin, wird das alles mit mir verschwinden, wissen Sie. Es wird im Müll landen. Wen soll das interessieren?« In Monsieur Poussins Stimme liegt nichts Fragendes, nur die absolute

Gewissheit, dass nichts von dem, was sein Leben ausmacht, bleiben wird. Absolut nichts. Wie sollte ich da seine Fotos nicht annehmen? Wie sollte ich nicht antworten: »*Mich* interessiert es, ich hätte gern eine kleine Auswahl, keinen Riesenstapel, auch wenn ich am liebsten alle nehmen würde, aber sagen wir ein paar mit Bedacht ausgesuchte Aufnahmen.« Darunter dieses Foto von Elvire, das vielleicht zwei oder drei Jahre alt ist, ihre Haare waren damals länger, und diesen Pulli trug sie ständig. Der Schatten eines Lächelns, eine anmutige Haltung, das Gesicht leicht zurückgewandt, als warte sie auf jemanden, vielleicht auf mich. Auf dem Foto ist ihr Blick eingefangen, ich sage nicht erstarrt, aber ausnahmsweise einmal angehalten, ruhig. Reglos. Man sollte Monsieur Poussin als Granulat einnehmen, man sollte ihn abends als Tee trinken, in jeder Tasse sollte man ziehen lassen, was von ihm ausgeht, von seinem aufmerksamen, wohlwollenden Blick, Monsieur Poussin ist ein seltener Künstler, seine Porträts sind wie Walzerklänge.

Meine erste Nacht als wieder auf dem Liebesmarkt verfügbares Mädchen verdammte Scheiße meine erste Single-Nacht seit vier Jahren. Elvire und ich reden über unsere Väter unsere Mütter unsere Familien, diesen klebrigen Teer auf unseren Federn. Elvires Vater, der eingebildete Kranke, aber Einbildung ist manchmal tödlich, Elvire erzählt von seinen letzten Stunden im Krankenhaus, Ende der Vorstellung, Koma. Ein ganzes Menschenleben voller Angst, krank zu werden, traurig zusammengefasst an seinem letzten Tag, weiße Kittel Infusionen Krankenhausbett. »Aber *vorher*?«, frage ich. »Wie war es *vorher*?« »Zwischen meinem Vater und mir, meinst du?« Elvire denkt nach, sagt, sie wisse es nicht. »Eigentlich war da *gar nichts*. Weder gut noch schlecht.« Sie fügt hinzu: »Es ist schrecklich, aber ich habe keine einzige echte Erinnerung an meinen Vater. Wenn ich an ihn denke, ist alles verschwommen. Dabei war ich fast zwanzig, als er gestorben ist, ich müsste mich erinnern können, aber ich habe nichts mit ihm geteilt, gar nichts. Wir lebten nebeneinander her, das ist alles. Guten Tag, guten Abend, frohe Weihnachten, alles Gute zum Geburtstag, Papa. Woran ich mich allerdings erinnere, das sind seine Arztrezepte, seine Stapel von Medikamenten überall im Haus, die meine Mutter zehnmal am Tag abstaubte, jede Schachtel von oben und von unten, diese *Staubfänger*, wie sie sagte. Nach dem Tod meines Vaters habe ich meine Mutter gefragt, was er denn eigentlich für eine Krankheit hatte, dass er all diese Medikamente brauchte? Solche Fragen stellte man bei uns normalerweise nicht, aber ich glaube, ich hatte Angst vor etwas Erblichem. Meine Mutter hat geantwortet, er sei nie krank gewesen, habe nur Angst gehabt, *sich etwas zu holen*. Da dachte ich, die beiden haben sich ja gesucht und gefunden, und seine Zeit damit zuzubringen, Angst davor zu haben, *sich etwas zu holen*, ist die schlimmste Krankheit, die es gibt. Und mein Vater, der nichts hatte, hat trotzdem immer Ärzte gefunden, die ihm Pillen verschrieben, ohne mit der Wimper zu zucken. Bei uns zu Hause stank es nach Tod und Desinfektionsmittel. Und irgendwann habe ich verstanden, warum meine Schwester ins Wasser gegangen war und mein Bruder versuchte, so weit weg wie möglich zu krepieren, in den schlimmsten Kriegen der Welt.« Nach einer Atempause fragt Elvire: »Und du? Wie war es bei dir?« Ich versuche von meinem Vater zu reden, dem großen Unbekannten, dem großen Abwesenden, diesem Vater, der die Flucht ergriffen hat, als ich drei war, gleich bei den ersten Zuckungen und Störgeräuschen, beim Erscheinen des *Syndroms*. Ich sage: »*Dieser* Vater«, nicht »*mein* Vater«, ich wüsste nicht, warum ich das Possessivpronomen gebrauchen sollte, von Zugehörigkeit kann keine Rede sein. Wo soll da das Familienband sein mit *diesem Mann*, der viel später, viel zu spät zurückgekommen ist, als ich fünfzehn war. Fünfzehn ist kein Alter, in dem man verzeiht, ich habe diesen Vater gehasst, der mit einer ganzen Familie im Schlepptau an die Tür meines Lebens klopfte, eine Freundin ein Halbbruder zwei falsche Schwestern, eine ganze *Familie* verfluchte Scheiße die mich wie eine Außerirdische anstarrte, aber vielleicht bilde ich mir das auch nur ein. Vielleicht kamen sie mit offenen Armen auf mich zu, und meine waren geschlossen, zu viel Angst, enttäuscht abgewiesen nicht geliebt zu werden, kratzendes Kätzchen, gebranntes Kind.

Dieser abwesende Vater, der Tadaaa sein schlechtes Gewissen reinwaschen wollte, aber nein, so funktioniert das nicht. »Ich bin keine Reinigung«, habe ich gesagt. »Du kannst krepieren, du hast mich fallengelassen, du warst nicht da, ich habe mich ohne dich durchgeschlagen, man kann die Geschichte nicht neu schreiben, du kannst mich mal mit deiner Zerknirschtheit und deinem reumütigen Blick. Ist mir egal, ich brauche dich nicht mehr, ich muss dir nicht verzeihen, du existierst für mich nicht mehr, ich werde dich garantiert nicht von deinen Schuldgefühlen erlösen, Pech für dich, wenn sie dich vergiften.« Würde ich ihm heute etwas anderes antworten? Ich bin mir nicht sicher, aber die Frage stellt sich auch nicht mehr, drei Jahre später Wu-Ha ist er auf dem Heimweg von der Arbeit mit dem Auto in eine Mauer gerast, ich habe es von meiner Mutter erfahren. Ich bin etwas aufgewühlt, das ist nicht zu übersehen Ta Tadaaa meine Arme wie nervöse Hampelmänner, meine Hände wie Kasperlepuppen, man hört es an den Wörtern, über die ich stolpere wie über Hecken über Hindernisse. Elvire lacht manchmal über ein entstelltes Wort, über eine alberne Wiederholung. Ihr Lachen lenkt mich ab, hilft mir, tröstet mich. Ich sage: »Ich rede nicht so gern über ihn, verstehst du?« Dann erkläre ich ihr, warum ich gegangen bin, die Lappalie des unglücklichen Wortes, Freddie, der mich behütete und nicht aus dem Nest ließ, ein mit Leim bestrichenes Nest, so fest geknüpfte Bande, dass sie letztlich würgen, vielleicht war es der abwesende Vater, der mich in die Arme eines älteren Mannes getrieben hat, der Altersunterschied ist zwar nicht so groß, acht Jahre, was ist das schon, trotzdem habe ich Zuflucht gesucht bei einem starken Mann.

Ich erzähle von meinem Selbstvertrauen, das langsam versiegt ist, von Freddies Blick, in dem ich immer Zärtlichkeit lesen konnte, aber nie den Glauben gesehen habe, der Berge versetzt, der sagt: »Was auch dein Kampf sein mag, ich bin an deiner Seite, ich weiß, du wirst gewinnen, du kannst es schaffen«, diesen Glauben, dank dem es keine zu hohen Berge gibt. »Ich habe vielleicht zu hohe Ansprüche«, sage ich. Elvire antwortet nicht, sie ergreift nicht Partei, hört einfach zu, ihre Ohren ein Beichtstuhl, sie sitzt auf dem Bett, die Arme um die angezogenen Beine geschlungen, das Kinn auf den Knien, das Laken um sich gewickelt. Ich erzähle von den *Nulpen*, von meinen Bildern von Blumen Vögeln Nestern springenden kleinen Säugetieren Ta Tadaaa. Elvire lacht. Sie lacht leicht, nimmt das Leben nicht wie ich so oft von der Nordseite. Sie beschreibt mir ihre Assoziationen, eine wilde, karstige Gebirgslandschaft, die Großen Nulpen mit ihren jungfräulichen Gipfeln. Sie sagt: »Und was ist mit *Nystagmus*? Ist das vielleicht nicht inspirierend?« Doch, natürlich, *Nystagmus* ist einer dieser rätselhaften poetischen Namen, wie Krankheiten sie manchmal tragen. »Ein Nystagmus«, lege ich los, »ist ein Nachtvogel. Ein großer Vogel mit dunklen Federn und riesigen Augen in einer schönen Farbe, einem schönen Orange.« »Augen, die wild herumzucken?«, fragt Elvire. »Augen wie meine?« »Deine Augen zucken nicht wild herum sie tanzen.« Sie lächelt und wiederholt: »Sie *tanzen*? Okay, das übernehme ich. Das finde ich sehr hübsch.« Sie sagt, für sie sei ein Nystagmus eine zarte orientalische Porzellanfigur, ein höchst seltenes Objekt, ein Glück eigentlich, einen zu haben. »Genau«, sage ich, »genau so sollte man die Dinge sehen. Man sollte die Namen seiner Symptome seiner Syndrome seiner Leiden seiner Risse im Lack seiner Sprünge in der Schüssel annehmen, sollte sie zähmen, sie zu vertrauten Begleitern, zu Verbündeten machen, ihnen ein Gesicht geben, sie sich aneignen. Die Unterschiede nicht leugnen, was bringt das schon, Karos werden nie wie Streifen aussehen. Man sollte daraus seine Signatur, seine Originalität machen.« Ich sage: »Jetzt muss ich schlafen, sonst fange ich an, Blech zu verzapfen. Bewundere meine Anmut meine Geschmeidigkeit, bewundere deine Freundin mit der gebrochenen Pfote, die sich windet wie eine Raupe, um in ihren Schlafsack zu kriechen.« Elvire pustet die Kerzen aus und fragt: »Schreist du manchmal auch nachts los? Nur um zu wissen, ob ich meine Ohrstöpsel brauch?«

»Freddie hat sich nie beschwert«, antworte ich.

Ich öffne die Augen, Besorgnis und Entzug. Was soll ich mit meinem Tag anfangen, wo werde ich heute Nacht schlafen Wu-Ha? Im Schatten meiner Zweifel erblüht plötzlich meine Feigheit. In die Wohnung zurückgehen, als wäre nichts. Aber was sollte ich Freddie sagen? Er wird mir fehlen, das ist sicher, das Leben mit ihm, die mollige Ruhe und vor allem das Phantom der Liebe, das ich mir zusammengeträumt hatte. Wenn ich umkehre, wenn ich zu ihm zurückgehe, werde ich mich verlieren mich verirren, wird ein Teil meiner Seele draufgehen, der Teil, der ausmacht, dass ich ich selbst bin, unabhängig und frei. Elvire kocht Kaffee, ich bestreiche Brotstückchen, was nicht einfach ist mit meinem Gipsarm meinen Zuckungen meinen Rucklern. Sie fragt: »Was wirst du jetzt also machen? Hast du Pläne?« Was werde ich *jetzt also* machen, sehr sehr gute Frage. Erst mal ein Bett finden, mein Bedürfnis nach einem Nest wird dringender und drängender, während ich meinen zu schweren Rucksack an der Wand neben dem Sofa betrachte, diesen Rucksack Tadaaa der mein Vermögen meinen Computer meine Papiere meine Baumwollunterhosen enthält. Elvire denkt laut nach, ob von unseren Bekannten nicht jemand mir ein Zimmer vermieten könnte, in einer WG oder zur Untermiete. Ich sage: »Klar, Leute, die jemandem wie mir ein Zimmer vermieten wollen, gibt es wie Sand am

Meer Wu-Hu-Ha-Ha-Ha.« Sie seufzt: »Tja, wenn es so einfach wäre, müsste ich auch nicht zu *du weißt schon wem* …« Sie umarmt mich fest, küsst mich aufs Ohr, tröstet mich nach besten Kräften. »Sobald ich irgendeine Unterkunft finde, sage ich dir Bescheid, versprochen. Wir schaffen das!« Ich rolle meinen Schlafsack zusammen, das heißt, ich *versuche* es, heute ist sicher nicht der Tag, an dem mein Körper sich mit meinem Kopf einigen wird Ah Ah. Schließlich stopfe ich den Schlafsack mit Faustschlägen in seine Hülle verfluchte Scheiße ich tue tapfer, ich sage: »Es wird schon gehen.« Aber es geht überhaupt nicht. »Es ist ja nicht kalt«, sage ich, »schlimmstenfalls schlafe ich draußen.« »Pass auf dich auf«, antwortet Elvire, »geh nicht in einsame Ecken.« Ich spüre, dass ihr nicht wohl dabei ist, mich mir selbst zu überlassen. Sie überlegt seufzt und fragt dann: »Willst du nicht *schlimmstenfalls*, wie du sagst, auch bei meiner Mutter schlafen?« Wir ziehen die gleiche Grimasse, wir lachen. »Komm, nimm schon an, ich weiß doch, dass das dein Traum war …« Mein Telefon klingelt, es ist Freddie mit der Stimme von jemandem, der nicht viel geschlafen hat, er fragt mich, ob es geht, meine Kehle schnürt sich zu, »ja, geht schon, und du?«, Freddie zögert, antwortet etwas zu schnell: »Ja, ja« und berichtigt dann: »Na ja, eigentlich nicht besonders, nein, es fühlt sich leer an.« Redet er von der Wohnung von seinem Herzen von seinem Leben? »Ja, es fühlt sich leer an«, sage ich. Was sich aber auch *leer anfühlt*, ist meine nahe Zukunft, über die ferne will ich lieber gar nicht erst nachdenken, ein Problem auf einmal, keine Arbeit, eine lächerliche Behindertenbeihilfe, die Miete hat Freddie bezahlt, willkommen im wirklichen Leben. Elvire geht zu ihrer Arbeit, wir verabreden uns für den späten Nachmittag vor dem Haus ihrer Mutter. Bis dahin werde ich eine Sozialwohnung beantragen Tadaaa das ist das dringlichste Problem, die Art von dringlichen Problemen, deren Lösung mehrere Monate dauert. Bestenfalls.

Elvire hat nicht übertrieben, was ihre Mutter angeht. Sie lebt in einer Wohnung, die so steril ist wie ein OP und auch nach Krankenhaus riecht, man zieht die Schuhe aus, wäscht sich die Hände und *rührt vor allem nichts an.* Elvire macht keinen Wirbel, beugt sich den Gepflogenheiten, ohne ihr Lächeln abzulegen, sie lässt nichts von dem, was ihre Mutter sagt, an sich heran. Daher kommt vielleicht ihr Schmetterlings-blick, nie etwas anzuschauen erlaubt es ihr wohl, nie etwas zu sehen. Ihre Mutter trägt Schuhüberzieher wie im Kranken-haus. Wir müssen uns genauso verkleiden, ich vermeide es, Elvire anzusehen, meine Füße anzusehen in ihren schlumpf-blauen Wegwerf-Überschuhen aus der Tausenderschach-tel. Ihre Mutter folgt uns mit dem irren Blick eines in der Falle sitzenden Nagetiers mit einem Putzlappen und wischt Möbel und Türklinken ab. Ich fühle mich immer unwohler, beginne mich aufzulösen und Tadaaa ein Faustschlag in die Wand Hure Schlampe Hure. Elvires Mutter zuckt zusammen fette Hure Affenarsch. Elvire nimmt sie entschlossen beiseite und geht mit ihr in die Küche, um sie aufzuklären, nach fünf Minuten kommen sie zurück, Elvire zwinkert mir beruhi-gend zu. Ihre Mutter murmelt etwas ruhiger: »Komm, ich zeig dir dein Zimmer, *Harmonique.*« Ich korrigiere sie nicht, dann eben Harmonique fick fick deine Mutter. Die Mutter und ich gehen hoch, sie läuft hinter mir her, staubt das perfekt gewachste Geländer ab Hu Ha. Im Flur millimetergenau aufgereihte Fotorahmen an der Wand, erstarrte Porträts der Familie, der verstorbene Vater Ah die große Schwester, die einen Flunsch zieht und wahrscheinlich gerade ihren Suizid plant, Elvire als kleines Mädchen mit dicken Backen, Léo mit drei Jahren. Kein Foto der Mutter, keins aus jüngerer Zeit. Ich denke an die Bilder von Monsieur Poussin, so fröhlich, so voller Bewegung. Elvires Mutter öffnet eine Tür, Léos Zimmer, blaugestrichen mit Fenster zur Straße, Spielzeug Bilderbücher große Autos für kleine Patschhände. Makelloser Teppichboden ohne ein Stäubchen, Gitterbett für einen Zwerg. Der kleine Léo kommt schon lange nicht mehr zu Besuch, das weiß ich. Elvires Mutter sagt: »Ich hoffe, das wird gehen, ich hole Bettwäsche.« Elvire kommt herein, ich zeige auf das Bett. Sie verdreht die Augen und sagt: »Mach dir keine Sorgen, du schläfst in meinem Zimmer.« Elvires Mutter kommt zurück, die gefaltete, gebügelte, makellose Kinderbettwäsche im Arm, legt sie auf die Matratze und zeigt mir das Badezimmer, zweite Tür rechts im Flur, Musterbad, alles neu und so blitzblank, dass es blendet, in der Dusche steht eine Flasche Chlorbleiche, *Chlorbleiche* verfluchte Scheiße. Beim Abendessen steht Elvires Mutter mehrmals auf, um ihr Besteck und unseres zu spülen, sie desinfiziert ihre Hände ständig mit Gel. Ihre Haut ist rot und trocken, stellenweise aufgekratzt. Sie murmelt vor sich hin, beobachtet uns aus den Augenwinkeln, vor allem mich Wu-Ha-Ha und natürlich bleibt es nicht aus Ta Ta Tadaaa plötzlich reißt mir der Arm aus, eine unvermittelte Bewegung, und mein Glas fliegt um, der Wein läuft über den Tisch, tropft auf den Teppich wie ein kleines Blutrinnsal. Ich will mich darum kümmern und stehe auf. Elvires Mutter springt von ihrem Stuhl, sie rempelt mich fast um, bittet mich in panischem Ton, mich zu setzen, ein Flehen mehr als ein Befehl, sie rennt in die Küche, ich bin wie gelähmt, Elvire macht mir Zeichen:

»Entspann dich, ist nicht schlimm.« Ihre Mutter taucht für den Kampf gerüstet wieder auf, Wassereimer Schwämme Reinigungsmittel. Sie geht zu meinen Füßen in die Hocke, wischt, schrubbt, scheuert, bis die letzte Spur verschwunden ist. Elvire verdreht die Augen, ihre Flipperkugelaugen, die an jedem Hindernis abprallen. Sie schaut mich auf ihre Art an. Ich denke, wie chaotisch, erschöpfend ihre Kindheit gewesen sein muss. Sie sagt mit müder Stimme: »Wir machen das später, Mama! Iss mit uns, ja?« Ihre Mutter richtet sich auf, man sieht nur den Kopf über dem Tisch auftauchen, als wäre er von ihrem Körper abgetrennt und auf den Rand gelegt, ein Kalbskopf mit großen tränenden Augen, und dann Tadaaa taucht sie wieder ab, diskretes Plätschern des Schwamms, den sie im Eimer ausspült. Wir stehen auf und gehen ohne ein Wort.

Später am Abend liegen Elvire und ich in ihrem großen Bett und reden über den Wahn ihrer Mutter. »Sie ist ferngesteuert«, sagt Elvire. Ich erzähle ihr von Madame Suzain Mylord der Panzertür mit Hochsicherheitsschloss meinem hübschen Bruch, ich erzähle von *Tabourette*. Sie muss laut lachen. Wir verstehen uns, wir kennen diese Verlegenheit der Leute angesichts gewisser Symptome neurologischer Störungen Macken aller Art auffälligem Benehmen. Ihre nie stillstehenden Scheibenwischeraugen. Mein widerspenstiger Körper und meine aufsässige Zunge. Wir haben noch nie wirklich darüber geredet, die Dunkelheit macht es leichter. Ich versuche einen vagen Vergleich mit ihrer Mutter, aber Elvire unterbricht mich sofort: »Nein, das ist etwas völlig anderes. Bei meiner Mutter ist nichts zu machen. Dabei könnte sie sich behandeln lassen. Vielleicht nicht geheilt werden, aber eine Besserung erreichen, das schon. Aber sie liebt ihr Unglück zu sehr. Ich glaube, es gibt ihr das Gefühl zu existieren.« Leises Rumpeln an der Wand. Elvire seufzt. »Jetzt staubt sie die Bilderrahmen ab, danach wird sie das Bad putzen und polieren. Sie hört nie vor

Mitternacht auf mit ihrem Zirkus. Manchmal fängt sie um vier Uhr morgens wieder an.« »Bist du mir böse, wenn ich morgen gehe?« Elvire kichert. »Sie jagt einem Schiss ein, nicht?« Schiss nicht unbedingt, aber ich fühle mich unbehaglich verkrampft, das ist nicht gut für mich, wo ich sowieso schon Wu-Hu-Ha. »Ich haue auch ab«, sagt Elvire, »ich hatte vergessen, wie krass es ist!« Der Schlaf will nicht kommen. Elvires Mutter ist mit den Bilderrahmen fertig, sie hat sich an die Dusche gemacht. Seufzer und fließendes Wasser, Elvires schwerer Atem neben mir, mein Körper, der jede Berührung meidet und sich nicht beruhigen will. Diese fixe Idee, um die ich kreise wie eine Ziege um ihren Pflock. Ich weiß nicht wohin. Tontons Zuhause ist eine Rumpelkammer voll seltsamer Dinge, Gullideckel altes Werkzeug Schweißbrenner Baustellenmaterial, lauter Sachen, aus denen nach und nach winzige bis monumentale Skulpturen entstehen, bizarre, witzige Ungeheuer, die geradewegs einer Hölle à la Hieronymus Bosch entsprungen sein könnten. Ich stelle mir vor, wie ich bei Tonton sitze und wir auf dem Palettentisch Karten spielen, während Mister Lovecrafts großer Cthulhu mich mit seinen großen, nachdenklichen Kuhaugen durch die Glasfront anstarrt Wu Ah verdammte Scheiße es hat durchaus einen gewissen rauen poetischen Reiz, aber nein, ich behalte die Möglichkeit im Hinterkopf, falls ich keine andere Lösung finde. Bei Monsieur Poussin Zuflucht zu suchen Tadaaa kann ich mir auch nicht recht vorstellen, ich will ja gern tapfer tun und positiv denken, aber ich weiß nicht, ob es gut für mich wäre, bei einem Hundertjährigen zu schlafen, auch wenn er optimistisch ist. Ich glaube, eher nicht.

Zweiter Morgen. Das Universum ist gegen mich, schlechtes Karma, zu kurze Nacht, es regnet in Strömen. Elvire ist schlecht gelaunt, sie erträgt ihre Mutter nicht, Streit erst im Bad, dann unten. Ich höre: »Mach eine Therapie!« Ich höre: »Red nicht in diesem Ton mit mir, ich bin deine Mutter!« Dann: »Meine *Mutter*?! Benutz doch keine Wörter, deren Bedeutung du nicht verstehst!« Ich komme in die Küche. Elvires Augen sind trocken, sie sitzt vor einer leeren Tasse am Tisch, gerunzelte Stirn, verkrampfte Hände, ich habe sie noch nie wütend gesehen. Ihre Mutter kommt herein, geht wieder hinaus, kommt wieder herein, sie weint und schluchzt, versucht, mich auf ihre Seite zu ziehen, beklagt sich mit hysterischer, sich überschlagender Stimme. Elvire steht auf und sagt: »Wir hauen ab.« Sie zittert vor Wut. Wir gehen ins Blaue los, Elvire ruft einen Freund an und fragt, ob er sie eine Nacht beherbergen kann, sie versucht, mich mit unterzubringen, ich spüre, dass es schwierig ist, und winke ab: »Lass nur.« Sie legt auf, beruhigt sich etwas. »Ich muss heute um zwölf arbeiten. Hast du noch Zeit für einen Kaffee?« »Ich schau mal in meinem Terminkalender nach.« Sie lacht und entspannt sich. »Tut mir leid mit der Szene. Ich müsste es langsam wissen. Ich kann sie nicht mehr ertragen, ich kann's nicht ändern, sie kommt mir zu den Augen raus.« Ich sage: »In der chinesischen Medizin

kommt der Zorn von der Leber und *tritt durch die Augen aus.*
Du siehst rot«, sage ich. Dann wechseln wir das Thema. Sie
hat einen netten Job in einem alternativen Café-Teesalon-Ki-
noverein-Veranstaltungsort, wo sie kocht, serviert, kassiert –
je nach Bedarf. An manchen Abenden steht sie auch auf der
Bühne. »Und was ist mit deinem Stück, ist es bald fertig?« Ihr
Gesicht hellt sich auf. »Ja, endlich! Es ist natürlich noch nicht
alles perfekt, macht aber nichts.« Ich frage nach dem Titel.
»Augen im Kopf.« Ich sehe sie an, wir lächeln beide. »Man
schreibt immer über sich, das ist altbekannt …« Sie sagt, ich
solle auch anfangen zu schreiben. Ich zeige ihr ein Beispiel
der Schwierigkeiten, die mich daran hindern Ta Tadaaa ich
imitiere mich sehr gut. Ich spiele ihr meine Nummer vor:
Tabourette macht Tintenkleckse, Tabourette macht Löcher
ins Blatt, bricht die Füller- oder Bleistiftspitze ab, Tabourette haut auf der Tastatur daneben, schreibt in unbekannten
Sprachen XcQoizef pojPkiluglu. Elvire lacht ohne Spott, lässt
nicht locker, sagt, ich könne doch diktieren, wenn Schreiben
zu kompliziert sei. »Da gibt es super Programme. Ich habe
einen Freund, der sich damit auskennt, ich bin sicher, er kann
dir dabei helfen. Du hättest doch genug Sachen zu erzählen,
oder?« Sachen zu erzählen, wer hat das nicht? Wir gehen zurück zu ihrer Mutter, um unsere Sachen zu holen, Drama Tränen Tragödie. »Gibst du mir keinen Kuss?«, jammert Elvires
Mutter. Elvire vollstreckt ihren Wunsch, ja, sie vollstreckt ihn,
das ist das passende Wort, zum Lieben verurteilt sein, was für
ein schreckliches Verdikt. Ich begleite Elvire zur Bushalte-
stelle, der Regen hat aufgehört, wir versprechen einander, uns
schnell anzurufen, verabschieden uns. Der Bus fährt los, Elvire
entfernt sich, ihr Gesicht ist nur noch ein heller Fleck hinter der
Scheibe des Busses, der an der Kreuzung abbiegt. Ich möchte
hinterherrennen, ich fühle mich allein auf der Welt, es ist nicht
mal elf Uhr. Und wenn ich Freddie anriefe? Dann könnte ich
zurück nach Hause, *wenn ich Freddie anriefe.* Da fallen die

Fragen wieder über mich her, überwinden die Wassergräben, setzen zum Sturm auf meinen schwachen Willen an, gleich werde ich schreien, in wüste Beschimpfungen ausbrechen, es steigt in mir auf verfluchte Scheiße ein Mann schaut mich komisch an Affenarsch er kommt auf mich zu und weist mich gereizt zurecht, dann begreift er seinen Irrtum, entschuldigt sich, geht weiter, rennt fast davon, als hätte ich die Pest. Ein paar Enten schlagen am Ufer mit den Flügeln, ein Jogger läuft vorbei, mein Rucksack ruiniert mir den Rücken. Plötzlich zerplatzen die Wolken, und der Regen durchnässt mich. Es ist ein leerer Tag, ein überschüssiger Tag, ich schaue alle fünf Minuten auf die Uhr, esse zu Mittag einen Hamburger, schmiede verworrene Pläne für die nächste Nacht. Draußen schlafen *schlimmstenfalls*, aber es regnet. Draußen schlafen, aber es macht mir Angst. Freddie ruft zweimal an, ich gehe nicht dran, wenn ich drangehe, werde ich weich, die Angst wird mich ans Ufer spülen, mich in seinen Armen stranden lassen, also gehe ich nicht dran. Ich besuche zwei Foto-Ausstellungen mit freiem Eintritt, ich denke an Monsieur Poussin. Ich drehe eine Runde in einer Buchhandlung. Lauter Orte, die mich beruhigen. Das Wetter wird nicht besser. Es ist nicht mal sechzehn Uhr, mein Telefon ist entladen, ich gehe in ein Café, wärme mich und lade es auf. Ich zittere wie Espenlaub, zu wenig Schlaf. Ich kann mich aufspielen und Türen schlagen, wie ich will, die Wahrheit ist, dass ich keine Heldin bin. Freddie hatte recht, ich bin eine Nulpe. »Und was wünscht die junge Dame?«, fragt der Kellner. Hoffnung, denke ich und sage: »Einen schwarzen Kaffee. Bitte. Affenarsch.«

Vor meinem Haus vorbeigehen, ohne langsamer zu werden, den Rücken verkrampft vor Angst, Freddie über den Weg zu laufen Tadaaa zwei Tage war ich weg, zwei Tage, was für eine Glanzleistung, was für ein mutiger Versuch, und schon bin ich zurück in meiner Straße. Mein Rucksack ist vom Regen durchtränkt, mein Computer ist bestimmt nass, meine Unterhosen ebenso. Vor Monsieur Poussins Fenster zögere ich, soll ich an die Scheibe klopfen, an seiner Tür klingeln, aber *nein*. Wenn ich die Straße zweihundert Meter weiter ginge, wäre ich in weniger als fünf Minuten bei Tonton, aber *nein*. Was bleibt mir dann? Plötzlich wird mir klar, in welcher Falle ich saß, abhängig von der Wohnung vom Komfort von Freddie, beruhigende Routine, Illusion der Beständigkeit. Ein paar Häuser weiter steht die Eingangstür weit offen, ich sehe einen jungen Mann, der mit einem roten Sessel kämpft, ich biete meine Hilfe an, er schaut mich einen Moment an, schätzt das Ausmaß der Schäden ab, die ich anrichten könnte, und antwortet: »Nein danke, sehr nett, aber ich schaff das schon.« Kein Problem Affenarsch. Ich gebe es auf, helfen zu wollen, existieren zu wollen, ich werde ins Wasser gehen, mich aus dem sechsten Stock stürzen, ich gehe auf die Treppe zu, da ruft er mich zurück und zeigt auf den Aufzug. »Aber wenn Sie die drei Kartons da in den fünften Stock bringen und vor der zweiten Tür links abstellen könnten, wäre das super nett, danke. Meine Freundin ist schon oben, aber die Klingel geht nicht, man muss klopfen.« Ich nehme die Kartons Wu-Ha er stellt den Sessel ab und hält die Aufzugtür auf, während ich sie hineinstelle. Ich spüre seinen Blick auf mir, der Blick der Blick, das ist immer schwierig, vor allem von Leuten, die ich nicht kenne. Er lächelt und fragt: »Tourette, ja?« »Sind Sie Arzt?« »Nein, überhaupt nicht, ich bin Musiker. Aber mein Bruder hat es auch.« Er sagt: *»Mein Bruder hat es«*, ich brauche nichts zu erklären, zu beschreiben, zu beschönigen, sein Bruder *hat es*. Er weiß Bescheid. Mein Atem beruhigt sich. »Ich heiße Maxime.« »Und ich Harmonie.« Er lacht. »Ah! Mit Harmonien kenne ich mich aus!« Wir sagen nichts weiter, ich fahre die Kartons hoch, stelle sie im fünften Stock ab, ein dunkelhaariges Mädchen macht mir auf, schaut mich überrascht an, ich erkläre: »Ich habe unten Maxime getroffen. Ich heiße Harmonie.« Sie heißt Fiona. Sie bietet mir etwas zu trinken an, ich lehne ab, schiebe einen Termin vor. »Dann ein anderes Mal, ja? Danke für die Kartons!« Sie wirkt nett, ich finde sie hübsch, ich glaube, ich beneide sie um ihre Gelassenheit und um ihren Liebsten unten, der den Sessel trägt, um die beiden Freunde, die Regale an die Wand schrauben und »Hallo« sagen, als würde ich dazugehören. Um den großen Lockenkopf, der mich freundlich an den Schultern nimmt und beiseiteschiebt, um mich nicht anzurempeln, den großen Lockenkopf, der sagt: »Ich gehe wieder runter und helfe Max.« Ich beneide dieses Mädchen um die helle Wohnung, um ihre trockenen Kleider, um all die Liebe, die ich in ihrem Leben spüre, und um die Katze, die auf den Kartonstapeln spielt. Ich bin versucht, auch wieder hinunterzugehen und *Max zu helfen*, aber ich tue es nicht, ich mache im dritten Stock halt.

Ich klingle einmal, zweimal Wu-Ha ich klingle noch einmal. »Machen Sie mir auf, machen Sie mir auf.« Ich höre Schritte die Treppe hochkommen und Gelächter. Maxime, sein Sessel und der lockige Freund. Ich tue, als würde ich meine Schlüssel suchen, lege die Hand auf die Klinke, spiele die Wohnungsbesitzerin. Ich versuche ganz locker zu lächeln, sie lächeln zurück, Maxime dankt mir, sie manövrieren den Sessel um die Ecke und verschwinden nach oben. Nur ihre Stimmen hallen noch eine Weile nach. Ich atme tief durch, ich glaube, ich weine gleich. Ich klopfe ein letztes Mal an die Tür Wu-Ha wenn sie nicht aufmacht, ist alles vorbei. Wenn sie nicht aufmacht, bin ich tot. »Harmonie?«, fragt da eine Stimme.

»Ja, ich bin's, ich bin's verfluchte Scheiße.«

5

KRÄUTERTEE

DONNERSTAG, 16.

Jetzt habe ich seit fast sieben Monaten keine Zeile mehr geschrieben. Sieben Monate schon, nicht zu fassen! Als ich das
im Kalender bemerkte, dachte ich zuerst an einen Irrtum,
aber es ist keiner. Seit ich mich meinem lieben schwarzen
Heft zuletzt anvertraut habe, ist aber auch eine Menge passiert. Und heute Morgen nun habe ich, weiß der Kuckuck
warum (wahrscheinlich eine meiner Grillen), plötzlich das
dringende Bedürfnis verspürt, ein paar Zeilen zu schreiben,
und mich in mein Zimmer zurückgezogen. Ich bin da gar
nicht so schlecht eingerichtet, seit die junge Elvire mir diesen
praktischen kleinen Schreibtisch besorgt hat, sehr sauber und
nicht mal hässlich, sie hat ihn im Sperrmüll gefunden. Ich
habe Ruhe und alle Zeit der Welt. Ich muss mich nicht mal
ums Essen sorgen: Heute kümmert sich Tonton darum (sie
heißt eigentlich Denise, aber da alle diesen netten, wenn auch
etwas albernen Spitznamen gebrauchen, tue ich es eben auch).
Nun ja, wenn ich sage, ich muss mich nicht ums Essen sorgen,
dann sprechen daraus meine gute Erziehung und meine barm-
herzige Natur. In Wirklichkeit sorge ich mich darum, sogar
sehr. Ich bin bereit, um meine Rente zu wetten, dass es heute
Mittag Hackfleisch-Kartoffelpüree-Auflauf geben wird oder
Kartoffelgratin. Für Tonton ist eine Mahlzeit ohne Kartoffeln
undenkbar, frittiert, gefüllt, gebraten, gestampft, als Salat,

Suppe, Gratin oder in Alufolie gebacken, dazu vorzugsweise Fleisch mit Sauce oder Wurstwaren. Da ich eine empfindliche Galle habe – weil ich mir zu viele Sorgen mache, wie Josiane, die keinen Gemeinplatz auslässt, sicher sagen würde –, muss ich zugeben, dass ich leide, wenn Tonton am Herd steht. Mein Körper, der schon durch die russische Küche auf eine harte Probe gestellt wurde, verträgt keinerlei Mätzchen mehr, weder Fett noch Sauce oder auch nur Kartoffeln. Immer wenn Tonton die Küche übernimmt, protestieren meine Eingeweide für den Rest des Tages wie eine Horde Gewerkschaftler. Und da ich diskretionshalber dazu übergegangen bin zu husten, um meine Magen- und Darmgeräusche zu überdecken, fühlt Tonton sich genötigt, mich mit scheußlich schmeckenden Hustenpastillen zu versorgen, die sie mir derart autoritär hin-streckt, dass ich sie nicht abzulehnen wage, obwohl ich davon Sodbrennen bekomme. Zum Glück hat meine Apothekerin mir dagegen ein sehr gutes Medikament empfohlen, dessen einziger Nachteil darin besteht, dass mein Urin sich blau färbt.

Als ich einmal versucht habe, ihr taktvoll beizubringen, dass ich *auch* gern Fisch esse, hat Tonton mir unmissverständlich geantwortet, das könne ich vergessen, da hätte sie ja das Ge-fühl, auf Arbeit zu sein. Ich habe das nicht sofort verstanden, auch wenn ich mich nicht getraut habe nachzufragen. Es fällt mir immer noch etwas schwer auszusprechen, was ich wirklich denke, ich werde einfach diese schreckliche Angst nicht los zu stören, eine Dummheit zu sagen oder falsch verstanden zu werden. Ich habe es also nicht verstanden (fass dich etwas kürzer, Mädchen!), bis Harmonie mich daran erinnerte, dass Tonton auf dem Markt Fisch verkauft.

Ein paar Tage später, als ich anzumerken wagte, dass zu viele stärkehaltige Nahrungsmittel bei meinem (leichten) Ge-wichtsproblem wahrscheinlich nicht angezeigt seien, legte mir Tonton Punkt für Punkt dar, dass das völlig falsch sei, dass stärkehaltige Lebensmittel noch nie jemanden dick gemacht hätten, genauso wenig wie Fett, das Einzige, was man meiden müsse, sei Zucker, Punkt aus. »Sogar weiche Karamellbonbons und gefüllte Pralinen?«, fragte ich scherzhaft zurück. An ihrem missbilligenden Blick erkannte ich, dass mein Versuch, lustig zu sein, mal wieder nicht angekommen war, ich muss mich wohl damit abfinden.

Ich weiß nicht, ob Tontons Behauptung in Bezug auf Fett und Zucker wissenschaftlich untermauert ist oder nicht. Bis zum Beweis des Gegenteils ist der Umstand, dass etwas kategorisch behauptet wird, keineswegs eine Garantie dafür, dass es wahr ist. Wenn es allerdings wirklich so wäre, fände ich die Aussicht auf ein Leben ohne Süßigkeiten ziemlich deprimierend. Zum Glück kocht Tonton nicht jeden Tag, sonst hätte ich mich schon lange umgebracht (um wahrscheinlich als Roseval, Annabelle oder Bintje wiedergeboren zu werden). Nein, wenn ich sagen sollte, welche von unseren Köchinnen ich vorziehe – was zu tun ich mich hüten werde, um niemanden zu verletzen –, würde ich Elvire wählen, die unangefochtene Königin der Desserts und Süßspeisen. Ich würde nachts aufstehen für ihre mehrschichtigen Kuchen mit den cremigen Füllungen und bunten Glasuren. Wie auch immer, gegenüber Tonton erlaube ich mir jedenfalls keinerlei Bemerkungen mehr in Küchenfragen. Zum Glück kocht Harmonie nicht besonders oft, was ihr niemand übelnimmt, und ich stelle mich auch immer seltener an den Herd, ich habe nur wenig Zeit dafür, und seit ein paar Tagen noch weniger, bei all den laufenden Vorbereitungen.

Ich höre Tonton in der Küche singen (grölen wäre treffender). Die Piquets müssen verrückt werden. Wobei wenig Gefahr besteht, dass sie noch mal kommen, um sich zu beschweren. Als nämlich Monsieur Piquet einmal mittags um Viertel vor zwölf geklingelt hat, um sich zu beschweren, es sei eine Zumutung, diese Kakophonie ertragen zu müssen, hat Tonton ihm selbst die Tür aufgemacht, Küchentuch über der

Schulter und Schöpfkelle in der Hand. Und wenn man sie nicht näher kennt, wirkt die Gute durchaus furchteinflößend, mit oder ohne Schöpfkelle oder Küchentuch. Sie sieht aus wie ein Söldner (so wie ich mir einen Söldner vorstelle). Mir selbst hat sie auch Angst gemacht, als ich sie zum ersten Mal gesehen habe, dabei bin ich auch nicht gerade zierlich gebaut. Wobei mir freilich die ganze Welt Angst macht, ich bin von Natur aus nicht gerade tollkühn. Ich muss in einem früheren Leben eher Kaninchen als Löwe gewesen sein. Wie auch immer, Tonton wirkt einschüchternd. Ich weiß nicht, ob es an ihrem über den Ohren rasierten Schädel liegt, an ihrer imposanten Größe, an den Männerhemden mit den bis zu den Ellbogen hoch-gekrempelten Ärmeln, an ihren zwei schräg abgebrochenen Vorderzähnen oder an den Tätowierungen, die ihre Unter-arme zieren und in verblasstem Blau verkünden: »Tod den Bullen«, »Tod den Gesetzen« und »Es lebe die Anarchie«, jedenfalls hat es Monsieur Piquet die Sprache verschlagen.

»*Was* bitte müssen Sie ertragen?«, hat Tonton mit ihrer dröhnenden Stimme gefragt, die Hand hinterm Ohr, denn sie ist etwas schwerhörig.

Monsieur Piquet hat sich an seiner Spucke verschluckt und mit ersterbender Stimme »Kakophonie« geflüstert, bevor er eilends kehrtmachte und in seine Wohnung zurückging, den Kopf zwischen den Schultern eingezogen, sodass er aussah wie eine hässliche Schildkröte.

Seitdem hängen, das wird niemanden überraschen, eine Menge wütender Beschwerdezettel in der Eingangshalle. Üb-rigens habe ich von Madame Petrovic aus dem vierten Stock erfahren, dass im Haus ein illegaler Wettbetrieb im Gange ist. Es geht dabei um die Zahl der von Monsieur Piquet, genannt *der Spießer*, aufgehängten Zettel, um seinen monatlichen Re-kord zu ermitteln, der bisher bei 63 Beschwerden allein im Monat November liegt. Die jungen Nachbarn aus dem vierten Stock gehen jeden Abend hinunter, um die Nachrichten des

Tages zu ernten. Angeblich haben sie schon über tausend und planen, ein Goldenes Buch damit zu füllen. Unterdessen wird eifrig gewettet. Erdnüsse, Chips und Cracker sind der Einsatz, und der Gewinner muss alle Teilnehmer einladen, die ihrerseits für die Getränke sorgen. In den Spielregeln steht nicht, ob die Piquets zu den geladenen Gästen gehören werden. Ich habe ein Glas Oliven auf griechische Art gesetzt, und ich gebe zu, dass ich zittere, denn leider habe ich Glück im Spiel.

Während ich diese Anekdötchen erzähle, singt Tonton in der Küche aus voller Kehle. Sie hat das Radio voll aufgedreht und überdeckt die Stimme Carusos.

Una furtiva lagrima
Negli occhi suoi spuntò …

An solchen Details ermesse ich den Weg, den ich zurückgelegt habe: Nie im Leben hätte ich mir vorstellen können, dass ich mich eines Tages freuen würde, eine nahezu Unbekannte inmitten meiner Kochtöpfe röhren zu hören wie einen brünftigen Hirsch (ich verlasse mich dabei auf einen Dokumentarfilm, den ich auf Arte gesehen habe, ich kenne mich sonst mit röhrenden Hirschen nicht aus). (Und um die Wahrheit zu sagen, ich »freue« mich auch nicht über Tontons Geröhre. Ich erdulde und halte es aus, ohne übermäßig zu leiden.)

Davon abgesehen ist Tonton eine gute Seele. Ihr Herz ist größer als ihr Verstand, was nicht schwierig ist, aber das ist nicht schlimm. Wenn Tonton falsch singt, dann tut sie es mit dem Herzen. Sie verhunzt das italienische Repertoire gnadenlos, aber ohne jede böse Absicht. Und wie der Volksmund so schön sagt, was zählt, ist die Absicht. Jedem seinen Platz auf der Welt. Josiane würde mich beschuldigen, treuherzig zu sein. Was sie jedenfalls sicher nicht ist.

Ich merke jetzt erst, wie viel ich zu erzählen habe, wie viele kleine und große Dinge in der letzten Zeit passiert sind. Wenn mein Heft reden könnte, würde es sicher sein Erstaunen ausdrücken (ich stelle mir vor, dass es eine melodische Stimme hat und, ich weiß nicht warum, einen ganz leichten Akzent. Allerdings keinen russischen, das ganz sicher nicht!).

Ja, wenn es sprechen könnte, mein liebes Tagebuch, dann würde es mich zweifellos fragen: »Liebe Fleur, wer sind denn all diese Leute, deren Namen neuerdings meine Seiten schmücken? Elvire, Tonton …?« Denn es ist wahr, seit ich auf diesen Seiten mein Innerstes nach außen kehre, habe ich bis zu den letzten Monaten, die mein Leben von Grund auf verändert haben, nie in so wenigen Sätzen so viele verschiedene Menschen erwähnt.

Nein, nein und nochmals nein, *ich packe es falsch an!* Ich möchte die Ereignisse der Reihe nach erzählen, aber ich fürchte, das werde ich, so wie ich gestrickt bin, nicht schaffen.

Ich zäume das Pferd am Schwanz auf und komme vom Hölzchen aufs Stöckchen.

Chronologie hin oder her, sie bedeutet nicht viel, gemessen an dem riesigen Unglück, das mich vor kurzem ereilt hat: Mein Mylord ist von mir gegangen. In meinem ganzen Leben habe ich keinen tieferen Kummer verspürt, außer vielleicht an dem Tag, als ich bemerkte, dass meine Waage mir mehr als zehn Kilo Rabatt gewährte.

Ich habe meinen armen Stöpsel an einem Dienstagmorgen in seinem weißen Körbchen gefunden, für immer eingeschlafen, seine Rassel neben sich, das Pfötchen daraufgelegt. Ich wollte sterben, so sehr zerriss es mir das Herz. Dass ich mich nicht dazu habe hinreißen lassen, diesen fatalen Wunsch in die Tat umzusetzen, hatte einen ganz prosaischen Grund: Ich hatte kein Constipax mehr. Hätte ich mich mit einer Überdosis Serenix, Zenocalm und Placidon umgebracht, so hätten ihre verschiedenen Wirkstoffe sich in meinen Därmen innere Kämpfe geliefert, und ich wusste genau, welche tragische

Konsequenz sich daraus ergeben hätte. Ein solches Schauspiel konnte ich der Person, die meinen dicken Walfischkörper auf dem Boden gefunden hätte, nicht zumuten.

Gestrandet geht ja noch. Aber verschmiert wie nach einem Tankerunglück, das nicht. Man hat schließlich seine Würde.

Ein paar Tage später wurde mein Schmerz etwas gelindert, als Harmonie recherchierte und mir erklärte, Möpse würden selten älter als zwölf Jahre. Mein Baby stand kurz vor seinem vierzehnten Geburtstag, was beweist, dass ich mich immer gut darum gekümmert habe, und man muss sich eben damit abfinden, dass jedes Leben ein Ende hat.

Ja, wider alle Erwartungen war Harmonie mir nach Mylords Tod eine große Hilfe. Genauso wie seitdem auch Tonton, Monsieur Poussin und Elvire. Ohne Harmonie, ohne sie alle wäre ich zweifellos in schwärzeste Melancholie verfallen. Wenn ich versuche, mein derzeitiges Leben objektiv zu betrachten (Josiane würde sagen, dass ich dazu unfähig bin) (manchmal frage ich mich, ob sie mich wirklich schätzt?), glaube ich, dass das Hinscheiden meines kleinen Lieblings den Beginn einer tiefen Veränderung eingeläutet hat. Ich bin mir nicht sicher, ob der Ausdruck »den Beginn von etwas einläuten« korrekt ist, aber wenn man die Glocken läutet, um einen Todesfall bekanntzugeben, wüsste ich nicht, warum man nicht auch eine Geburt oder einen Neuanfang mit Glockengeläut verkünden sollte. Natürlich würde Josiane es sich nicht nehmen lassen zu erklären, dass das Totengeläut *das langsame Schlagen einer vorhandenen Totenglocke oder der tontiefsten Glocke bei Beisetzungen* bezeichnet. Josiane ist nie glücklicher, als wenn sie mit ihrem Wissen angeben kann. Aber wer die Glocke läuten hört, weiß noch lange nicht, wo sie hängt, und sein Wissen immer an die große Glocke zu hängen, ist kein angenehmer Charakterzug.

Wie auch immer. Harmonie war schon seit einer Weile bei mir, als das Drama passiert ist. Und in ihre zarten Arme (darunter einer, der kürzlich noch gebrochen war, ach, ich mache mir immer noch Vorwürfe) habe ich mich am Morgen des tragischen Ereignisses fallen lassen, auf die Gefahr hin, ein zweites Opfer zu produzieren, diesmal durch Ersticken. Mein Entsetzensschrei hatte sie um sieben Uhr fünfzehn aus dem Bett gerissen. Die junge Dame steht sonst selten vor halb zehn auf. Sie lief herbei in einer dieser Unterhosen, deren hinterer Teil aus einer bloßen Schnur besteht, und einem Spitzen-unterhemd, das von ihrer bescheidenen Morphologie nur wenig verbarg. Ich selbst trug wie jeden Morgen meinen ka-nariengelben Morgenmantel, der beim Waschen schon wieder eingelaufen sein muss. Mein armes Baby lag in seinem ewigen Schlaf da, und ich suchte tränenüberströmt im Gemüsefach des Kühlschranks nach meinem Placidon, wo ich es nie hinräu-me, was zeigt, in welchen Zustand die Tragödie mich versetzt hatte. Harmonie hat sofort begriffen, was los war, sie hat mich gezwungen, mich zu setzen, und sich um alles gekümmert. Es war sehr gut, dass sie da war, und sei es nur, um meine Ponderol-Tropfen zu finden (in Anbetracht der Schwere des Notfalls). Meine Beine zitterten so sehr, dass ich nicht in der Lage gewesen wäre, auch nur einen Schritt zu gehen. Har-monie war aufmerksam und zuvorkommend, sie hat von dem Glas, das sie mir hinhielt, so gut wie gar nichts verschüttet, und mich als fette H... bezeichnen zu lassen, stört mich nicht mehr, jetzt, wo ich weiß, dass es nicht so gemeint ist.

Dieser Verlust hat mich zutiefst erschüttert, zumal er nach der *Borodine-Geschichte* kam, mit all ihren Ereignissen und Wendungen.

Ich höre mein Heft schon protestieren: »Fleur, du hast nicht erklärt, warum diese junge Frau am Morgen des Dramas bei dir zu Hause war!« Stimmt, das habe ich noch nicht.

Harmonie war also da, als mein liebster kleiner Buddha mich für immer verlassen hat. Sie hatte mir an dem Abend, als sie sich unangekündigt bei mir einlud, keine Wahl gelassen. Es

war 19 Uhr 26, es regnete seit dem Morgen in Strömen, ein
Gewitter kündigte sich an. Ich hatte Mylord gerade gebadet
(er spielte in der Badewanne so gern mit seinen Plastikent-
chen, mein allerliebster kleiner Pottwal!). Ich war dabei, ihn
mit dem blauen Handtuch, das mit seinem Namen bestickt
ist, abzutrocknen, als es an der Wohnungstür klingelte. Ich
hätte beinahe nicht aufgemacht: Ich erwartete niemanden,
und überraschende Besuche bereiten mir den größten Stress.
Zum Glück bekomme ich nie welche. Die Klingel ertönte erneut, drei- oder viermal. »Schon wieder ein Vertreter!«, habe
ich Mylord zugeflüstert. Niemand sonst stört die Leute zur
Essenszeit und insistiert auch noch so unhöflich. Dann ist
mir allerdings eingefallen, dass Sonntag war. Da klopfte es,
eher zurückhaltend. Ich spürte, wie die Panik mich am Na-
cken packte, und ich rannte (lautlos) in die Küche, um ein Zenocalm zu nehmen. Anschließend schlich ich auf Zehenspitzen und mit angehaltenem Atem zurück und fiel beinahe in
Ohnmacht, als ich sah, wie die Klinke leicht heruntergedrückt
wurde, als wollte jemand hereinkommen. Auf dem Treppenabsatz wurden Stimmen laut, Gelächter. Seit dem Morgen war
im Treppenhaus ein ständiges Kommen und Gehen, ich hatte
durch den Spion gesehen, dass eine Gruppe junger Leute ein-
zog, und ich hatte die Tür der Piquets ein Dutzend Mal immer
lauter auf- und zugehen hören. Ich konnte mir gut vorstellen,
welche Sorgen sie sich machen mussten. Die kleine Truppe
zog in die Wohnung ein, die frei geworden war, weil Monsieur und Madame Cerrano ins Altenheim ziehen mussten, ein
sehr ruhiges altes Ehepaar, vor allem er seit seinem Schlag-
anfall. Ihre Wohnung lag genau über meiner, aber im fünften
Stock, ein Glück! Ich erinnere mich, gedacht zu haben, dass
Madame Petrovic ein Puffer zwischen ihnen und mir bilden
würde. So würde ich von ihren nächtlichen Partys verschont
bleiben. Man weiß ja, wie diese jungen Leute sind, sie hören
immer diese dissonante Musik und rauchen Lakritzbonbons.

(Diese Information habe ich von dem jungen Mann aus dem vierten Stock – eben demjenigen, der Monsieur Piquets Zettel sammelt. Eines Tages ist ihm ein dunkelbraunes kleines Plättchen aus der Hosentasche gefallen, als er seine Post holte. Ich habe es aufgehoben und ihm zurückgegeben. Und da ich ihn, ich weiß nicht, woher ich den Mut nahm, fragte, was das denn sei – denn ich meinte, den eigentümlichen Geruch wiederzuerkennen, der regelmäßig durchs Treppenhaus zieht –, antwortete er mir, es sei indisches Lakritz, ausgezeichnet für die Stimmbänder. Man muss sagen, dass sie ihre Stimmbänder wirklich strapazieren, und nicht nur diese. Sie und ihre Freunde machen vielleicht einen Lärm! Vor allem an Freitag- und Samstagabenden, und bis in den Morgen hinein. Zum Glück schlafe ich mit Ohrstöpseln, schon seit Monsieur Suzains Zeiten. Ich fragte den jungen Mann, ob sein Medikament rezeptpflichtig sei (ich hatte an dem Tag starke Halsschmerzen, und meine Tranquilvox-Pastillen wirkten überhaupt nicht). Seinen Erklärungen zufolge wird dieses indische Lakritz aber nicht gelutscht, sondern geraucht. Da ich selbst nicht rauche, habe ich die Idee aufgegeben, mir etwas von ihm zu borgen.

Im Nachhinein habe ich mir gedacht, dass diese jungen Leute nicht sehr sorgsam mit ihrer Gesundheit umgehen: Süßigkeiten zu rauchen ist sicher nicht gut für die Bronchien, auch wenn es natürlich immer noch besser ist, sich mit Pflanzen zu kurieren, als Drogen zu nehmen, das ist klar.

Jedenfalls grüßen mich der junge Mann und seine Freundin seit diesem Tag immer, wenn wir uns begegnen, was beweist, dass die Jugend zu menschlichen Gefühlen fähig ist, so wie normale Leute. Allerdings scheint es ihren Stimmbändern nicht besser zu gehen, es riecht immer noch bis auf die Straße nach diesem Lakritz. Sie sollten mal zum Arzt gehen.

Wie auch immer, ich freute mich, dass Madame Petrovic aus dem Vierten ein Puffer zwischen den neuen Hausbewohnern und mir bilden würde, zumal es mir für eine Dreizimmerwohnung ziemlich viele zu sein schienen. Etwas später erfuhr ich dank Harmonie, die ein freundschaftliches Verhältnis zu ihnen pflegt, dass nur ein Paar dort eingezogen war, Fiona und Maxime. Die anderen hatten ihnen bloß beim Umzug geholfen. Maxime ist Musiker und Fiona Bildhauerin. Ich finde sie trotz allem reizend.

Jetzt schweife ich doch schon wieder ab, ich bin unverbesserlich!

Ich war gerade an der Stelle, wo meine Türklinke leicht heruntergedrückt wurde, inmitten eines Stimmengewirrs, von dem ich kein Wort verstand, so laut rauschte mir das Blut in den Schläfen. Die Stimmen entfernten sich nach oben, es kehrte wieder Ruhe ein. Dann, nach einer langen Stille, als ich mich schon in Sicherheit wähnte, hörte ich erneut eine Reihe kurzer Schläge gegen den Türrahmen, gefolgt von bellenden Lauten, die mir irgendwie bekannt vorkamen und auf die Mylord freudig reagierte. Ich rief mit zitternder Stimme: »Harmonie?«

Ihre Antwort hat jeden Zweifel behoben: Ich kenne niemand anderen, der auf seinen Vornamen mit »Verfl... Sch...« antwortet.

Am frühen Abend dieses Sonntags, des 2. Julis, stand also Harmonie mit ihrem Gipsarm und einem großen Rucksack vor der Tür und durchnässte meine Fußmatte. Das arme Mädchen saß dermaßen in der Patsche! Sie erklärte mir in ein paar Worten (und Lautmalereien), dass sie gerade ihren Freund verlassen hatte, diesen gutaussehenden jungen Mann namens Freddie. Was die Leute nur haben, sich wegen jeder Kleinigkeit zu trennen! Zu meiner Zeit ertrug man sein Martyrium mit Würde. Nun ja. Die Person, die sie beherbergen sollte (es handelte sich um Elvire, aber das konnte ich damals noch nicht wissen), hatte sie hängenlassen, warum genau, verstand ich nicht. Ich war schon nervös genug wegen des späten Besuchs, der Aussicht auf meinen Nudelauflauf, der kalt wurde oder den ich, schlimmer noch, vielleicht mit ihr würde teilen müssen, und wegen der Panik, die ich in mir aufsteigen fühlte, denn ich hatte zwar gerade mein Zenocalm genommen, aber bis es wirkte, würde es noch zwanzig bis dreißig Minuten dauern. Es ist nicht wie in Lourdes, man darf keine Wunder erwarten. Im Übrigen frage ich mich, warum die Ärzte sich darauf versteifen, mir ein Medikament zu verschreiben, das fast eine halbe Stunde braucht, bevor es wirkt, um Panikattacken zu behandeln, die normalerweise nach zwanzig Minuten vorbei sind.

Jedenfalls stand Harmonie auf der Straße, und sie hatte spontan – die jungen Leute von heute zerbrechen sich nicht unnötig den Kopf – gedacht, ich könnte sie aufnehmen. Natürlich, habe ich mir gesagt, die Ärmste wird nicht viele Freunde haben, wenn man sieht, wie (*Streichung*) sie ist, wenn man die Schwere ihrer (*Streichung*), wenn man alle ihre (*Streichung*) sieht.

Ich habe mir gesagt, die Ärmste wird nicht viele Freunde haben, Punkt.

Kaum hatte ich aufgemacht, stand Harmonie schon in der Wohnung. Ich hätte die Tür ja gern sofort wieder zugemacht, aber in Anbetracht ihres Gipsarms dachte ich, die Tür noch einmal zuzuknallen, könnte sie als böswillig empfinden. Zumal Harmonie mir herzlich für meine Hilfe dankte, noch bevor ich irgendetwas sagen konnte. Dabei hätte ich ihr, wenn ich auf mein Herz gehört hätte, gern geraten, sich anderswo Unterstützung zu suchen – so weit weg wie möglich. Die Aussicht auf die akustische und visuelle Invasion, die ihre Gegenwart darstellen würde, versetzte mich in Angst und Schrecken. Wenn ich damals geahnt hätte, dass diese Invasion *Monate* dauern würde, hätte ich die schlimmste Panikattacke meines Lebens bekommen. Eine so schlimme Attacke, dass – was auch immer die Ärzte behaupten mögen, wobei ich mich langsam frage, ob sie überhaupt irgendeine Ahnung haben – mein Herz versagt hätte und ich noch vor Mylord im Garten Eden gelandet wäre, von dem ich hoffe, dass da Hunde nicht verboten sind wie im Stadtpark, was übrigens ein echter Skandal ist. Aber ich habe nichts gesagt, nein, ich habe alles über mich ergehen lassen (wie immer, wie Josiane spotten würde), ich habe zugelassen, dass mein Territorium immer mehr in Beschlag genommen wurde, bis es am Ende besetzter war als Frankreich am 11. November 1942, sodass meine zwei übrigen Zimmer jetzt bewohnt sind, das eine von Harmonie, das andere von Elvire, und mein Chesterfield-Sofa regelmäßig Tonton als Bett dient, wenn sie nach dem Essen einschläft wie ein Stein.

Ich glaube, an diesem Punkt der Erzählung wäre etwas Selbstkritik angebracht: Ich habe Harmonie aus reiner Feigheit aufgenommen, weil es mir noch schwerer gefallen wäre, sie wieder vor die Tür zu setzen. Inzwischen freue ich mich über diese Charakterschwäche, denn ihretwegen habe ich ganz reizende Menschen kennengelernt. Manchmal ist es doch gut, Schwächen zu haben.

(Ich bin wirklich unfähig, die Ereignisse geordnet wiederzugeben. Die Lektionen von Doktor Borodine waren vollkommen für die Katz.) (Von Doktor Borodine will ich sowieso nie wieder etwas hören.) (Wenn ich daran denke, dass ich mich bisweilen dazu hinreißen ließ, ihn Fiodor zu nennen!) (Ich will nicht mehr daran denken!) (Aber trotzdem, was für eine schreckliche Enttäuschung …) (Du bist doch wirklich blauäugig, meine arme Fleur.) (*Hör auf!*)

Harmonie hat mich also gefragt, ob ich damit einverstanden sei, sie ein paar Tage zu beherbergen. Alles in mir schrie NEIIIIIIN!, so laut, dass ich Herzrhythmusstörungen bekam. Ich weiß, für Leute, die noch nie einen Angstzustand erlebt haben, ist das schwer zu verstehen. Für mich dagegen ist es unvorstellbar, dass es Leute gibt, die keine Ahnung haben, was eine Panikattacke ist. An dem Abend, an dem Harmonie mich bat, ihr zu helfen, fühlte ich mich schlimmer als jemand, der unter Höhenangst leidet und gezwungen wird, bei heftigem Wind über ein Drahtseil zu laufen, das dreißig Meter über einen reißenden Fluss gespannt ist. Ich verstehe meine eigene Metapher umso besser, als ich sowohl Höhenangst habe, als auch angesichts von Sturzbächen und Flüssen in Panik gerate. Ich sah also die furchtbare Marter voraus, die mich erwartete, wenn ich mit dieser jungen Frau zusammenlebte. Die bloße Idee, meinen Raum teilen, auf meine Stille und meine Ruhe verzichten zu müssen, hätte schon gereicht, um mich in Schreckstarre zu versetzen. Und das auch noch mit einer Person wie Harmonie zu tun, käme für mich der schlimmsten Folter gleich. Ich hätte mich beinahe auf meine Füße übergeben. Harmonie schien nicht zu verstehen, was für eine Zumutung ihre Bitte für mich darstellte, sie schaute mich wortlos an und klatschte mit der flachen Hand rhythmisch gegen die Flurwand, was mich wahnsinnig machte. Ich erklärte mich einverstanden, sie zu beherbergen, mit spitzen Lippen und allen Anzeichen der tiefsten Bestürzung, die sie mit der ganzen Egozentrik ihres jugendlichen Alters ignorierte. Die ersten Tage unseres Zusammenwohnens befand ich mich in einem permanenten Stresszustand, geplagt von Übelkeit, kalten Schweißausbrüchen, Herzrasen, Herzstillständen, Embolien, Atemnöten, ganz zu schweigen von den Durchfällen, Koliken und Kolitiden. Allein die offenkundige (und sogar ein bisschen übertriebene) Zuneigung, die Mylord für Harmonie zeigte, erlaubte es mir, diese Höllenqualen zu erdulden. Mein kleiner Schlawiner schien sich so sehr über ihre Gesellschaft zu freuen, dass ich es als heilige Pflicht ansah, das notleidende Mädchen dazubehalten. Selbstlose Opfer erlegt man sich gerne auf, wenn man jemanden liebt, in diesem Fall meinen herzallerliebsten Mylord.

Und dann ist mein armes Baby gestorben. Meine Augen füllen sich mit Tränen, während ich diesen Satz schreibe. Er ist gegangen, Harmonie ist geblieben. Ich würde nicht sagen, dass sie seinen Platz eingenommen hat, aber ihre Gegenwart hat mich doch getröstet. Ich glaube sogar, ich war letztlich nicht unglücklich, weiter Gebell bei mir zu hören. Im Übrigen hatte ich in der ersten Zeit den Impuls, Harmonie »Moppelchen« zu nennen und sie zu Tisch zu rufen, indem ich auf ihren Tellerrand klopfte oder leise schnalzte.

Zum Glück mag sie Buchstabennudeln.

Eigentlich habe ich mich schnell an ihre Gegenwart gewöhnt. Ich hätte das niemals für möglich gehalten: morgens aufzustehen, ohne schreckliche Angst zu haben, sie aus der Toilette kommen zu sehen, oder schlimmer, in ihrer Gesellschaft frühstücken zu müssen, wenn sie einmal früh aus dem Bett kriecht. (Was selten ist.) Im Übrigen stand ich am Anfang vor sechs Uhr auf, um ja nicht Gefahr zu laufen, ihr zu begegnen. Ich habe es immer gehasst, vor jemandem zu essen, ich finde das hässlich, ich habe dann das Gefühl, mein Heu wiederzukäuen wie eine dicke Kuh. Und wenn mir nichts anderes übrigblieb, als mit Harmonie zu essen, hatte ich immer Angst vor einem Unfall, wegen ihrer (*Streichung*) ihren (*Streichung*). Wobei, seinerzeit hatte ich mich ja auch an die Gegenwart von Monsieur Suzain gewöhnt, dessen Belästigungspegel auch nicht ohne war. Er hatte keinerlei Syndrom, doch das hinderte ihn nicht daran, ekelhafte Geräusche zu machen und ständig Luft abzulassen wie ein Containerschiff oder ein ausgemusterter alter Gaul. Ganz abgesehen davon, dass ich seine Wäsche waschen und bügeln und ihm jeden Dienstagmittag Kalbskopf zubereiten musste, und ganz zu schweigen von den ehelichen Pflichten, die nichts Berauschendes an sich haben, weit gefehlt, ich denke nicht, dass mir da jemand widersprechen wird. Mit Harmonie gibt es diese Zwänge nicht. Wenn man davon absieht, dass sie weder ihre Flüche noch ihre jähen Bewegungen beherrschen kann, ist sie ein recht gepflegtes, geradezu wohlerzogenes junges Mädchen. Und wenn sie nicht aus irgendwelchen Gründen angespannt ist, kann sie sich mitunter so weit beruhigen, dass sie sich nahezu akzeptabel verhält. Ich habe sie zu schätzen gelernt, trotz all ihrer kleinen Macken. Sie ist freilich nicht sehr ordentlich, sie neigt dazu, das Geschirr auf dem Tisch oder anderswo stehen zu lassen – ich finde überall leere Tassen, und zwar ohne Untertassen, was kreisförmige Spuren auf meinen Möbeln hinterlässt –, aber ich habe es schnell aufgegeben, sie darauf hinzuweisen, denn der kleinste Stress hat fast unweigerlich zur Folge, dass irgendetwas zu Bruch geht. Mein Arcopal-Service hat sich so um einige Teile verkleinert. Nein, in meinen Augen ist ihr einziger Fehler, dass sie kleinen Ärgernissen und Wehwehchen viel zu viel Bedeutung beimisst. Das muss an ihrem jugendlichen Alter liegen. Wenn sie erst einmal meines erreicht haben wird (Alter, meine ich), dann wird sie sicher lernen, den Unwägbarkeiten des Lebens wie ich stoisch und gelassen zu begegnen, ohne sich selbst zu bemitleiden. (Das Wort *stoisch* habe ich beim Lösen eines Kreuzworträtsels entdeckt. Ich finde, es passt gut zu mir.)

Als Harmonie ein paar Tage, nachdem sie sich bei mir eingenist(*Streichung*) eingeladen hatte, zum ersten Mal diese Nulpen-Geschichte erwähnte, habe ich zuerst nicht alles verstanden. Nach und nach stellte sich heraus, dass das Wort von ihrem Exfreund Freddie stammte. Und dass es mehr oder weniger der Grund ihrer Trennung war! »Nun ja«, meinte ich leichthin, »das war sicher ungeschickt von ihm. Aber sich deswegen gleich trennen …! Seit wann kann man von einem Mann hoffen, dass er sich einfühlsam zeigt, wenn es nicht gerade sein Beruf ist?« (Mir ist, als hätte ich noch hinzugefügt »wie Doktor Borodine«.) Und zu meiner größten Überraschung erwiderte sie da wie aus der Pistole geschossen, meine Äußerung sei *sexistisch*! Ich war sprachlos. Das ist typisch für dieses eigenwillige Persönchen: Sie verlässt ihren Freund wegen eines unglücklichen Wortes, und wenn ich den Fehler begehe, die Sache etwas herunterzuspielen, wirft sie mir vor, ich sei *sexistisch*.

Ich sagte mir, dass sie aber doch aus einer Mücke einen Elefanten machte. Ein bloßes Wort, was ist das schon …! Aber dann fielen mir nach und nach ein paar Bemerkungen wieder ein, die ich in der Grundschule, in der Oberschule, auf der Arbeit zu hören bekommen habe. So manche Blicke auch. Und da wurde mir bewusst, dass es doch als sehr demütigend empfunden werden kann, als Nulpe bezeichnet zu werden, wenn man derart (*Streichung*) ist, wenn man solche (*Streichung*) hat, kurz, wenn man jemand wie Harmonie ist. Was sie nicht daran hindert, Humor und eine Menge Phantasie zu haben.

Zum Beispiel musste ich sehr lachen, als sie mir von den Bildern erzählte, die ihr zu dem *Nulpen*-Wort in den Sinn gekommen sind. Sie hat wirklich Ideen! Harmonie hat eine besondere Art, das Leben zu sehen. Ich hätte gern einmal mit Doktor Borodine über sie gesprochen. (*Hör auf!*)

Als sie mich fragte, woran das Wort »Nulpe« mich erinnern würde, antwortete ich zuerst, dass mir überhaupt nichts dazu einfiel. Aber da sie nicht lockerließ, habe ich mich darauf eingelassen. Und letzten Endes hat es mir großen Spaß gemacht! Ich habe Butternulpen erfunden, eine Süßigkeit mit kandierten Früchten, und das transitive Verb »sich nulpen« (ich nulpe mich, sie nulpt sich, wir nulpten uns, mögest du dich nulpen), mit der Definition »sich mit verletzenden Bemerkungen herumschlagen, die es nicht wert sind«. Wie zum Beispiel in dem Satz: »Nulp dich nicht über die Bemerkungen von Josiane.«

Für ein paar Tage wurde das zu einem kleinen Spiel zwischen uns, Harmonie warf mir ein Wort zu wie einen Ball, oder ich wagte einen Vorschlag, und dann fingen wir an herumzuspinnen, wie ich es nicht für möglich gehalten hätte.

Mit Mylord langweilte ich mich nie (oder fast nie), aber wir haben nicht so viel gelacht.

Da ich mich schon an den Umgang mit Harmonie gewöhnt hatte, fand ich es mit Elvire, als sie auch eingezogen ist, vergleichsweise erholsam. Natürlich kann ich nicht leugnen, dass ich mich, auch wenn Harmonie mich vorgewarnt hatte, am Anfang ziemlich anstrengen musste, um mich nicht auf ihren Blick zu fokussieren, was nicht einfach ist. Ihre Augen sind unablässig in Bewegung, man meint, man könnte sie einfangen, aber nein, schon fliehen sie von einer Seite zur anderen, als würden sie Pingpong spielen, das macht einen ein bisschen schwindelig. (Und ich schweife schon wieder ab, es ist wirklich eine Manie! Wenn du die Dinge in der Reihenfolge erzählen willst, in der sie sich ereignet haben, meine Gute, dann musst du dich disziplinieren und den Kurs halten.)

Es ist doch unglaublich zu sehen, wie sehr man sich verändern kann und wie alles, was einem wesentlich erschien, plötzlich nichtig und vollkommen uninteressant wird. Dabei hatte ich das gleiche Phänomen schon mit Monsieur Suzain erlebt. Na ja, in einem geringeren Ausmaß. Ihn habe ich nie wesentlich gefunden.

Monatelang, ja *Monate* habe ich mich, wie Doktor Borodine (ich werde dieses Thema wohl oder übel anschneiden müssen) es mir verschrieben hatte, dazu gezwungen, alles aufzuschreiben, was mir wichtig erschien. Ich habe die Regel befolgt: gewissenhaft mein Tagebuch zu führen. Ich habe seine Anweisung *ohne Ausnahme* bis zu dem Tag befolgt, an dem Harmonie zum ersten Mal gekommen ist, um Mylord (meinen armen Liebling) zu hüten. Bis zu diesem desaströsen Tag, an dem ich wie ein Clown geschminkt durch die ganze Stadt gelaufen bin, bevor ich eine Lüge von mir gegeben habe, die noch dicker war als ich, wenn das geht. Nun, ich habe diese gute Gewohnheit schnell wieder abgelegt! Wenn ich jetzt ein paar Seiten zurückblättere, bin ich angesichts meiner Versäumnisse peinlich berührt. Es fehlen Daten, Tage sind unter den Tisch gefallen, ja, ganze Wochen. Und schließlich ganze Monate. Die Dinge sind nur oberflächlich verzeichnet.

Schlimmer, sie sind verkürzt.

Ich schäme mich, Sachen zu lesen wie: *Freitagabend Schinkennudeln Film.* Weder Kommas noch Details. Um welchen Freitag handelte es sich, um wie viel Uhr? Was für einen Film hatte ich gesehen?

War der gesamte Tag so ereignislos,
Dass in meinem Geist nichts davon blieb,
Als ich des Abends dasaß, das Heft auf dem Schoß,
In meinem Satinmorgenmantel wie ein dicker Kloß
Und im rosa Licht der Nachttischlampe schrieb …?
(Jetzt schreibe ich also Verse, das hat gerade noch gefehlt!)

Tonton bläst in der Küche das Nebelhorn, das Gratin muss fertig sein, oder das Püree, das wird eine Überraschung. Es ist natürlich kein echtes Nebelhorn, aber Tonton hat die seltsame Angewohnheit, in eine leere Flasche zu blasen, um die Truppen zum Essen zu sammeln. Am Anfang bin ich zusammengezuckt. Ich habe mich daran gewöhnt, aber es überkommt mich doch jedes Mal, wenn ich mich an den Tisch setze, das dunkle Gefühl, mich auf der *Titanic* einzuschiffen.

Für heute will ich hier aufhören, es hat mir viel Freude bereitet, dieses Heft wiederaufzunehmen, auch wenn ich nicht weit gekommen bin. Ich habe wieder Lust bekommen, mein kleines Leben zu schildern, zumal es nunmehr etwas zu erzählen gibt, was vorher nicht unbedingt der Fall war.

Ich gehe jetzt essen, denn Tonton wird sehr ungehalten, wenn man nicht zum Essen kommt, sobald sie uns ruft. Und Tonton in ungehaltenem Zustand stellt eine Prüfung dar, die ich niemandem wünsche. Sie ist der beste Mensch auf der Welt, aber man muss sie *abkönnen*, wie Josiane sagen würde. Ich frage mich übrigens, was passieren würde, wenn man die beiden aufeinander losließe. Oder noch besser: sie beide und Madame Piquet. Das wäre unvergesslich!

Wirklich, ich bin doch eine Quasselstrippe. Sogar schriftlich muss ich drauflosplappern.

MONTAG, 20. JANUAR

Ich nutze einen ruhigen Moment, um mein Heft hervorzuholen. Harmonie und Elvire sind außer Haus. Tonton ist auf dem Markt. Monsieur Poussin kommt natürlich nie her. Der arme Mann, das wäre zu kompliziert für ihn mit seinem Rollator.

Ich bin mit allen Vorbereitungen fertig, ich bin frei. Ich habe die Wohnung für mich.

Es ist komisch: Als ich diese Wohnung wirklich »für mich« hatte, als ich ihre einzige Bewohnerin war (mit Mylord, meinem liebsten Baby), genoss ich es gar nicht so sehr. Ich fand sie ruhig, das wohl, aber sie war zu ruhig und zu groß.

Seit Harmonie sie in ein »Feldlager« verwandelt hat, wie Tonton sagt, die eine Vorliebe für virile Vergleiche und starke Bilder hat, fühle ich mich manchmal beengt, das ist wahr, aber ich muss zugeben, dass ich nach ein paar fürchterlichen Episoden nicht mehr so sehr leide. Besser noch, ich habe mein Rezept seit fast zwei Monaten nicht mehr erneuern lassen. Ich habe natürlich in meiner Hausapotheke genug Reserven für hundertfünfzig Jahre Panikanfälle, denn Josiane versorgt mich dank eines ihrer Canasta-Partner unter der Hand weiter, er ist ein renommierter Psychiater, der ihr, im Tausch gegen ein paar *Liebenswürdigkeiten*, über die ich nichts Näheres wissen will, alles verschreibt, was sie wünscht. Es kostet nichts – zumindest Josiane nicht, denn ich habe ihr immer alles zurückgezahlt mitsamt den Versandkosten –, und es erspart es mir, meine Hausärztin aufzusuchen, die sich inzwischen weigert, »ohne ernste Gründe« Hausbesuche zu machen. Mir persönlich scheint zwar, dass der Panikanfall einer Dame meines Alters und meines Gesundheitszustands ein mehr als ernster Grund für einen Hausbesuch darstellt, ja er sollte jemandem, der den hippokratischen Eid geleistet hat, als oberste Pflicht erscheinen. Es heißt doch: »Ich werde den Notleidenden behandeln und *jedermann, der mich darum bittet*«! Aber als ich Doktor Champigny gesagt habe, ich wolle behandelt werden wie *jedermann*, hat sie das nicht weiter beeindruckt. So sind die Hausärzte von heute, nie besorgt, wenn sie einem überhaupt zuhören!

Das alles, um zu sagen: Mir scheint, ich fühle mich besser, seit ich keine oder kaum noch Medikamente mehr nehme. Ich bemerke es an kleinen Details, wie zum Beispiel, dass ich nicht mehr ständig vergesse, welchen Tag wir haben, dass sich die Flurwände nicht mehr biegen (ohne dass es etwas zu lachen gegeben hätte), dass ich nicht mehr ständig zittrige Hände oder peinliche Verdauungsprobleme habe, ebenso wenig wie eine Menge andere Problemchen, die vielleicht am Ende alle Nebenwirkungen waren? Und vor allem, und das ist das Wichtigste, gerate ich nicht mehr systematisch in Panik, sobald ich das Haus verlassen muss. Ich springe zwar nicht gerade im Supermarkt vor Freude in die Luft, aber letzte Woche habe ich zum Beispiel inmitten einer begeisterten Menschenmenge einem Straßentheater zugeschaut, ohne umzukippen oder loszuschreien und mit der Handtasche um mich zu schlagen.

Und bedeutet nicht allein die Unregelmäßigkeit, mit der ich seit Monaten mein Heft führe, dass ich schlicht und einfach anderweitig beschäftigt bin? Also stellt sich die Frage, ob nicht Müßiggang und Einsamkeit der Ursprung eines Teils meiner Beschwerden, ja meines Unglücks war?

Ich habe mich gefragt, an welchem Ende ich meine Geschichte anpacken sollte (oder vielmehr »unsere« Geschichte, denn ich erlebe sie ja nicht allein). Im Übrigen wäre das Wort »Unterfangen« vielleicht sprechender, »Geschichte« kommt mir zu vage und banal vor.

Ich weiß nicht, womit ich anfangen soll. Aber letztlich ist es auch egal, niemand hat mich gebeten, vom Entstehen unserer Gruppe zu erzählen oder ihre Entwicklung zu verzeichnen. Ich bin weder die Protokollantin noch die Bardin der Nulpen.

Mir gefällt, dass das Wort ein Femininum ist, trotz Monsieur Poussin. Welche auch seine Qualitäten sein mögen, ich weiß nicht, warum das einzige Männchen der Herde sich das Genus aller anderen einverleiben sollte (zumal er so alt ist).

Also, nachdem ich eine außerordentliche Sitzung mit mir selbst abgehalten habe, um die Sache zu diskutieren – was ich oft tue, wie viele alleinstehende Menschen, nehme ich an –, habe ich einstimmig einen Beschluss gefasst (was gar nicht so einfach ist, denn ich bin mir oft nicht mit mir einig). Kurzum: Ich werde die Dinge einfach erzählen, wie sie kommen, scheiß auf die Chronologie.

Letzterer Satz scheint mir viel zu verraten über die tiefe Veränderung, die mein Leben erfährt, wie mir beim Nachlesen auffällt. Noch vor kurzem hätte ich es nie gewagt, vulgäre Wörter zu schreiben. Ich denke nicht, dass das ein Fortschritt ist, gewiss nicht, aber ich gebe zu, dass es Fragen aufwirft. Ist es der Einfluss von Harmonie beziehungsweise ihrer unwillkürlichen Entgleisungen, oder der von Tonton, deren Entgleisungen immer kontrolliert sind? Genügt der Umstand, mit einem loseren Vokabular vertraut zu werden, um es auch leichter zu gebrauchen, eine Art akustische Ansteckung also? Oder mache ich mich »locker«, wie Tonton sagen würde? Das ist ihr wiederkehrender Satz: »Mach dich ein bisschen locker, mein Täubchen!«, denn Tonton nennt mich »mein Täubchen«, was beweist, dass sie sich mit Federvieh nicht besonders auskennt. Zumindest was die Größe angeht, sonst würde sie mich sicher »meine Pute« nennen.

Ach, zum Kuckuck, jetzt schweife ich schon wieder ab!

Also, ein paar Wochen, nachdem Harmonie bei mir eingezogen war, hat sie mich gefragt, ob ich nicht vorübergehend auch ihre Freundin Elvire beherbergen könne, die keine neue Unterkunft gefunden hatte, seit ihr die Wohnung gekündigt worden war. Ich habe aus reiner Feigheit ja gesagt, jemandem etwas abzuschlagen fällt mir schwer, wie ich, glaube ich, schon erwähnt habe.

Doktor Borodine hätte sicher geschimpft und gesagt, ich müsse (*Hör auf!*).

Apropos Doktor Borodine, ich merke beim Nachlesen, dass schlecht unterrichtete Personen denken könnten, ich hätte ein Faible für diesen Mann gehabt. Es war jedoch nur eine mit Bewunderung getönte Sympathie, mehr nicht. Aber ich darf nicht länger um den heißen Brei herumreden. Ich bin es mir schuldig, dieses heikle Thema endlich anzuschneiden und die Ereignisse zu schildern, die zu meiner Trennung von Doktor Borodine geführt haben, wenn ich so sagen darf, denn um sich zu trennen, muss man ja eigentlich eine auf Gegenseitigkeit beruhende Beziehung geführt haben, was nicht der Fall war, zumal Fiodor Borodine absolut nicht (*Streichung*) war, es handelte sich nicht wirklich um (*Streichung*) (*Fass dich kurz!*).

Um dies zu tun, werde ich jetzt eine neue Seite anfangen, wie man es in Romanen tut, und ein separates Kapitel beginnen mit dem Titel: *Die Fakten.*

DIE FAKTEN

Bei meinem letzten Besuch bei Doktor Borodine hatte ich mich mit meiner dämlichen Lüge und meiner blödsinnigen Schminke schrecklich lächerlich gemacht. Nachdem ich den vollen Umfang meiner Schande ermessen hatte, habe ich deshalb meinen nächsten Termin absichtlich »vergessen«, was mich in entsetzliche Gewissensnöte gestürzt hat. Ich bin dann furchtbar lange nicht mehr zu F(*Streichung*) zu Doktor Borodine zurückgekehrt. Bei der bloßen Vorstellung, ihm meine Hochstapelei gestehen zu müssen, diese hanebüchene Geschichte von meiner Impressionisten-Sammlung, stieg mir die Röte ins Gesicht. Sie ihm zu verschweigen war noch weniger denkbar, das hätte ich mit meiner Redlichkeit nicht vereinbaren können. Er war mein Therapeut, ich war ihm die ganze Wahrheit schuldig. Es ging mir in dieser Zeit überhaupt nicht gut, ich war von Schuldgefühlen geplagt, schlief schlecht, träumte schrecklich, aß fast nichts mehr, ich habe fast zwei Kilo abgenommen (das war das einzig Gute an der Sache). Die ersten achtundzwanzig Tage bin ich nicht ans Telefon gegangen vor lauter Angst, er könnte anrufen, um einen neuen Termin zu vereinbaren. Wenn er das getan hätte, wäre ich unfähig gewesen, nein zu sagen. Einmal hatte ich wegen einer bösen Grippe einen Termin versäumt, und da rief Doktor Borodine mich persönlich an (wie ist mir mein armes Herz an dem Tag durchgegangen, ich verrücktes Kind!).

Zum Glück habe ich in diesen fünf Wochen nur einen einzigen Anruf bekommen. Eines Morgens, als Harmonie Brot holen gegangen war und ich im stillen Örtchen über die Nichtigkeit aller Dinge meditierte, hörte ich das Telefon, dann das Anspringen des Anrufbeantworters. Mir schnürte sich die Kehle zusammen. Es war Fiodor, ja, kein Zweifel, ich hatte sein Klingeln erkannt.

Ich nahm unüberlegte Risiken auf mich, um das, womit ich gerade beschäftigt war, so schnell wie möglich abzubrechen, und stürzte zum Anrufbeantworter, um die Nachricht abzuhören, die durchaus hätte warten können, da sie ja aufgenommen war. Aber wenn man aufgewühlt ist, ist man nicht im Vollbesitz seiner Intelligenz. Ich sage »man«, auch wenn ich nicht weiß, wie es für andere ist. Was mich angeht, so verwandelt jeder Stress mein Gehirn in schwabbelige Gelatine. Ich zitterte wie Espenlaub, als ich die Nachricht abhörte. Es war mein Berater von der Postbank, der mir einen Termin anbot, um über Kredite zu reden, wahrscheinlich für den Fall, dass ich in eine *Veronda* investieren wollte.

In der folgenden Woche wechselte ich mit meinem Konto zur Sparkasse.

Ein paar Tage vor Mylords Hinscheiden habe ich all meinen Mut zusammengenommen und bin zum Haus von Doktor Borodine gegangen, als Harmonie einmal nicht da war. Ich weiß nicht, was ich genau erwartete, denn es war klar, dass ich nie gewagt hätte, einfach anzuklopfen. Ich stand da wie die Kuh vorm Berg, an eine Straßenlaterne gelehnt, und schlenkerte meine Handtasche hin und her, um lässig zu wirken. Dabei war ich der Ohnmacht nie näher gewesen. Nach etwa zwanzig Minuten sprach mich ein kleiner Mann mit fliehendem Blick an, den ich vorher im Café gegenüber hatte sitzen sehen. Er stellte mir eine Frage, die ich nicht verstand, weil er nuschelte. Ich bat ihn, sie zu wiederholen, was er verlegen tat, worauf ich versteinerte. Es gibt wirklich perverse Typen!

Ich ging den Tränen nahe und am Boden zerstört wieder nach Hause, so tief war die Demütigung gewesen und obendrein noch ungerecht: Meine Kleidung war sehr schicklich, ich verstand nicht, wie es zu dem Missverständnis hatte kommen können. Aber das war noch nicht das Ende, nein: Ich musste den bitteren Kelch noch mit Josiane austrinken, die ich dummerweise anrief, um ihr mein Missgeschick zu erzählen, und die mir oberschlau antwortete, »ich solle mich nicht beklagen, dass ich in meinem Alter noch Begehren weckte«. (Das waren nicht ihre genauen Worte, die ihren waren bildhafter.) Ich war so schockiert, dass Harmonie es bemerkte, als sie mit meinem Placidon zurückkam. Sie hatte mich schon zwei- oder dreimal gefragt, wann denn mein nächster Termin bei Doktor Borodine sei, und ich war ungeschickt ausgewichen. Sie sagte, ich käme ihr nervös und müde vor, und fragte mich erneut ganz unschuldig, warum ich nicht zu meinem Therapeuten ginge, das würde mir doch sicher guttun. Ich suchte gerade nach einer neuen Entschuldigung, als sie mir vorschlug, mich beim nächsten Mal zu begleiten und dabei Mylord Gassi zu führen. Ich fand die Idee ausgezeichnet, sie gab mir den Mut, der mir gefehlt hatte. Mit klopfendem Herzen rief ich Doktor Borodine an. Er schlug mir vor, am folgenden Dienstag um 18 Uhr zu kommen, was nicht unsere gewohnte Zeit war, aber das war meine eigene Schuld, ich hatte unsere liebe Routine ja selbst durchbrochen.

An dem betreffenden Dienstag betrachtete ich mich lange im Spiegel, bevor ich losging. Es war alles in Ordnung. Ich hatte mich dunkel gekleidet und nicht geschminkt.

Ich war fröhlich wie ein Katafalk.

Unterwegs redeten Harmonie und ich über Hypnose. Sie hatte gehört, das würde oft Wunder wirken. Sie meinte, wenn dieser Arzt so kompetent sei, wie ich sagte (»Oh ja! Oh ja! Das ist er!«, versicherte ich vielleicht etwas zu emphatisch), wenn er *derartig* kompetent sei, dann sollte sie bei der Gelegenheit vielleicht auch einen Termin bei ihm vereinbaren. Ihr Tabourette war zurzeit außer Rand und Band, zu viele Veränderungen in ihrem Leben.

Ich fasste Vertrauen und erzählte ihr ganz offen von Doktor Borodine, diesem so gebildeten Mann, bemerkenswerten Arzt, großen Autor obendrein. Ich sprach von seiner Aufmerksamkeit, seinem Charisma, seiner Intuition, seinem Akzent, seinen Augen, die … Harmonie lachte, sie meinte: »Er macht Sie ganz schwach, oder?« Ich protestierte: Doktor Borodine hat nie, niemals seine Hände auf mich gelegt, auch wenn ich sagen muss, dass (*Streichung*), auch wenn ich gern gehabt hätte, dass er (*Streichung*). Der Einzige, der mich je schwach gemacht hat – er hat meine Wirbel derart krachen lassen, dass ich einen Schwächeanfall erlitten habe –, war der Physiotherapeut, den Josiane mir einmal empfohlen hat, ein Irrer, zu dem ich sicher nie mehr gehen werde: Ich war wie gerädert, als ich aus seiner Praxis kam, und hatte noch tagelang ein Muster von blauen Flecken in der Form seiner dicken Finger am ganzen Körper.

Ich ließ Harmonie vor dem Haus von Doktor Borodine zurück, sie wollte doch nicht mit heraufkommen, weil sie lieber das schöne Wetter genießen wollte. Ich muss zugeben, dass ich keine Einwände erhoben habe, ich bin gern allein im Wartezimmer, vor allem wenn Doktor Borodine die Tür öffnet und mit seiner slawischen Bassstimme zu mir sagt: »Nun zu uns beiden, Madame Suzain.«

Harmonie und ich vereinbarten also, uns nach meiner Sitzung im Park gegenüber zu treffen. Schließlich ging ich ganz nervös hoch. Doktor Borodine bat mich weniger als eine Stunde später herein und tat, ganz Gentleman, als hätte er meine lange Abwesenheit nicht bemerkt. Und ich versuchte eisern, mir auch nichts anmerken zu lassen. Ich hatte sein neuestes Buch gekauft, *In zehn Lektionen zur Seinsfülle*, und bat ihn um eine kleine Widmung. »Aber mit dem größten Vergnügen, meine liebe Madame Suzain! Sie sind meine Lieblingsleserin!«, rief er lachend aus. *Lieblingsleserrrin.*

Vor lauter Ergriffenheit wusste ich nicht, was ich auf diese reizenden Worte erwidern sollte, und begnügte mich damit, ihm dabei zuzusehen, wie er in seiner schönen Handschrift ein paar eigens für mich gewählte Worte zu Papier brachte:

»Für F. Suzain,
die entschlossen und beständig voranschreitet auf dem
steilen Weg der Besserung,
Ihr ergebener
Fiodor Borodine«

Die Sitzung verlief harmonisch, Doktor Borodine fand, ich mache Fortschritte, auch wenn er hinzufügte, dass mein Zustand es mir noch lange nicht erlauben würde, ohne seine Hilfe auszukommen – und ich war mit dieser Einschätzung völlig einverstanden. Am Ende der Sitzung informierte Doktor Borodine mich darüber, dass er seine Honorare habe erhöhen müssen. Seine Wertschätzung mir gegenüber, *Verrrehrrrte Madame Suzain*, könne er hingegen nicht steigern, diese sei bereits auf ihrem Höchststand. »Wie witzig dieser Mann doch ist!«, dachte ich, während ich die hundertzwanzig Euro abzählte (ich bezahle ihn bar, das ist therapeutischer).

Als ich aus seiner Praxis kam, warteten Harmonie und Mylord vor dem Karpfenbecken am Parkeingang auf mich. Ich fühlte mich heiter und noch etwas benebelt, wie immer nach meinen Sitzungen. Leider verflog dieses begnadete Gefühl allzu schnell wieder. Ach, wie habe ich diesen Zustand geliebt, ich fühlte mich dann zu allem fähig.

Auf dem Heimweg meinte Harmonie plötzlich in beiläufigem Ton, wobei sie das letzte Wort leicht betonte: »Übrigens, ich hatte wohl nicht richtig verstanden, ich dachte, Sie gingen zu einem *Arzt*.« Überrascht antwortete ich, genau dies sei der Fall. »Äh, nein ... Nein, ich glaube nicht«, antwortete sie. »Auf seinem Praxisschild steht geschrieben: *Fiodor Borodine*, nicht *Doktor Borodine*.« Ich lächelte über so viel Unschuld. Ich sagte: »Für jemanden, der Doktor Borodine nicht kennt, mag das vielleicht erstaunlich wirken, aber mich überrascht das überhaupt nicht – dieser Mann ist derart bescheiden ...« »Und dann«, fuhr Harmonie fort, ohne darauf einzugehen, »habe ich im Internet nach ihm gesucht. Es gibt keinen Arzt dieses Namens, dagegen habe ich einen *Fiodor Borodinov* gefunden, der Artist ist. Er tritt jeden Abend in einem russischen Kabarett auf. Wussten Sie das?«

Ich schnappte nach Luft.

Artist *in einem russischen Kabarett?* Warum nicht gleich Zauberkünstler?!*

Worauf sie mir antwortete, genau das sei er.

---

* Auch wenn ich den größten Respekt vor diesem Beruf habe, das möchte ich betonen!

Ich ließ mir nichts anmerken, aber innerlich war ich empört. Wie konnte man einen so liebenswürdigen, hilfsbereiten, großzügigen Mann derart beschuldigen, ohne ihn auch nur zu kennen? Ich fühlte in meiner Tasche das Gewicht seines letzten Werks, *In zehn Lektionen zur Seinsfülle*, erschienen im Calamard Verlag.

Diesem gedankenlosen jungen Ding zufolge sollte der große Doktor Borodine also nichts anderes sein als ein gewöhnlicher Zauberkünstler (auch wenn dieser Beruf vollkommen ehrenwert ist).

Ein Mann, der so *wesentliche* Dinge zum Wohl der Menschheit schreibt, mit dem alleinigen Ziel, sie völlig selbstlos zu teilen (denn er tut es sicher nicht für das Geld, das er dafür verlangt, 28 Euro für so viel Weisheit, das ist doch geschenkt!). Man musste schon sehr argwöhnisch sein, um einen solchen Unfug zu glauben.

Doch ohne zu ahnen, was für ein Erdbeben sie in mir auslöste, führte Harmonie ihr Unterwanderungswerk fort: Überrascht, auf seinem Schild weder Titel noch Qualifikationen zu lesen, hatte sie (mit welchem Recht?) in diesem Internet herumgestochert, wo man, wie es heißt, Antworten auf alle Fragen findet, sogar auf die Fragen, die man sich gar nicht stellt.

Kurz, nach ihrer kleinen Recherche brachte das junge Fräulein nun lächerliche Hypothesen vor: Es gebe keinen Fiodor Borodine, der Arzt oder Therapeut sei, keinen einzigen. Njet.

Hingegen hatte sie, als sie einen gewissen Fiodor Borodinov fand, daraus geschlossen, dass es sich um denselben Mann handeln musste (einfach so). Ich wollte sie nicht kränken, aber ich konnte nicht anders, als über ihre abwegige Theorie zu lachen. Fiodor Borodine sollte nicht Arzt sein? Sondern Illusionist? Also wirklich! Ein Mann, der mich seit über vier Jahren mit unerschütterlicher Zuverlässigkeit behandelte, und das für ein bescheidenes Honorar (auch wenn die Krankenkasse es nicht übernimmt), gemessen daran, welchen Gewinn ich aus seiner Therapie beziehe.

Seine Kompetenzen anzuzweifeln bedeutete, ihn als Schwindler zu bezeichnen, und da Harmonie nicht lockerließ, konnte ich am Ende nicht anders, als ihr zu widersprechen. Und zwar ganz entschieden! (Ich, die ich sonst nie ein lautes Wort sage, habe mir diesmal Gehör verschafft!) Und da zündete Harmonie die Dynamitstäbe an, die sie in die Löcher gesteckt hatte, welche durch ihre Unterstellungen im Betonmantel meiner Gewissheiten entstanden waren (letzterer Satz erscheint mir etwas überkomplex): Sie könne mir *Fotos* zeigen.

Sie streckte mir ihr Telefon entgegen, und da sah ich Doktor Borodine – ich sah ihn mit eigenen Augen –, wie er in einem roten Hemd mit bauschigen Ärmeln und über der behaarten Brust aufgeknöpftem Kragen eine vulgär aufgemachte junge Frau in eine dieser Kisten mit doppeltem Boden hineinmanövrierte, wie Zauberkünstler sie benutzen und auf der in (abblätternden) Feuerlettern zu lesen stand: *Der große Fiodor, Prinz der Magie.*

Er war auf dem Bild ein paar Jahre jünger und hatte einen scheußlichen gezwirbelten Schnurrbart à la Salvador Dalí, aber er war es ohne jeden Zweifel. Mein Gott. Ich verstand die Welt nicht mehr, ich war vollkommen verstört, Tränen schossen mir in die Augen vor Wut, vor Verzweiflung, und ich fühlte eine fürchterliche Panikattacke nahen, sodass ich in Todesangst mitten auf dem Gehweg stehen blieb, beide Hände aufs Herz gepresst (so nah dran jedenfalls, wie meine üppigen Formen es erlauben). Harmonie betrachtete mich betrübt und zappelte immer mehr. Ihre Tics verstärkten meine Panik, und meine Panik schien ihren Zustand zu verschlimmern. So standen wir beide da, ich hin und her schaukelnd wie eine alte Elefantenkuh mit Hospitalismus (verrückt, wie Kreuzworträtsel den Wortschatz bereichern!), und Harmonie, die in einen immer wilderen Veitstanz verfiel. Mylord, der arme Schatz, saß auf seinem gutgepolsterten Hinterteil und schaute uns neugierig zu, er fragte sich wohl, was das für ein neues Spiel war. Um uns herum bildete sich eine Menschentraube. Die Leute schienen auf etwas zu warten, aber worauf? Harmonie stieß eine Reihe von kleinen Belllauten aus, kurz und nervös, die Mylord im gleichen Ton und Rhythmus aufgriff. Die Leute klatschten Beifall. Harmonie warf mir einen hilfesuchenden Blick zu, als ob ich irgendetwas hätte tun können, während ich doch selbst gegen einen akuten Infarkt ankämpfte. Und da kam mir plötzlich eine Inspiration – ich frage mich immer noch, woher –, und ich begann zu steppen. Ich hatte nach dem Tod von Monsieur Suzain einen Kurs gemacht. Eine kleine Extravaganz, die neue Einsamkeit, der Frieden (will sagen: die Ruhe), ich weiß auch nicht genau, wie ich dazu kam. Jedenfalls war ich recht begabt, wie mein Lehrer meinte, ein sehr sympathischer Schotte, dessen reizender Akzent mich (*Streichung*). Aber der Club machte zu, und ich hatte seit mindestens zehn Jahren nicht mehr getanzt. Doch überraschenderweise fielen mir die Schritte mühelos wieder ein. Die Leute lachten, applaudierten, begleiteten uns, indem sie in die Hände klatschten, Harmonie war außer Rand und Band, Tatata Wau Wau Wau, Mylord hatte einen Mordsspaß, und ich ließ meine Panik heraus wie nie zuvor, in einem Feuerwerk von *Stomps* und *Flaps*, *Pull Back* und *Toe Click*, *Single Buffalo Step* und *Shuffle Ball Change* …

Wir beendeten unsere improvisierte Show unter einem wahren Sturm von Applaus, Pfiffen und Bravorufen.

Ich war schweißgebadet.

Zurück in der Wohnung, als mein Herz nach all diesen Extravaganzen allmählich wieder zu einem normaleren Rhythmus zurückfand, musste ich dann doch wieder an die Fotos denken, die Harmonie mir gezeigt hatte. Sollte Doktor Borodine ein Doppelleben führen? Ich fühlte mich eiskalt vor Entsetzen (und ich brannte vor Erregung, wenn ich das so schreiben kann). Vielleicht war ich gar nicht so weit von der Wirklichkeit entfernt, wenn ich mich während der Sitzungen in meinen *romantischen Illusionen* wiegte und mir vorstellte, ich wäre in einem Spionagefilm. Konnte es sein, dass Doktor Borodine ein *Doppelagent* war? Nein, nein, das war unwahrscheinlich, es war eine bloße Ähnlichkeit! Dieser Kabarettzauberer war sein Doppelgänger, sonst nichts! Ich unterbreitete Harmonie diese Hypothese, doch sie verdrehte die Augen: Echte Doppelgänger seien schon sehr selten, und dann auch noch mit praktisch dem gleichen Namen, noch dazu russisch ... Dieser Mann (*dieser Mann*, das sagte sie mit einer Spur von Verachtung, die mir wehtat, muss ich sagen), *dieser Mann* gab sich ihr zufolge als etwas aus, das er nicht war.

»Aber warum?«, fragte ich. »*Warum* sollte Doktor Borodine das tun?«

Sie meinte, das liege auf der Hand: um seinen vorgeblichen Patientinnen das Geld aus der Tasche zu ziehen. Denn ihre Intuition sagte ihr, dass er sicher nur ältere Frauen behandelte (und tatsächlich erinnerte ich mich nicht, je einen Mann oder eine junge Frau in seinem Wartezimmer gesehen zu haben) (genau genommen habe ich dort nur selten überhaupt jemanden gesehen. Zwei oder drei ältere Damen in vier Jahren). Harmonie fuhr mit ihrer Beweisführung fort: *Dieser Mann* musste in einem leerstehenden Gebäude eine Wohnung »besetzt« haben (sie erklärte mir das Konzept der Hausbesetzung) und bereicherte sich auf Kosten leichtgläubiger Frauen. Zutiefst getroffen protestierte ich: »Aber nein! Er versetzt mich wirklich in Schlaf! Glauben Sie mir!« Und während ich das sagte, spürte ich noch die angenehme Schwerelosigkeit, die letzten Spuren des dichten Nebels, in den ich während der Sitzungen immer versank und durch den die tiefe, dunkle Stimme des lieben F(*Streichung*) Doktor Borodine zu mir drang. Ohne sich im Geringsten erschüttern zu lassen – welche Unverfrorenheit, wirklich! –, fragte mich Harmonie, ob ich ihr genau beschreiben könne, wie diese Sitzungen abliefen. Ich hatte nichts dagegen einzuwenden. (Oh, wie schlecht ich mich fühle, wenn ich an diese Szene zurückdenke. Wie ich mich für mich und meine Dummheit schäme!) (Das wird dir eine Lehre sein, du dummes Huhn!) (Ich sollte freundlicher mit mir reden.) (Aber wer so dumm ist, muss eben büßen!) (*Hör auf!*)

Ich sagte: »Nun, ganz einfach: Wenn ich ankomme, bittet mich *Doktor* Borodine« (ich betonte seinen Titel extra), »vor seinem Schreibtisch Platz zu nehmen, und setzt sich selbst auf die andere Seite. Ich erzähle ihm alles, was mir durch den Kopf geht, er macht sich Notizen, und wenn er meint, dass es an der Zeit ist, setzt er sich hinter mich auf einen Stuhl, bringt meinen Sessel in Liegeposition und beginnt, mich in Schlaf zu versetzen, was sehr schnell geht. Und *das ist alles.*«

Harmonie fragte mich, ob ich nichts vergessen hätte.

»Nein. Genau so läuft es ab.«

Sie überlegte eine Weile.

»Er gibt Ihnen kein Medikament?«

»Aber nein, natürlich nicht!«

»Gibt es nicht irgendein Ritual, bevor die Sitzung beginnt?«

»Nichts dergleichen! Er gibt mir die Hand, fragt mich, wie es mir geht, lässt mich an seinem Schreibtisch Platz nehmen, dann bietet er mir eine Tasse seines köstlichen russischen Kräutertees an, und ...«

Ich verstummte vor Entsetzen.

Harmonie mied meinen Blick. Mylord nickte und schaute mich mitfühlend an.

Der russische Kräutertee. Das also war Doktor Borodines Geheimnis: Er verabreichte mir ohne mein Wissen irgendein mysteriöses Betäubungsmittel. Jetzt verstand ich, woher diese kleinen Heiterkeitsanfälle kamen, die mich nach jeder Sitzung überfielen, dieses Gefühl von Freiheit, von Euphorie, dieser Impuls, große Dinge zu vollbringen. Ich hatte das alles der Macht der Hypnose zugeschrieben, dabei war es nur Pharmazie.

Auch wenn ich bitter enttäuscht war, derart übers Ohr gehauen worden zu sein, hätte ich Dok(*Streichung*) diesen Monsieur Borodine doch gerne gefragt, was das für ein Wundermittel war, denn kein Zenocalm oder Placidon hat mich je derart aufgeheitert. Aber als ich diese unschuldige Überlegung laut aussprach, sagte Harmonie: »Dieser Mann ist ein Scharlatan, Fleur! Halten Sie sich von ihm fern!«

Diese Perspektive erschien mir unerträglich. Dank eben *dieses Mannes* hatte ich erhebliche Fortschritte gemacht, der Beweis: Wir befanden uns gerade in einer belebten Straße voll unbekannter Menschen, die ich bis vor kurzem als potenziell feindlich empfunden hätte, ich hatte mich soeben vor einer erheiterten Menschenmenge zur Schau gestellt, indem ich mit meinen sechsundsiebzig Jahren steppte wie ein Bär und mit meinem dicken Popo wackelte (und mit dem ganzen Rest), und nach alldem heulte ich nicht mal wie ein Schlosshund.

Harmonies betretener Blick wirkte auf mich wie ein Knebel: Wie töricht ich doch war! Wenn ich mich gegenüber diesem Betrüger so verständnisvoll zeigte, so war das zweifellos auch eine Wirkung seiner Droge. Ich glitt noch in deren hinterhältigen Schwaden dahin wie ein dicker Fischkutter im Nebel.

Aber trotzdem. So einfach war das nicht! In den über vier Jahren, die ich bei ihm in Behandlung war, hatte ich mich wirklich immer besser gefühlt. Dieser russische Kräutertee konnte nicht *alles* erklären, zumal – ohne mich länger darüber ergießen zu wollen – (und ohne billiges Wortspiel) –, zumal dieser Kräutertee so diuretisch war, dass ich ihn sehr schnell wieder ausschied.

Harmonie lächelte und sagte: »Dann gibt es vielleicht noch eine andere Erklärung für Ihre Fortschritte?«

Ihr Blick war unzweideutig, und ich spürte, wie meine dicken Wangen sich mit dem zarten Rosa einer perfekt gegarten Lammkeule überzogen. Mein liebes schwarzes Heft möge mir diese intimen Geständnisse verzeihen, ich musste mir selbst eingestehen, dass ich tatsächlich vielleicht eine flüchtige Anziehung für Dok(*Streichung*) für diesen Jämmerling verspürt haben mag, der meine Leichtgläubigkeit ausgenutzt und mich zahllose Monate in seiner Macht gehalten hat, der mich schamlos manipuliert und heimlich konditioniert hat, damit ich alle seine Neuerscheinungen kaufte, ganz zu schweigen von einer ganzen Sammlung russischer Kochbücher. Zahllose Monate, in denen ich *Kalinka, Otschi Tschornije* und viele andere Lieder (die ich alle auswendig gelernt habe) (natürlich phonetisch) vor mich hin sang, während ich am laufenden Band Kulitsch und Pavlova-Torten buk.

Ich hatte mich noch nie derart betrogen gefühlt. Ich war

wirklich ein dummes Huhn, eine unschuldige Gans (ja, sogar eine fette Gans), es blieb mir nichts anderes übrig, als meinen verletzten Stolz herunterzuschlucken.

Das war ein ganz schöner Brocken.

Ich habe eine ganze Weile gebraucht, um diesen schmerzhaften Betrug zu verdauen.

Ich fand an nichts mehr Geschmack, kochte nicht mehr. Ich irrte von Zimmer zu Zimmer wie ein Gespenst, dem man die Ketten abgenommen hat, oder ich saß stundenlang da und betrachtete trübsinnig das Foto des Kremls, das auf dem ausgeschalteten Fernseher stand.

Harmonie beschloss, mir wieder auf die Beine zu helfen – gegen meinen Willen, muss ich sagen, ich hatte sie nicht darum gebeten, aber ich glaube, sie kümmert sich gern um andere. Das kommt sicher von ihrer (*Streichung*) von ihren (*Streichung*). Es gibt solche Leute. Die hilfsbereit sind. Da kann man nichts machen.

Sie bat mich, ihr die Bücher von Doktor Borodine zu leihen. Sie verkniff sich jeden Kommentar, als sie die Sammlung sah, die ich aus meinem Zimmer holte. Ich muss zugeben, dass diese junge Frau abgesehen von ihren (*Streichung*) ausgesprochen diskret ist. Ein paar Tage später teilte sie mir mit, sie habe den Eindruck – *Verfl... Sch...* –, der Inhalt dieser Bücher sei weitestgehend von anderen Ratgebern zur persönlichen Entwicklung inspiriert. Sie kannte sich auf dem Gebiet ein bisschen aus, weil ihr Exfreund eine Vorliebe für solche Literatur hatte. Ihr zufolge war Doktor Borodines Werk (ich zitiere) »ein unverdaulicher Mischmasch von Plattitüden und Plagiaten«. Einen Calamard Verlag hat es nie gegeben, das haben wir nachgeprüft. Im Übrigen stimmt es, dass die Broschüren bei näherem Hinsehen eine sehr mittelmäßige Druckqualität aufweisen und geradezu selbstgebastelt wirken, zum Beispiel ist der Einband mit Heftklammern befestigt.

Doktor Borodine war ebenso wenig Autor, wie er Arzt war. Der Himmel stürzte über mir zusammen. Aber ich konnte mich nicht dazu durchringen, seine Bücher in den Müll zu werfen. Als Harmonie mich fragte, warum nicht, hörte ich mich mit der Stimme eines heiseren Mäuschens antworten, sie hätten für mich einen Wert, denn sie enthielten *persönliche Widmungen*. Mit einem leisen Lächeln, das nichts Gutes verhieß, schlug Harmonie vor, mir diese Widmungen laut vorzulesen, was sie sodann, ohne meine Antwort abzuwarten, mit neutraler Stimme tat, jedes Mal unter Angabe des Titels:

Wie man Widrigkeiten entgegentritt

»Für F. Suzain,
die mutig und entschlossen voranschreitet auf dem
anspruchsvollen Weg der Besserung.
Ihr ergebener
Fiodor Borodine«

Die Panik besiegen in zehn Minuten

»Für F. Suzain,
die tapfer und willensstark voranschreitet auf dem
schwierigen Weg der Besserung.
Ihr ergebener
Fiodor Borodine«

Hundert Jahre leben dank Hypnose

»Für F. Suzain,
die kühn und unverdrossen voranschreitet auf dem
steinigen Weg der Besserung.
Ihr ergebener
Fiodor Borodine«

Heilung in ein paar Monaten

»Für F. Suzain,
die beherzt und unbeirrt voranschreitet auf dem
mühevollen Weg der Besserung.
Ihr ergebener
Fiodor Borodine«

Und so ging es weiter mit seinen neunundzwanzig Werken,
bis zum letzten, das ich frisch erworben hatte, *In zehn Lektionen zur Seinsfülle*, das mir mit folgenden originellen Worten
gewidmet war:

»Für F. Suzain,
die entschlossen und beständig voranschreitet auf dem
steilen Weg der Besserung.
Ihr ergebener
Fiodor Borodine«

Wenn dieser Mann tatsächlich eine Gabe hatte – außer Leute
um den Finger zu wickeln –, dann die, Synonyme zu finden.
Er hatte jedes Mal den gleichen Satz ausgebrütet und nur hier
und da ein Wort geändert, wie eine Wachtel, deren hübsche
Eier sich lediglich durch ihre Flecken unterscheiden. Und ich
war nicht einmal auf die Idee gekommen, seine Widmungen
zu vergleichen.

Josiane hätte mich als naiv bezeichnet, worauf ich ihr hätte antworten können – wenn ich den Mut gehabt hätte (*den Schneid, die Beherztheit, Kühnheit, Tapferkeit, Bravour ...*), dass dieser üble Geselle nur deshalb in mein Leben getreten war, weil sie ihn mir so nachdrücklich empfohlen hatte. Im Übrigen habe ich mich gefragt, warum Josiane mir die Fähigkeiten von Dok(*Streichung*) dieses Mannes derart angepriesen hatte, bis ich mich an ihr schiefes kleines Lächeln erinnerte, als sie mir zum ersten Mal von ihm erzählte. Sollte Josiane etwa böswillig sein? Aber nein, natürlich nicht, das hätte ich doch geahnt! (Genauso wie du geahnt hast, dass Fiodor Borodine ein Scharlatan ist, mit deinem Scharfblick, nicht wahr?) (Armes Schaf!)

Verbittert habe ich Monsieur Borodines gesammelten Schmus in einen großen Sack gesteckt und in den Müllschlucker geworfen, pfeif auf die Abfalltrennung, ich legte keinerlei Wert darauf, dass seine Machwerke recycelt wurden, nicht einmal als Klopapier.

Dir, liebes Tagebuch, will ich aber nicht verheimlichen, dass es mir kurz das Herz zerrissen hat, als ich sie den Schacht hinunterfallen hörte bis in den Container.

In den folgenden Tagen habe ich mich ganz in mich selbst zurückgezogen, von einer Verzweiflung überwältigt, die schwärzer war als die Schokolade, von der ich vielleicht etwas viel in mich hineinstopfte.

Dann beschloss Harmonie eines Abends ungefragt, mich »auszuführen«. Das verkündete sie mir gegen achtzehn Uhr, als ich gerade meinen Morgenmantel übergezogen hatte und in der Küche stand, um diskret nach einer ihrer Kekspackungen im oberen Küchenschrank zu suchen. Natürlich protestierte ich. Aber sie stellte sich taub. Und wie gewöhnlich traute ich mich nicht, nein zu sagen. Sie schickte mich in mein Zimmer, damit ich mich anzog und *schön machte*. Worauf ich ihr antwortete, das sei *Mission: Impossible*.

Sie warf mir einen strengen Blick zu, und ich sagte nichts mehr.

Ich probierte zwei oder drei sehr hübsche Kleider an, die sie jedoch nicht überzeugten. Schließlich setzte sie sich im Schneidersitz auf mein Bett, während ich mich im Bad umzog. Wir spielten fünfundzwanzig Minuten lang *Pretty Woman*. Schließlich rief sie:»Na also, das ist doch perfekt!«, nachdem ich aus lauter Jux und Dollerei ein sonnengelbes Kleid übergestreift hatte, viel zu enganliegend und viel zu weit ausgeschnitten, das ich in einem übermütigen Moment ein paar Tage nach Monsieur Suzains Tod gekauft hatte.

Ich wies sie darauf hin, dass dieses Kleid viel zu figurbetont war. Sie fragte mich, wo das Problem sei, und ich antwortete ihr, wie aus der Pistole geschossen:»Das Problem ist, dass ich dick bin!«

»Und wären Sie das in einem weiten Kleid weniger?«

Was für eine Taktlosigkeit! Während ich vergeblich nach einer schlagfertigen Antwort suchte, meinte sie, ich solle doch zu meinem Gewicht stehen. Ich sei dick, *na und*? Es gebe Leute, die das hässlich finden, *na und*? Und sie fügte hinzu: »Als sie neulich angefangen haben zu steppen …«

Ich flehte sie an, still zu sein. Gnade, von diesem beschämenden Moment wollte ich nie wieder etwas hören!

»Im Gegenteil! Sie waren schön! Sie hatten sich von allen Konventionen befreit! Der Blick der anderen war Ihnen egal, und damit hatten Sie völlig recht. Sie tanzen sehr gut, Sie sind geschmeidig, Sie bewegen sich locker, es war wirklich toll!«

»Die Leute haben gelacht …«, sagte ich.

»Ja, das stimmt: Sie haben gelacht, und sie haben geklatscht. Sie waren erstaunt, eine fettleibige alte Dame« (manchmal wünschte ich, Harmonie wäre weniger ehrlich) »steppen zu sehen. Es war komisch, das stimmt, es war überraschend, sicher, aber ganz gewiss nicht lächerlich!«

Ich schaute mich im Spiegel an. In meinem gelben Kleid

mit 8 % Elasthan sah ich aus wie ein 110-Kilo-schwerer Ka-narienvogel, gekreuzt mit einer Robbe, denn der Lamé-Stoff schimmerte wie eine glänzende Haut.

»Sind Sie sicher?«, fragte ich.

»Ja!«

Harmonie wählte das einzige Paar Sandalen für mich aus, die mir am Fußrücken wehtun, und wieder traute ich mich nicht, etwas zu sagen. Dann legte sie mir einen ihrer langen, leichten Baumwollschals um den Hals, öffnete mir feierlich die Tür, und wir stürzten uns ins Abenteuer.

Harmonie mochte sagen, was sie wollte, mir war doch, als würden den ganzen Weg entlang Leute über mich lachen, sich gegenseitig anstoßen und unauffällig mit dem Finger auf mich zeigen.

Einmal blieb Harmonie stehen und zupfte an meinem Schal herum, sie trat einen Schritt zurück, um die Wirkung zu begutachten, und forderte mich auf, mich ein bisschen zu bewegen, mich im Kreis zu drehen.

»Stimmt irgendwas nicht?«, fragte ich mit trockenem Mund und feuchten Händen.

»Nein, nein, ich wollte nur sehen, ob das Kleid gut fällt. Drehen Sie sich? Noch mal! Machen Sie ein paar Steppschritte, damit ich besser sehen kann?«

Ich musste lachen. Diese junge Frau schreckt vor nichts zurück, sie ist wirklich ein Phänomen. Steppen, *in einem hautengen Kleid*? Ich antwortete ihr, das sei unmöglich.

»Ach was, ich bin ganz sicher, dass Sie es können! Kommen Sie, tun Sie es mir zuliebe!«

Mylord kläffte zustimmend. Ich warf einen raschen Blick in die Runde, die Straße war menschenleer, da raffte ich mein Kleid bis über die Knie und los ging's!

Wenn Josiane mich gesehen hätte – ich kann mir mühelos ihre Moralpredigten, ihre ätzenden Bemerkungen vorstellen, etwa: »Also wirklich, Fleur, meinst du nicht, es ist ab einem gewissen Alter und einem gewissen Gewicht lächerlich, zu ...« Lächerlich, *was* zu tun? Auf einem Gehweg in der Abendsonne ein Tänzchen hinzulegen?

Ich fühlte mich wie eine echte Rebellin, und mir wurde ganz warm ums Herz.

Dann gingen wir weiter, Harmonie, Mylord und ich. Mein armer Liebling war glücklich über den Spaziergang. Er ahnte nicht, wie wenig Zeit ihm blieb ... (es schnürt mir die Kehle zu) (ein Stückchen Schokolade würde mir guttun, glaube ich).

Wir waren seit einer guten Viertelstunde unterwegs, ich bekam allmählich keine Luft mehr vor lauter Baucheinziehen, und meine Riemchensandalen plagten mich immer mehr, als Harmonie mich erneut bat stehen zu bleiben, und da band sie mir mit dem Schal die Augen zu und sagte, ich solle mich überraschen lassen. Wenn ich eines verabscheue, dann sind es Überraschungen, aber ich habe mich nicht getraut, es ihr zu sagen, ich wollte sie nicht enttäuschen.

Ich bin also die letzten Meter blind weitergegangen, an Harmonies Arm geklammert und mit dem Gedanken im Kopf, dass ich so noch lächerlicher aussehen musste. Ich verfluchte mich dafür, mich auf diesen Ausflug eingelassen zu haben, und noch mehr dafür, dass ich mich wie eine Sambatänzerin auf dem Karneval von Rio verkleidet hatte.

»Achtung Stufen, es geht hinunter!«, flüsterte Harmonie mir ins Ohr.

Sie führte mich eine Treppe hinunter, die bis zum Mittelpunkt der Erde hinabzureichen schien. Es wurde immer wärmer, ich hörte eine vertraute Musik, die ich jedoch nicht identifizieren konnte. Harmonie hielt mich am Arm fest, was auch gut war, denn sonst hätte ich mir wegen der Aufregung (und den verflixten Sandalen) ganz sicher den Knöchel verknackst.

Schließlich half mir Harmonie, mich zu setzen, bevor sie

mir die Augenbinde abnahm und theatralisch verkündete:
»Da wären wir!«

Durch ein seltsames Zusammenspiel der Sinne schien mir, sobald ich wieder sehen konnte, die Musik in meinen Ohren zu explodieren, und ich erkannte endlich das berühmte russische Lied *Otschi Tschornije* wieder, auch bekannt unter dem Namen *Schwarze Augen*.

Vor mir stand in einem märchenhaften Dekor in Rot- und Goldtönen ein dicker Bariton mit einem Bart wie Ivan Rebroff, umgeben von drei Geigern. Er sah mir in die Augen und sang, seine dicke Hand auf dem Herzen:

Otschi tschornyje, otschi strastnyje
Otschi schgutschije i prekrasnyje …!

Zwei Meter von uns entfernt stand auf einem Podium eine Kiste mit doppeltem Boden, auf der in blutroten Lettern zu lesen war: *Der große Fiodor, Prinz der Magie.*

Ich warf Harmonie einen entsetzten Blick zu. Sie lächelte mich an und schrie mir ins Ohr, man müsse Gleiches mit Gleichem heilen, und ich bräuchte einen kräftigen Elektroschock.

Ich schwitzte wie ein Springbrunnen, ich war der Ohnmacht nahe, und mein ohnehin enganliegendes Kleid klebte jetzt derart an meinen Rundungen, dass ich das Gefühl hatte, halbnackt zu sein.

Der Bariton schaute mich mit schmachtenden Augen an:

Kak ljublju ja was, kak bojus ja was
Snat, uwidel was ja w nedobry tschas …!

Wenn ich auch nur etwas Mut gehabt hätte, wäre ich vom Tisch aufgestanden und auf der Stelle gegangen, aber ich war vom Stress (und der Hitze) wie festgenagelt auf meinem Stuhl. Ich suchte fieberhaft nach meinem Placidon und musste mit Schrecken feststellen, dass ich keine Tasche dabeihatte und folglich auch keinerlei Medikamente. Ich war so hilflos, als wäre ich ohne Rettungsring von einem Schiff gesprungen. Ich würde in den nächsten Minuten sterben und den armen

Feuerwehrleuten furchtbare Mühe bereiten, wenn sie mich die steile Treppe hochtragen müssten. Ich erinnere mich, mich gefragt zu haben, ob sie mich nicht würden zerstückeln müssen, um mich besser abtransportieren zu können. Gleichzeitig bemerkte ich zu meinem großen Erstaunen, dass die Panikattacke nicht wirklich auszubrechen schien.

Ich fühlte mich schlecht, sehr schlecht sogar, aber es wurde nicht schlimmer.

Die Musik endete mit einem letzten Akkord, das Licht im Saal ging aus, was es allen Anwesenden (und mir selbst, zu meinem größten Leidwesen) erlaubte festzustellen, dass mein Kleid fluoreszierend war, und dann wurde es, nach einigem Gelächter, ganz still.

Plötzlich erklangen Paukenschläge, ein heller Lichtkreis erleuchtete die Mitte der Bühne mit der Truhe des *Großen Fiodor, Prinz der Magie,* und eine blonde junge Frau, die recht gewöhnlich aussah, kam in einem Paillettenkleid hereingetänzelt, dicht gefolgt von Fiodor Borodine in Kosakenkluft.

Er war es. Er war es.

Er war es *wirklich.*

Ich quetschte Harmonies Hand.

Nach diesem ersten Schock (oder vielmehr Erdbeben, auch wenn Josiane sagen würde, dass ich immer übertreibe) dachte ich, dass Doktor Borodine (ach, zum Kuckuck! Ich kann einfach nicht anders!), dass dieser Mensch doch eher lachhaft wirkte in seinem Operettenkostüm.

Seine Zauberkünstlernummer war sehr enttäuschend, und das weißblond gebleichte Wesen, das ihm assistierte, stand steifer herum als ein ägyptisches Halbrelief, einen Arm in der Luft, den anderen nach unten gerichtet, dazu ein starres Schaufensterpuppenlächeln. Und ich sage das nicht, weil ich wütend war. Die Show war einfach mittelmäßig, so was hat man tausendmal im Fernsehen gesehen.

Als die blonde Operetten-Nofretete endlich in der Kiste verschwunden war, verspürte ich eine solche Erleichterung, dass ich unwillkürlich laut aufseufzte, was dem Publikum nicht entging, dem Gelächter nach zu schließen, ebenso wenig wie diesem schlechten slawischen Illusionisten (der vielleicht nicht slawischer ist als ich und vielleicht Robert Trognon oder Albert Dugenou heißt und aus Jarnac-La-Grosse oder Saint-Gredin-sous-les-Verrous stammt).

Ich frage mich immer noch, wie er mich bis dahin übersehen konnte mit meinem gelben Lamé-Kleid, das im halbdunklen Saal leuchtete wie eine Sicherheitsweste.

Wie dem auch sei, als er mich endlich erkannte, ließ sein Gesichtsausdruck keinen Zweifel zu, was meinem Stolz einen harten Schlag versetzte: Seine Kinnlade fiel herunter, sein Blick wurde glasig, und ich spürte schmerzhaft, wie verstimmt dieser Mann (dieser *elende Betrüger*) war, mich zu sehen.

Endlich fiel es mir wie Schuppen von den Augen, ich sah diesen Monsieur Dugenou-Trognon-Borodine so, wie er wirklich war, ein lächerliches Männlein, ein jämmerlicher Künstler, ein talentloser Gaukler, ein erbärmlicher Scharlatan. Harmonie hatte ihn enttarnt, und ihre Elektroschocktherapie wirkte Wunder. Ich fühlte mich erleichtert wie nach einem bösen Traum und zugleich bodenlos traurig, wie wenn man zu früh aus einem wunderbaren Traum erwacht. Harmonie spürte meine Verwirrung, sie tätschelte mir verständnisvoll die Hand und fragte, ob ich lieber gehen wolle. Ich wollte schon ja sagen, um diesem russischen Albtraum endlich zu entrinnen, als Fiodor Borodine sich verbeugte und unter dem halbherzigen Applaus des Publikums hinter den Kulissen verschwand, worauf sofort der dicke Bariton wieder auftauchte (mit seinen drei Geigern im Gefolge) und sich breit lächelnd vor mir aufbaute, was etwas peinlich war.

An das Folgende erinnere ich mich nicht mehr genau, es ist erstaunlich, wie leicht Wodka sich trinken lässt, wenn man bedenkt, wie scheußlich er schmeckt. Ich weiß, dass ich irgendwann später am Abend plötzlich auf der Bühne stand und aus voller Kehle *Kalinka, Kalinka, Kalinka* sang, während das Publikum in Jubel ausbrach (oder in Buh-Rufe, ich weiß nicht mehr). Ich sehe Harmonie vor mir, die versuchte, mich von der Bühne zu holen, die Leute, die aus vollem Hals lachten, den Bariton, der mich an seine breite Brust drückte, um mich barfuß zu den Melodien von *Dorogoi Dlinnoju* und *Katjuscha* herumzuwirbeln. Ich glaube mich zu erinnern, dass er mich nach meinem Vornamen gefragt hat und dann nicht mehr aufhörte, mich *Malen'kij tsvetok* zu nennen (»Meine kleine

Blume«, wenn ich recht verstanden habe), während ich ihn kokett Ivan nannte.

Ich habe verschwommene Erinnerungen an über die Schulter geworfene leere Gläser, an den wütenden Wirt, der versuchte, mich aus dem Kabarett hinauszudrängen, und an den Bariton, der dazwischenging und ihn an der Kehle packte. Mir ist auch, als wäre ich von den drei Geigern und dem Bariton auf den Schultern triumphal hinausgetragen worden (es sei denn, man musste mich notfallmäßig abtransportieren?) – der Bariton hieß übrigens Arkadi, nicht Ivan, und er küsste mich an der Tür zum Abschied auf den Mund.

Dann sehe ich Harmonie vor mir, die telefonierte, woraufhin ein breitgebauter Möbelpacker mit finsterer Miene auftauchte, der ihr half, mich in meine Wohnung zu bugsieren.

Das ist alles recht verworren, hingegen erinnere ich mich sehr deutlich an die Migräne, mit der ich am nächsten Morgen aufgewacht bin, begleitet von seltsamen Empfindungen, die mich irgendeine schlimme Krankheit befürchten ließen. Als ich in die Küche ging, immer noch in mein Lamé-Kleid gezwängt (ich fragte mich, warum ich wohl darin geschlafen hatte) und mit Blasen an den Füßen, war mir ganz übel und schrecklich schwindelig.

Ich beschrieb diese beunruhigenden Symptome Harmonie und dem Möbelpacker, der seltsamerweise noch da war und mit ihr Kaffee trank. Harmonie antwortete mir, ich hätte am Vorabend so richtig vollgetankt. Als ich fragte: »Vollgetankt? Womit?«, lachte sie los und antwortete: »Mit Wodka!« Da ich sie immer noch verständnislos ansah, erklärte sie mir, »volltanken« bedeute sich betrinken.

Der Möbelpacker (der in Wirklichkeit Tonton war) brummte, man könne auch sagen: sich volllaufen lassen, sich zulöten, sich die Kante geben, sich einen ins Nest zwitschern, steilgehen, Badewanne spielen, den Schädel fluten, sich einen in die Rüstung knistern und so weiter.

Harmonie machte mir einen starken Kaffee. Ich gestand ihr, dass ich keine oder fast keine Erinnerung an den vorigen Abend hatte, und bat sie, mir alles zu erzählen, was sie sehr gerne getan hat.

Ich habe sie schnell unterbrochen, es war niederschmetternd.

6

MOMENTAUFNAHMEN

Auf der Straße schlafen kann ich nicht, zu Freddie zurückkehren fällt mir nicht ein Wu Hu Ah doch natürlich fällt es mir
ein, ich denke an nichts anderes, aber aus schlechten Gründen,
meine Zuflucht meine Höhle der rote Sessel am Fenster die
winzige helle Küche die Bäume auf der Straße mein großes
niedriges Bett, wo ich in Freddies Armen schlief. Zu Freddie
zurückkehren Tadaaa viel zu gefährlich, es wäre wie auf Entzug ein Gläschen zu trinken oder sich nach Monaten ohne
Zigaretten eine anzuzünden. Freddie ist ein guter Mann, der
nicht gut für mich ist. Ich gehe zu Madame Suzain. Die Idee
kommt mir im Regen als letzte Möglichkeit als Rettungsring.
Ich gehe zu Madame Suzain und bin auf alles gefasst: eine auf
meinen Arm, auf mein Herz zugeknallte Tür, das wäre verständlich, aber nein, Fleur öffnet mir. Sie tut es widerstrebend
und mit einem Blick wie ein Wiesel in der Falle, ich kann es
ihr nicht verübeln, wir kennen uns nicht. Ich tauche eines
Abends unangekündigt bei ihr auf, als gerade ihr Film an-
fängt fette Hure Affenarsch ich stehe klatschnass mit meinem
Rucksack vor ihrer Tür. Eine Wohnung ist etwas Intimes, eine
Erweiterung seiner selbst, ein privates Territorium. Dorthin
vorzudringen, ohne erwartet zu werden, ohne eingeladen zu
sein, ist wie ein Einbruch, ein Überfall. Ich verhalte mich so
unauffällig wie nur möglich Tadaaa ich versuche leisezutre-

ten und unterdrücke in den folgenden Tagen mein Gezappel meine Störgeräusche mein *alldas.* Und Fleur lässt sich zähmen, und ich gewöhne mich an ihre gepflegte, aufgeräumte, in ihre Grenzen gezwängte kleine Welt. Madame Suzain lebt mit einer Plastiktüte über dem Kopf, um sich zu schützen, um nicht zu oxidieren an der freien Luft. Genauso wie sie die Bezüge ihrer Sessel mit Plastikfolie bedeckt hat, damit sie nicht zu schnell verschleißen. Sie lebt halb erstickt vor lauter Angst, dass atmen sie berauschen könnte. Sie geht mit kleinen engen Schritten durchs Leben mit ihren verschiedenen Krücken, ihrem Mylord ihren Pillen ihrem Doktor Borodine. Ihr Leben besteht aus lauter Vorsichtsmaßnahmen: nicht rausgehen, niemandem begegnen, nicht auffallen. Madame Suzain ist ein Angsthase, der von Wagemut träumt. In gewisser Weise Wu Ha bin ich wie sie. Jedenfalls stört mich ihre Verrücktheit nicht, ich lerne sie so zu lieben, wie sie ist, eine russische Matrioschka-Puppe, die Baba mit dem dicken Bauch, die in ihrem Inneren ein gutgläubiges fröhliches Kind verbirgt, das sie unter Verschluss hält. Sie ist eine dicke alte Frau, die mit sich selbst schwanger geht. Die sich selbst nie gebären konnte. Sie ist rührend, sie ist naiv, manchmal auch sehr komisch, aber sie weiß es nicht. Unbeschreiblich, wie sie mir abends beim Kamillentee von ihrem Doktor Borodine erzählt, verschämt gesenkte Augen, vielsagende Seufzer, verträumte Blicke ins Leere. Wie eine Fünfzehnjährige mit ihrem Tagebuch. Diese jugendliche Verknalltheit amüsiert mich, rührt mich, sie macht mir auch Sorgen, denn später Frost schadet der Ernte. Einmal begleite ich sie zu einem ihrer Termine. Fleur hat ihn mir in den höchsten Tönen angepriesen: Dieser Mann sei wunderbar, er tue ihr so gut, würde mir wahrscheinlich auch guttun. Ich fühle mich leer, gestresst, mein Herz ist erschöpft, meine Seele geschunden. Unterwegs verrät mir Fleur den Preis einer Sitzung Wu Ha. Die Zweiklassenmedizin hilft nur denen, die es sich leisten können, Pech für die anderen,

die können verrecken. Vor dem Haus erfinde ich einen Vorwand. Keine Lust, eine Stunde oder länger im Wartezimmer
zu hocken. Das Wetter ist dafür zu schön Tadaaa ich brauche
Bewegung, gehe lieber mit Mylord spazieren. Wir verabreden
uns im Park gegenüber. Fleur verschwindet im Treppenhaus,
sie hat es eilig. Ich betrachte das Praxisschild aus Plexiglas mit
messingfarbener Gravur. Keine leeren Versprechungen, keine
kompromittierenden Worte, keine Erwähnung von Hypnose
Medizin Therapie. Da steht nur: *Fiodor Borodine Termine
nach Vereinbarung Zweiter Stock links,* darunter eine Handy-
nummer. Das ist alles. Mein Tabourette meldet sich unangekündigt, eine jähe Bewegung Ta Tadaaa ich stütze mich gegen
das Schild, und *es bewegt sich.* Ich will es wieder an seinen Platz
rücken, da halte ich es plötzlich in den Händen verflucht verfluchte Scheiße, was habe ich schon wieder angestellt, aber
ich habe gar nichts kaputtgemacht, es war nur mit einem Magneten an einem älteren Schild befestigt. Von einem Steuer-
berater, der umgezogen ist. An seinen Sprechtagen kommt
dieser Monsieur Borodine mit seinem Schild unterm Arm
an, hängt es über ein anderes und nimmt es abends wieder
mit. Ich untersuche die anderen Schilder am Haus, viele sind
abgerissen, abgeschraubt oder sehr alt. Ich trete einen Schritt
zurück, betrachte die Fassade und sehe überall geschlossene
Fenster, schmutzige Scheiben. Das Gebäude scheint größten-
teils leerzustehen. Ich nehme mein Telefon, suche im Internet
»Fiodor Borodine Arzt«. Nichts zu finden. Ich suche bei den
Heilpraktikern, bei den alternativen, ganzheitlichen Therapeuten – auch nichts. Die Suchmaschine spuckt einen *Fiodor
Borodinov* aus, er tritt im La Volga auf, einem russischen Kabarett für Touristen in der Nähe der Rue des Soupirs. Sieht
aus, als wäre dieser Doktor Borodine ein Scharlatan. Als Fleur
mit rosigen Wangen und verhangenen Augen aus dem Gebäude kommt, erzähle ich ihr von meinen Entdeckungen. Sie
nimmt mich nicht ernst. Ich zeige ihr ein Foto des *Großen*

Fiodor, Illusionist. Ich frage sie, ob er das sei. Sie wirkt betroffen, schockiert. Ich fühle mich schuldig, warum ihr das alles sagen, was geht es mich an? Wir gehen schweigend weiter, sie wird immer kurzatmiger, schnauft immer lauter und schneller Scheiße verdammte Scheiße sie bleibt stehen, wachsbleich, die Lippen blass, die Hände auf die Brust gepresst. Wenn sie einen Zusammenbruch erleidet, ist es meine Schuld Affenarsch Passanten gehen langsamer, kommen näher, noch näher, zu nah, zu dicht, sie haben zu viele Gesichter, zu viele Augen. Ich habe das Gefühl, uns zu sehen, wie sie uns sehen Tadaaa die dicke alte Dame, totenbleich, grauschwarz gekleidet, als käme sie vom Friedhof, das zappelnde junge Gibbonweibchen, der zu kurzbeinige, zu moppelige Hund. Willkommen im Theater, wählen Sie Ihre Plätze, die Vorstellung beginnt gleich. Es kribbelt in mir und zuckt, das große Erdbeben naht im Galopp Wu Hu Ha Wu Hu Ha Mylord antwortet, Fleur wirft mir einen zögerlichen Blick zu, ihr Gesichtsausdruck verändert sich, als löse sich ein Band, als fielen Fesseln von ihr ab, sie beginnt sich auf der Stelle zu bewegen, sie befreit sich, schüttelt sich, deutet ein zwei Schritte an, kleine Hüpfer, Drehungen. Sie lässt los. Wiegt die dicken Hüften, das Becken, den Bauch, die schweren Brüste. Ihr ganzer schwerer Körper wogt, sie ist locker, geschmeidig, erstaunlich rege und anmutig. Keine Spur mehr von Kurzatmigkeit und schleppendem Schritt. Ihre Absätze bringen beschwingte präzise Rhythmen hervor. Fast erwarte ich, sie die Straßenlaterne hochklettern zu sehen wie Gene Kelly in *Singin' in the rain*. Die Leute lachen vor Vergnügen wie Kinder aus lauter Spaß an der Vorstellung. Ich habe nichts mehr unter Kontrolle, ich würde sie so gerne filmen, bin aber unfähig dazu Affenarsch egal, pfeif auf die Nachwelt. Ich klatsche in die Hände, ich lache, Mylord ist auch außer Rand und Band. Es ist das reinste Feuerwerk.

Fleur ist eine erstaunlich wilde Mischung aus Schwere und Anmut, Gehemmtheit und Kühnheit. Sie ist auch diese alte Dame, die ein paar Tage später plötzlich vertrocknet und verwelkt und in meinen Armen schluchzt. An diesem schrecklichen Trauertag, Mylord ganz steif und kalt. Und tot. Mylord macht die Fliege, er empfiehlt sich. Eine ganz neue Stille lastet auf uns, eine Leere breitet sich aus. Ich ging zwei- oder dreimal in der Woche mit Mylord spazieren, er hatte Gefallen daran gefunden, ich auch. Magere Gegenleistung dafür, dass ich Tag und Nacht bei Fleur bin, ihre Gastfreundschaft annehme, ohne mich zu sehr als Schmarotzer zu fühlen. Der Vorwand ist dahin, sein Körbchen weggeräumt, Fleur lehnt meine Hilfe im Haushalt ab, ich bin ihr ein paar zerbrochene Gläser schuldig, sie hält es aus, sie hat mich gern. Aber es kann nicht ewig so weitergehen, wer möchte schon Attila bei sich aufnehmen?

Elvire ruft an. Sie ist in den letzten Wochen bei einem Kumpel untergekommen, aber Pech gehabt, er findet sie schön. Sie sagt: »Ich will ja gerne mit ihm schlafen, das ist nicht das Problem. Er ist nett, er gefällt mir. Aber ich will nicht, dass das zur Miete wird. Ich bin nicht seine Freundin, und ich bin nicht seine Nutte.« Elvire hat Prinzipien, und sie versteht es, sie zu artikulieren. »Was wirst du also machen?« »Sicher ist nur, dass ich nicht zu meiner Mutter zurückgehe ...« Sie lacht.

Ich stelle sie Fleur vor, die sich nicht allzu viel anmerken lässt. Ich kann sehen, dass Elvires herumwirbelnde Augen sie verstören, aber ich hatte sie darauf vorbereitet. Elvire bietet an, für ihr Zimmer zu bezahlen, bis sie woanders etwas findet, Fleur nimmt verlegen an. Das verweist mich auf meine Sonderstellung, ich wohne umsonst. Aber warum?

Elvire nimmt das Zimmer am Eingang, ich hatte das hintere gewählt, Fleur ist in der Mitte zwischen uns. Abends schleiche ich mich auf Zehenspitzen zu Elvire, oder sie kommt zu mir, und wir flüstern, bis Fleur einschläft und schnarcht.

Ich denke über die Zukunft nach. In puncto Arbeit nichts am Horizont, ich muss einen Job finden, eine Wohnung, frei leben. Elvire hat eine große, etwas heruntergekommene Wohnung im Auge, ein Freund hat ihr davon erzählt, nicht teuer, leicht zu teilen. Ich weiß nicht, wie ich diesen Abschnitt meines Lebens bewerten soll. Ich habe keinen Grund, hier zu leben, wirklich keinen einzigen, und doch bin ich hier und bleibe erst mal und beginne mich langsam wohlzufühlen. Elvire hat Freddie getroffen. Er hat sie nach meiner Adresse gefragt. »Und?«, frage ich. »Na, du kennst mich ja. Ich habe ihn mit meinem ungreifbaren Blick verwirrt!« Wie gerne würde ich auch nur halb so viel lachen können wie sie. Eines Abends sagt sie: »Erinnerst du dich, wie wir über deine *Nulpen* herumgesponnen haben?« »Ja, ja, ich erinnere mich, es hat mich seitdem nicht mehr losgelassen. Ich weiß, es klingt sicher dumm, aber ich glaube, es hat mich weitergebracht. Meine Sicht auf das Leben hat sich verändert.« »Du denkst zu viel nach!« »Mag sein.« Ich gebe ihr Monsieur Poussins Porträt von ihr, ich habe einen schönen Abzug davon machen lassen und nur auf den richtigen Moment gewartet. Sie reißt ihre flatternden Augen weit auf. »Ich bin schön, oder?« »Das ist die Poussin'sche Magie«, sage ich. »Jeder Passant wird zum Model. Er versteht es, Licht und Anmut einzufangen.« »Stellst du ihn mir vor? Ich würde gerne seine anderen Fotos sehen.« »Ja, irgendwann, warum nicht?« Aber nicht gleich, vorerst habe ich keine Lust zu teilen. Zwischen Monsieur Poussin und mir entsteht gerade etwas. Eine Geschichte. Ein Band.

Monsieur Poussin will mir beibringen, selbst Abzüge zu machen. Ich schaue ihm in seinem engen Badezimmer lieber zu. Das ist weniger gefährlich Ta Ta Tadaaa. Ich bin fasziniert von den Gesichtern und Körpern, wie sie allmählich erscheinen, sich langsam auf dem Papier abzeichnen, erst kaum zu erkennen, dann ganz blass, etwas verschwommen und schließlich immer schärfer. Lebendig. Wenn ich ihm nicht beim Entwickeln zuschaue, durchforste ich seine Aufnahmen. Ich bitte um Kommentare, nähere Auskünfte zu diesem oder jenem Porträt. Er lächelt über meine Neugier. Er leiht mir eine seiner Kameras, gibt mir Hinweise. Ich habe eine fixe Idee, ich will ein Porträt von ihm aufnehmen, den Fotografen fotografieren. Ich mache ein paar Versuche, ein Baum, eine schlafende Katze auf einem Balkon. Und eines Tages entschließe ich mich. Ich gehe aus der Wohnung aus dem Haus über die Straße, dann rufe ich ihn. Monsieur Poussin tritt an sein offenes Fenster, beide Hände an den unteren Rahmen geklammert. Ich mache drei Aufnahmen, nur drei, längeres Stehen ist für ihn mühsam, stillhalten, ohne zu zittern, ist für mich anstrengend. Stolz wie ein Jäger, der Nahrung für die ganze Sippe nach Hause bringt, komme ich zurück. Monsieur Poussin lacht und meint: »Dann wollen wir mal sehen …« Einstellen des Vergrößerungsapparats, des Randstellers. Das erste Foto ist unterbelichtet. Auch wenn er es korrigiert, bekommt Monsieur Poussin nur einen dunkelgrauen Abzug heraus, auf dem man ihn kaum erkennen kann. Ich bin enttäuscht. Dann das zweite, und da: Überraschung. Perfektes Licht, Korn des Steins, Grautöne der Wände und des Gehsteigs, Monsieur Poussin hübsch eingerahmt von seinem Fenster, sein zerzaustes weißes Haar. Es sieht aus wie das Porträt eines Weisen im Gemälde eines Alten

Meisters. Monsieur Poussin beglückwünscht mich. Ich sage: »Das ist Anfängerglück.« »Mag sein, mag sein ... Trotzdem, es ist ein gutes Bild ... Ich sehe darauf ja fast gut aus, oder?«

Die dritte Aufnahme ist weniger perfekt. Trotzdem gefällt sie mir am besten. Monsieur Poussin hat sich bewegt, seine leicht erhobene Hand ist nicht scharf und sieht aus, als würde sie davonfliegen, ein heller Schmetterling, der sich vor den dunklen Kleidern abhebt, Monsieur Poussins Oberkörper leicht weggedreht, das Gesicht mir zugewandt, der Anflug eines Lächelns, tausend Fältchen um die Augen. »Es hat mich schon sehr lange niemand mehr fotografiert. Seit ... Warten Sie ... Warten Sie ...« Aus dem Schrank nimmt er eine Schachtel und wühlt darin herum. Er holt ein Foto von sich hervor, in einem Anzug im Stil der Nachkriegszeit. Das Bild ist auf einem Platz aufgenommen, vielleicht in Italien, grelles Sommerlicht, harte Kontraste, vornehmer junger Mann, tadellos frisiert, auf einen Stock gestützt. Er wird von einer Frau fotografiert, das erkenne ich am Schatten auf dem Boden, der bis zu seinen Füßen reicht, ein Schatten mit zierlichen Beinen, Tellerrock, großem Sonnenhut. Auf dem Foto lächelt der junge Poussin, er sieht verliebt aus, er hat das Leben vor sich, sein Stock ist noch leicht. Die Frau sagt wahrscheinlich: »Nicht bewegen! Lächle doch!« Sie hält diesen Augenblick für ein ganzes Leben fest. Monsieur Poussin dreht das Foto um und überprüft das Datum. Er kennt es auswendig. »Ich war knapp zweiunddreißig Jahre alt.« Er wiederholt »Zweiunddreißig ...!«, und seine Stimme klingt gerührt. Ich denke an die Frau, von der er einmal erzählt hat, die Frau, die im Juli 1946 »Ich liebe dich« zu ihm gesagt hat. Ich frage ihn, ob *sie* es ist. Er betrachtet den Schatten mit den langen Beinen dem schwingenden Rock dem italienischen Strohhut eine Weile, legt das Foto zurück in die Schachtel und sagt: »Ja.«

Eine Woche später komme ich wieder in seine Wohnung und erschrecke Wu Ha keine Fotos mehr an den Wäscheleinen, das Spinnennetz ist weg, ein paar Bilder noch an den Wänden, aber nur wenige. Ich bin beunruhigt. Monsieur Poussin lächelt und zeigt auf die Schlafzimmertür hinter sich. »Gehen Sie selbst schauen! Ich habe gut gearbeitet, Sie werden sehen.« Auf seinem Bett ein Stapel aus mehreren Schachteln, mit zittriger Handschrift nach Jahrzehnten geordnet. Ich verstehe nicht. Monsieur Poussin erklärt mir: »Ich werde bald nicht mehr da sein.« *Nicht mehr da sein.* »Ich habe nicht mehr viel Zeit, das spüre ich in meinen Knochen.« Ich protestiere. Er unterbricht mich: »In meinem Alter ist daran nichts Überraschendes, Harmonie. Ich habe mich lang genug gehalten, finde ich. Hundertdrei Jahre! Sie machen sich kein Bild, wie viel Zeit es braucht, um so lange zu leben! Mindestens ein Jahrtausend.« Er lacht. »Wenn ich daran denke, dass man mich für ein zartes Kind hielt …!« Er sieht mich fröhlich an, und seine Hände wandern kaum merklich über die Metallstange des Rollators. Er sagt: »Sie sind der einzige Mensch seit langem, der sich für meine Arbeit interessiert, wissen Sie? Und mit solcher Begeisterung! Ich habe keine Familie, das habe ich Ihnen schon gesagt. Wenn ich nicht mehr da bin, wird das alles weggeworfen, zerstört werden. Bitte, nehmen Sie alles. Nehmen Sie es gleich heute mit. Ich bitte Sie darum. Es wird mich beruhigen, verstehen Sie? Bei Ihnen wird meine Arbeit in guten Händen sein.« Ich protestiere, er könne es bereuen, ich kann das nicht annehmen Wu Hu Tadaaa mir kommen die Tränen. Er schüttelt freundlich den Kopf. »Hören Sie, wenn ich wirklich bestimmte Porträts gern wiedersehen wollte, dann verspreche ich, es Ihnen zu sagen. Dann leihen Sie sie mir für ein oder zwei Tage, nicht wahr? Und keine Sorge: Die, an denen mir ganz besonders liegt, habe ich behalten, kommen und sehen Sie.« Monsieur Poussin gebraucht sehr oft das Verb *sehen,* wir werden *sehen,* Sie werden *sehen,* kommen und *sehen* Sie. Dieser Mann ist ganz und gar Blick. Ich folge seiner Aufforderung. Ich *sehe.* An der Wand am Fenster hat Monsieur Poussin in einer schiefen Reihe ungeschickt etwa zehn Fotos aufgehängt. Manche davon kenne ich schon, andere entdecke ich neu. Er erzählt, er kommentiert, und ich höre zu. Seine Mutter als junge Frau mit ernsten Augen in einem langen hellen Kleid und Sonntagsschleier im Haar, sie sitzt mit einem Buch in der Hand da. »Ist das ein Messbuch«, frage ich. »Nein, ein Psalter, sie war Protestantin.« Er fügt hinzu: »Das Bild hat mein Vater gemacht, als sie frisch verheiratet waren.« Sein Vater, der Kriegsfotograf Louis Poussin. Auf einem anderen Foto ist der Vater selbst zu sehen, in Uniform, stolz neben seiner Ausrüstung posierend. Klappkamera Stativ Stabile Lederschachtel zum Transport der Glasplatten. Noch einmal sein Vater, ein paar Jahre später in Zivil mit einem kleinen Jungen auf dem Schoß. »Ich war ein schönes Kind, nicht?« Man ahnt schon die dicke Nase die großen Ohren die freundlichen Augen.

»Ja«, sage ich. »Ja, wirklich ein schönes Kind.«

Was wollte ich mir an dem Tag, an dem ich Freddie wegen eines Wortes verlassen habe, nur beweisen Affenarsch? Ein Wort, das mich verletzt hat, das mir klargemacht hat, wie Freddie mich manchmal sieht. Wenn die Welt ein großer Zirkus ist, dann hat darin jeder seine Rolle: Dompteur Tänzerin Akrobat, ich bin manchmal der Clown. Es ist aber unwichtig, was ich bin oder nicht, ich gehöre zur Truppe, ohne mich wäre die Vorstellung weniger interessant.

Als ich Elvire zum ersten Mal begegnet bin, machten mich ihre flatterigen Augen verlegen, Tonton jagte mir eine Heidenangst ein, bevor ich sie kennenlernte, Elvires Mutter ist quietschverrückt, Monsieur Poussin ist *so* hässlich, Madame Suzain *so* dick. Man könnte jeden beliebigen Mitmenschen *so* irgendwas finden, und sogar wenn es nicht zu sehen ist, wenn der Affe im Blattwerk verborgen bleibt, ist er doch da Wu Ha. Unsere Manien unsere Marotten unsere Wahnvorstellungen unsere Ängste, was soll man mit alldem anfangen verdammte Scheiße? Ich meine, wie soll man mit alldem etwas wirklich *Konstruktives* anfangen? Wenn man vom Pferd fällt, steigt man sofort wieder auf. Aber wenn man aus seinem Leben fällt, wenn man eines Tages mit einer Behinderung aufwacht, mit einer Panikattacke einer scheußlichen Narbe einem oder zwei Gliedmaßen weniger einem schrecklichen Kummer dem Ende einer ewigen Liebe, was *macht* man dann? Man lebt weiter, das ist nicht das Problem. Leben ist etwas Mechanisches, es genügt zu atmen, zu trinken, zu essen. Was schlimm ist, was tötet, ist *immer* der Blick, der Blick, der einen schamlos anstarrt, der einen aus geheucheltem Feingefühl meidet, einem aber von weitem folgt. Der einen durchbohrt oder noch schlimmer, der einen nicht mehr sieht. Leben ist nicht das Problem. Das *Zusammen*leben ist es.

Das Wesentliche ist nicht das, was uns verbindet und gleichmacht, das beginne ich zu begreifen. Ganz im Gegenteil: interessant ist das, worin jeder von uns sich von den anderen unterscheidet und sich auszeichnet. An dieser Stelle hilft mir Fleur eines Tages ungewollt auf die Sprünge, als ich laut nachdenke: »Wie wohl die Leute selbst ihre Eigenheiten wahrnehmen?« und sie mir beim Karottenraspeln antwortet: »Tja! Da müsste man sie wohl fragen.« Ich falle ihr um den Hals, sie fährt zusammen: »Aber Harmonie, ich bitte Sie!« »Sie sind ein wahres Genie«, sage ich.

Ein paar Tage später gehen wir zu Monsieur Poussin. Er kann kaum noch gehen, jeder Schritt strengt ihn an, zu gebrechlich, ein Windstoß würde genügen. Ich will ihn Fleur, Tonton und Elvire vorstellen, ich habe ihnen oft von ihm erzählt. Fleur hat sich schön gemacht, sie trägt jetzt Kleider mit Blumenmuster und bunte Baumwollschals. Ich nehme die Fotos mit, die er mir gegeben hat, wir werden sie alle zusammen bei ihm anschauen, ich will, dass er ihre staunenden Augen sieht, wenn sie sein Werk entdecken. Fleur erblasst plötzlich: »Aber das bin ja ich! Oh mein Gott!« Sie fasst sich an die Backen. »Zeig mal«, sagt Tonton. »Zum Henker, du siehst ja toll aus!« Fleur Suzain in ihrem bis zu den Knien hochgeschürzten Lamé-Kleid, Fleur, die im weichen warmen Abendlicht ein paar Tanzschritte andeutet, auf dem Schwarz-Weiß-Foto tritt sie strahlend hervor, eine Sonne, ein Planet in Bewegung, eine riesige, rührende Marilyn. Fleur kann sich gar nicht beruhigen über den unglaublichen Zufall, der gewollt hat, dass Monsieur Poussin sie genau in diesem Augenblick aufnahm. Monsieur Poussin lächelt mir diskret zu, ich zwinkere zurück. Wir hatten die Sache minutengenau geplant wie zwei Bankräuber einen Überfall: Wie lange ich brauchen würde, um Fleur zu überzeugen, wie lange sie brauchen würde, um sich anzuziehen, mir zu folgen, bei der Straßenlaterne anzukommen in ihrem hautengen Kleid und den hohen Absätzen, wie lange ich brauchen würde, um ihren Schal neu zu drapieren, sie dazu zu bringen, sich im Kreis zu drehen und auf dem Gehweg zu steppen direkt gegenüber von Monsieur Poussin als wohlwollendem Spion, der diskret im Schatten seines offenen Fensters Wache schob, um im richtigen Moment auf den Auslöser zu drücken und Fleur zu verewigen.

Wir reden über dies und das und vor allem über die Fotos. Elvire ist von der Zahl der Porträts fasziniert, Tonton interessiert sich für die alten Fotoapparate, untersucht sie mit ihren großen Pranken, als wären sie zarte Neugeborene, bebt vor Verlangen, sie auseinanderzubauen. Monsieur Poussin sitzt zusammengesackt in seinem Sessel und betrachtet uns freundlich. Ich spüre, dass er weit weg ist, immer weniger im Hier und Jetzt, friedlich. Ich sage: »Da wir ausnahmsweise mal alle zusammen sind, wollte ich euch von einer Idee erzählen Wu Ha aber ich warne euch, es ist noch etwas unklar, versteht es als kollektive Aktion, als eine Art …« »Spuck schon aus!«, unterbricht mich Tonton. Ich lege los, rede von *Street Art* von *Land Art* und sage, man könnte doch die *Look Art* erfinden. Tonton meint, ich solle Klartext reden, »Sonst mache ich die Fliege, Süße, ich hab keine Zeit für Hirnwichsereien.« Tonton versteht kein Englisch, Fleur versteht das Wort Wichsereien nicht. Ich sage: »Doch, doch, ihr wisst schon, *Street Art*, Straßenkunst, so nennt man Graffiti, Stencils, Tags, Mosaiken und Malereien, die Gehwege und Fassaden verschönern und bunter machen.« Und auch *Yarn Bombing* oder Guerilla-Stricken, ich liebe diese Kunst für alte Damen oder kleine Kinder, die aus Wolle Mäntel und Schals stricken für Bäume Denkmäler Parkbänke, um sie warmzuhalten. Und *Land Art*, Kunst in der Landschaft, Werke aus Steinen Sand Blättern Zweigen, vergängliche, temporäre Totems. Ich suche im Internet nach Fotos, zeige sie ihnen, spüre aber, dass sie aussteigen Scheiße verdammte Scheiße. »Und dein *Lukart*, was soll das dann sein?«

Look Art. Die Kunst des Blicks. Ich versuche, meine Idee zu erklären, dass alles, was uns zu dem macht, was wir sind, im *Blick* seinen Ursprung nimmt. In dem, den die anderen auf uns richten, in dem, den wir auf uns selbst haben, auf den Nachbarn den Freund den Feind die Familie. Ich sage: »Ich bin mir sicher, dass jede und jeder hier irgendwann unter dem Urteil eines anderen gelitten hat.« Fleur seufzt tief, während sie die Tassen spült, Elvire folgt mir aufmerksam, Monsieur Poussin in seinem Sessel hört mir mit geschlossenen Augen zu, Tonton konzentriert sich auf eine alte Kodak-Kamera. Ich sage: »Man kann die Welt nur mit seinen eigenen Augen sehen, aber man kann sich *entscheiden*, im Hässlichen das Schöne zu erkennen, im Grotesken das Erhabene, im Winzigen das Unermessliche. Nur das zu sehen, was uns stört, ist dem Glück gestohlene Zeit. Alles ist eine Frage des *Blickwinkels*.« Tonton seufzt, sie sagt: »Wenn du mit dem Wie und Was und Drumherum fertig bist, könntest du vielleicht mal zur Sache kommen?« Ich sage, das Ziel sei verschwommen, der Weg nicht vorgezeichnet, aber die Grundidee sei, den Leuten zu erlauben, sich anders zu sehen, sich *vielleicht* mehr zu schätzen. Tonton zuckt mit den Schultern, fragt: »Wozu denn?« Sie meint, wenn ihre Visage den anderen nicht gefällt, ist das deren Problem, nicht ihres. »Ich finde mich genau richtig, so wie ich bin. Wieso sollte ich bei anderen Leuten um Liebe betteln?« Sie singt mit ihrer dröhnenden Stimme: »*Donnez donnez do-donnez donnez donnez-moi … Gebt mir Liebe …*« Elvire ist gespalten, sie sagt, ich wolle »den Leuten dies und jenes *erlauben*«, schön und gut, aber die *Leute* hätten mich doch um nichts gebeten, vielleicht hätten sie gar keine Lust, sich anders zu sehen. Alles, was mit dem *Blick* zu tun hat, bringt sie durcheinander, verstört sie. Monsieur Poussin macht ein Auge halb auf und murmelt aus seinem Sessel hervor, das echte, nein das einzige Problem sei die Angst, sobald die Leute keine Angst mehr haben, ändert sich alles, wird alles gut. Fleur räuspert sich verlegen, meldet sich mit zögerlicher Stimme zu Wort, sie wolle ja nicht über sich selbst reden, möchte aber Zeugnis ablegen, sie sagt, als sie jung gewesen sei, habe sie sich nicht getraut, mit anderen zu reden, niemals niemals, sie fühlte sich immer *weniger* als sie. Weniger hübsch, weniger interessant, weniger fähig ... Sie sagt: »Vielleicht bin ich ja dick geworden, damit die Leute mich endlich anschauten? Damit sie mich sehen *mussten*, meine ich?« Tonton schaut sie überrascht an, Tonton so groß, so stark, so tätowiert und scheinbar so selbstsicher. Fleur fährt fort: »Jetzt sehen mich die Leute, sie können mich schwerlich übersehen, aber ihr Blick ist nicht sehr ... Ihr versteht schon, was ich meine ...« Unnötig zu nicken, unnötig die Hand zu heben, Elvire und ihre verrückte Familie, Monsieur Poussin so hässlich und alt, Tonton so allein in ihrer Lagerhalle mit ihrer Ersatzfamilie aus Metallschrott. Und ich und ich verdammte Scheiße. Wir schauen Fleur an. Sie spricht mit kaum hörbarer Stimme und ringt dabei die Hände, sie sagt, dass der Einzige, der sie nie als dick gesehen habe, ihr liebster Mylord gewesen sei, und sie fügt hinzu: »Wenn er mich ansah, war in seinem Blick nur Liebe. Liebe und sonst nichts ...« Ihre Stimme klingt heiser. »Und man kann sich wirklich in Leuten täuschen. Da bin ich ganz Ihrer Meinung, Harmonie. Als ich Sie zum ersten Mal gesehen habe mit Ihrer ... mit Ihren ... Und das gilt übrigens auch für Sie, Elvire ... Sogar für Sie, Tonton, wenn ich ehrlich bin, muss ich zugeben ... nun ...« Sie seufzt. »Nun ja, was ich Ihnen aber eigentlich sagen wollte, ist, dass ich sehr froh bin, Sie alle zu kennen!« Tonton drückt Fleur an sich und sagt: »Du willst mich wohl zum Heulen bringen, was?« Fleur quiekt vor Überraschung, hört auf zu atmen, wagt nicht, sich loszumachen. Elvire lacht und fragt mich, was ich denn *konkret* vorschlagen würde. *Konkret* weiß ich es auch nicht Wu Ha ich sage, wir könnten eine Umfrage machen, zum Beispiel mit Fragen über den Blick, sie unter den Nachbarn verteilen. » *Unseren* Nachbarn?«, sorgt sich Fleur. Tonton ist auch nicht einverstanden, die Idee gefällt ihr nicht. Ein Fragebogen, das sei doch wie in der Schule, und wer solle das machen? Monsieur Poussin geht nicht aus dem Haus, Elvire und ich Tadaaa würden den Leuten Angst einjagen und Tonton auch. Wir sehen Madame Suzain an, sie kreischt panisch: »Ich bin agoraphob! Ich bin agoraphob!« Wir lachen. Also keine Umfrage. Ich sage: »Man müsste ein Event organisieren, einen Ort finden, zum Beispiel ein Café, damit alle teilhaben können.« »Was für ein Event?«, fragt Tonton. Ich spüre, dass sie gereizt ist, dass der Wind gleich in Sturm umschlagen wird. Sie gerät in Fahrt: »Wir werden ja wohl nicht das ganze Viertel zusammentrommeln, um die Leute aufzufordern, sich mehr zu lieben, oder? Das ist doch ätzend, so was wie: Jetzt schauen wir einander mal alle mit ganz viel Liebe in den Augen an«? Sie hat recht, es geht nicht. Elvire fragt: »Was also dann?« Ta Ta Tadaaa ich weiß es nicht, Tonton wird wieder versöhnlicher: »Wir können uns ja erst mal fragen, was wir *wollen*! Das ist doch das Wichtigste, oder?« Das trifft es nicht ganz. Das Wichtigste ist, dass sie *wir* sagt.

Stille, nur durchbrochen von Löffelgeklapper in den Tassen Weingeplätscher in den Gläsern Zischen beim Öffnen der Bierflaschen diskrete Schluckgeräusche Sendepause. Alle warten darauf, dass jemand etwas sagt, eine intelligente Idee hat, die Diskussion wieder in Gang bringt. Und da beginnt Fleur auf einmal, von Monsieur Poussins Fotos zu reden, sie seien ein schönes Beispiel für einen *Blick*, der versucht, die Blicke zu verändern. Sie redet von Tontons Skulpturen, sie verheddert sich, versucht zu sagen, dass sie uns in gewisser Weise ähneln, ich glaube, wir verstehen alle, was sie sagen will. Tontons Werke sind schön und hässlich zugleich. Oder vielmehr hässlich und berührend. Endlich reden wir, widersprechen einander, diskutieren, übertrumpfen einander mit Ideen, fühlen uns lebendig. Wir müssen einen Raum finden für unser *Event*. Aber was für eine Form soll es annehmen? Wozu soll es gut sein Scheiße verdammte Scheiße? Dazu, die Leute zum Reagieren zu bringen, einfach nur dazu, mehr nicht. Wir wollen keinen Strick- oder Wanderclub, keinen Verein mit Spruchbändern, nichts Pädagogisches und nichts Aktivistisches, kein Gutmenschentum, nichts, was klebt oder trieft, nichts, was auf Dauer angelegt ist und in Routine versackt. Etwas Lebendiges und Vergängliches. Wir haben nicht den Ehrgeiz, etwas nie zuvor Dagewesenes zu erfinden, es ist kein Originalitätswettbewerb, wir wollen *nur* ... Ich spüre, dass wir in diesem Moment alle mehr an unsere Niederlagen denken, wegen einer Bemerkung, eines skeptischen Gesichtsausdrucks, die Zweifel gesät und das Scheitern eingeläutet haben. Und genau in diesem Moment beginnen wir daran zu glauben, beginnen wir uns zu sagen, wir könnten etwas zustande bringen. Nicht den Lauf der Welt ändern, das nicht, aber vielleicht für einen einzigen Tag eine Widerstandszelle erschaffen, gefüllt mit weißen Kieselsteinchen zum Aussäen ringsum. Versuchen, ein paar Fenster zu öffnen, Licht hereinzulassen und dann mal sehen.

»Glaubst du wirklich, dass man das Leben der Leute einfach so ändert?«, fragt Tonton.

Ich weiß es nicht Wu-Hu Ha-Ha. Ich glaube an kleine Bäche, die zu großen Flüssen werden.

Ich glaube an kleine Vögel, die große Schwärme bilden.

SONNTAG

Harmonie hatte uns mehrmals vorgeschlagen, Monsieur Poussin zu besuchen. Ich legte keinen besonderen Wert darauf, aber ich habe mich überreden lassen, sie, Tonton und Elvire zu begleiten. Nun ja, um die Wahrheit zu sagen (vergiss deine guten Gewohnheiten nicht, meine Liebe, sei unter allen Umständen ehrlich. Zumindest soweit möglich), hat man mir keine Wahl gelassen. Harmonie ist zielstrebiger als die Flut, sie lässt nicht locker, bis meine Widerstandskraft untergraben ist. Und im vorliegenden Fall hatte die junge Dame beschlossen (ohne mich auch nur ansatzweise nach meiner Meinung zu fragen), dass es mir *guttun* würde, ein bisschen herauszukommen. Ich wusste wirklich nicht, inwiefern es mir *guttun* könnte, zwei Stunden bei einem wahrscheinlich senilen Greis zu verbringen, aber Elvire hat ihr beigepflichtet, und da ich nun mal ein Feigling bin, habe ich mich natürlich nicht getraut dagegenzuhalten.

Harmonie hatte uns so viel von ihm und seinen wunderbaren Fotos erzählt (und die ich mir viel lieber hier angeschaut hätte, mit einer schönen Tasse Darjeeling und meinen frischgebackenen köstlichen Madeleines dazu), dass ich ihr die kleine Freude nicht verwehren konnte. Sie hat so wenig davon in ihrem Leben.

Ich habe also behauptet, ich fände die Idee ganz reizend (in

Wirklichkeit war ich bei der Aussicht, endlose Stunden in einer fremden Wohnung verbringen zu müssen, völlig verzweifelt). (Dazu war mir meine eigene Heuchelei sehr unangenehm.) (Josiane würde sagen, man müsse eben manchmal über seinen Schatten springen, um anderen eine Freude zu machen. Sie ist Meisterin darin, andere dazu zu bringen, einen Altruismus an den Tag zu legen, der ihr selbst völlig abgeht.) (Es fehlt dir an Barmherzigkeit, meine Liebe.) (Aber nicht an Scharfblick. Man kann nicht alles haben.) (*Hör auf mit deinen Klammern!*)

Harmonie regte an, noch etwas anderes als Tee vorzusehen, weil Tonton auch mitkommen werde. Ich schlug Limonade oder Sprudelwasser vor, worauf Elvire lächelnd meinte, Bier sei besser und das sprudele auch. Ich erklärte ihnen zwar, dass das überhaupt nicht zu meinen Madeleines passen würde (diese Küchlein sind meine Spezialität, ich mache sie mit Zitrone, köstlich!), aber sie wollten nichts hören. Bier zu Madeleines! Warum nicht gleich Pfefferminzsirup zu Austern oder Foie gras? Nein wirklich, was für eine schreckliche Vergeudung.

Wir sind also zu Monsieur Poussin gepilgert, beladen wie die Heiligen Drei Könige mit Fotokartons, Tee, Kaffee, Madeleines (und Bier).

Nun, ich habe es nicht bereut, meine Zeit dafür hergegeben zu haben, den armen Mann zu besuchen! Dieser Monsieur Poussin lebt in einer dunklen kleinen Zweizimmerwohnung im Erdgeschoss, etwa hundert Meter von meinem Haus entfernt. Er geht gebeugt und kann nur mit Mühe laufen, mithilfe eines dieser Rollator-Geräte. Für seine hundertdrei Jahre ist er geistig noch sehr rege. Wenn ich mal so alt bin, möchte ich gern so sein wie er. (Ich meine damit natürlich nicht seine Ohren und seine Nase, die ein bemerkenswertes Format haben.) Und er ist schrecklich nett!

Ich weiß nicht, wie ich es anders sagen soll: Während ich mich mit ihm unterhielt, fühlte ich mich nicht dick.

Tonton kam eine halbe Stunde später mit einer Platte voller

Meeresfrüchte und einer Flasche Grand Ardèche, etwas Leichteres für den Nachmittag, wie sie sagte. Leichter als *was*, das werde ich nie erfahren, ich habe mich nicht getraut, sie zu fragen. (Verwegenheit wird nie deine Stärke sein, meine Gute!) Im Stillen habe ich mir gesagt, dass wir das Bier umsonst mitgebracht hatten, da sie ja Wein dabeihatte. Die Sorge hat sich aber als unbegründet erwiesen.

Tonton hat dem armen Monsieur Poussin eine ihrer Skulpturen geschenkt, eine Art monströses kleines Tier aus verbogenem Metall, dessen dicke, vorquellende Augen mich an meinen armen Mylord erinnerten. Ich beging den Fehler, dies Tonton zu sagen, die sich mitfühlend zeigte und versprach, mir auch eines ihrer Werke zu schenken. Das habe ich also davon, wenn ich mich freundlich zeige, es wird mir eine Lehre sein. Ich bedankte mich herzlich und tröstete mich mit dem Gedanken, dass im Keller noch Platz ist, bevor mir einfiel, dass Tonton ja oft zu Besuch kommt und ich folglich gezwungen wäre, diese (*Streichung*) dieses (*Streichung*)(*Streichung*) gut sichtbar aufzustellen. Wahrscheinlich sind die Dinger auch noch stabil. Es versehentlich fallen zu lassen würde wahrscheinlich nichts nützen.

Monsieur Poussin bekommt sicher nicht oft Besuch: Er hat nur einen Sessel und drei Stühle mit ziemlich verschlissenen Strohsitzen. Wenn ich selbst weniger Möbel hätte – und vor allem weniger Betten –, wäre meine Wohnung wahrscheinlich nicht so voll mit (*Streichung*) hätte ich wahrscheinlich nicht so viele Leute zu Hause.

Wobei ich sagen muss, dass es mir nicht leidtut, ich habe mich an die beiden Schnatterliesen gewöhnt, die ewig über Gott und die Welt diskutieren und dabei schallend lachen (vor allem Elvire. Harmonie ist schwermütiger). Was Tontons Besuche angeht, so sind sie immer ein (lautes) Vergnügen. Als sie das erste Mal da war (um Harmonie zu helfen, mich nach jenem Abend im russischen Kabarett nach Hause zu bringen)

(Oh, wie ich mich schäme! Ich möchte sterben …) (*Hör auf!*),
nutzte sie die Gelegenheit gleich, um mein Waschbecken zu
reparieren und uns ein herzhaftes Frühstück auf den Tisch zu
zaubern. Natürlich mit Kartoffeln, das hätte mir eine Warnung
sein müssen. Seitdem kommt sie ab und zu vorbei, um Hallo
zu sagen, zu kochen, zu reparieren, was kaputt ist, und ein
oder zwei Stunden auf meinem Chesterfield-Sofa zu schlafen.

Ich schweife schon wieder ab.

Da es bei Monsieur Poussin keine freie Sitzgelegenheit
mehr gab, ging Tonton noch einmal los. Zehn Minuten später
kam sie mit zwei Weinkisten aus Holz zurück (ohne Inhalt)
und setzte sich umstandslos darauf. Ich nahm an, dass sie die
Schlüssel zu ihrer Wohnung vergessen und diesen Notbehelf
in einem Müllcontainer gefunden hatte. Aber sie erklärte uns,
sie müsse sie nachher wieder mit nach Hause nehmen, sie
würden ihr sonst fehlen. Ich weiß nicht, wer von uns sie hätte
klauen wollen.

Dann schauten wir uns Monsieur Poussins Fotos an, die
alle in Schwarzweiß sind. Es ist sehr interessant. Dieser Herr
hat von seinem Fenster aus an fast jedem Tag seines Lebens
unsere Straße fotografiert! Er erklärte uns, dass er sich selbst
die Regel gesetzt hat, nur ein oder zwei Fotos pro Woche
zu entwickeln, dass die Auswahl aber oft schwer, ja nahezu
unmöglich war! Vor ein paar Jahren hat er eine Menge aussortiert, aber es sind trotzdem noch über fünftausend Abzüge
übrig, die er zum größten Teil Harmonie gegeben hat. Fünftausend!

Wir lachten oder lächelten beim Betrachten der Kleider
und der Anzüge, von denen manche mich an meine Eltern,
meine Großmutter oder meine eigene Jugend erinnerten. In
Sachen Mode, da kann man sagen, was man will, bleibt die
Lächerlichkeit immer aktuell. Es war, als würden wir in einem riesigen Familienalbum blättern. Harmonie hatte nicht
gelogen, es war fröhlich, voller Licht und Leben. Wir haben

versucht, die Gesichter zu erkennen und ihnen Namen zu-
zuordnen. Vor allem Tonton und ich, Elvire ist nicht aus
dem Viertel (oder zumindest erst seit kurzem), und Harmonie wohnt seit gerade mal vier Jahren hier. Als Älteste
der Truppe – nach Monsieur Poussin, der mich um Längen
schlägt – und als Bewohnerin der Rue des Soupirs seit über
fünfzig Jahren (das ist die Art von Sätzen, die ich zu hassen
beginne) hätte ich am ehesten Namen und Daten wieder-
finden müssen. Leider bin ich zu lange nicht aus dem Haus
gegangen, fürchte ich. Ich merkte es daran, wie wenige Gesichter ich identifizieren konnte. Meine Trefferquote hätte
nicht kläglicher ausfallen können, wenn ich gerade erst in die
Straße gezogen wäre. Natürlich habe ich Tonton erkannt (die,
nebenbei gesagt, in ihrer Jugend eine Schönheit war … Sie
tut mir wirklich leid. Der Vorteil daran, von klein auf hässlich zu sein, ist, dass man nichts bedauert, denn es wird selten
schlimmer. Es kann sich sogar bessern). Ich konnte Monsieur
und Madame Piquet identifizieren, Madame Benasli (aus dem
ersten Stock), Madame Petrovic (aus dem vierten), Harmonie, ihren Exfreund Freddie, Monsieur Torres, den Lebens-
mittelhändler (Diego für seine Kunden), eine der Helferinnen
aus Monsieur Pradals Apotheke, die Bäckerin, den Metzger
und sogar die junge Elvire, aber nur auf einem einzigen Bild.
Ich erkannte insgesamt elf Personen, darunter zwei, die ich
nicht mag, drei, die mir gleichgültig sind, eine, die ich nur
einmal getroffen habe (Harmonies Exfreund) und vier weitere, bei denen ich einkaufe und die mir nicht nahestehen.
Elf Personen, mehr nicht, in fünfzig Jahren in der Nachbarschaft.

Tonton dagegen erkannte alle (außer denen natürlich, die
schon zu lange tot waren: Sie ist gerade mal fünfundvierzig,
auch wenn sie älter aussieht) (das kommt von ihrer Arbeit,
denke ich) (ich meine natürlich ihre Kenntnis der Leute aus
dem Viertel, nicht ihr Aussehen). Auf den Märkten sieht man

eine Menge Leute. Das ist ein bisschen ungerecht, finde ich. So gesehen könnte ich, wenn ich aus dem Haus ginge und leutselig wäre, auch Gott und die Welt kennen. Tonton legte die Bilder der Leute, die sie kannte, auf einen Stapel und kommentierte dazu laut: »Da ist ja Monsieur Poirier! Da war er noch ganz jung, verrückt! Das hier ist der älteste Sohn von Madame Vaneau. Madame Lormont … Ach! Madame Rivière … In welchem Jahr? 1988? Sie hat sich kaum verändert …« Und so weiter, Monsieur X und Madame Y, die ältere Tochter von Madame Sowieso, es nahm kein Ende. Sie fügte sogar noch Details hinzu, »Das war vor seiner Diät / nach seinem Unfall, der arme Mann / vor der Geburt der Zwillinge / Die sind längst weggezogen / Sie ist inzwischen geschieden«.

Die ältesten Fotos behielten allerdings ihre Geheimnisse, ebenso wie ein paar Aufnahmen aus jüngerer Zeit. Monsieur Poussin war uns überhaupt keine Hilfe, denn er kannte niemanden. Im Übrigen war es möglich, wie er bemerkte, dass manche von denen, die er fotografiert hatte, nur zufällig vorbeigekommen waren und gar nicht in der Straße wohnten.

Ich konnte nicht umhin zu denken, dass all diese Leute sehr erstaunt gewesen wären, ohne ihr Wissen geknipst worden zu sein. Und da erkannte ich mich plötzlich selbst! Mein Gott.

Es war ein Foto aus allerjüngster Zeit, aufgenommen an dem Tag, als Harmonie mich in das russische Kabarett geschleppt hatte, an diesem schrecklichen Tag, an den ich nicht zurückdenken mag, weil ich davon Zustände bekomme vor Scham und Ärger und (*Streichung*) und (*Streichung*). (Jetzt *hör auf,* dumme Gans! Es ist Vergangenheit! Aus und vorbei!)

Ich war so verblüfft, dass ich aufschrie. Tonton nahm mir das Foto aus den Händen und rief aus, ich sähe ja *unglaublich toll* aus. Ich hätte eher gesagt: *unglaublich dick.* (Ich wusste übrigens nicht, dass es Verbreiterungsobjektive gibt. Ich verstehe nicht, wozu das gut sein soll.)

Kurz und gut, kein Zweifel, ich war es – in meinem sonnenblumengelben Robbenkleid –, wie ich gerade tanzte und dabei mit einer Hand das Kleid bis über die Knie raffte, die andere ausgestreckt, um die Balance zu halten.

Ich hätte im Boden versinken müssen, so lächerlich war die Pose und meine Aufmachung, aber seltsamerweise fand ich das Foto wunderbar. Ich hatte darauf etwas von einem Filmstar (aus den dreißiger Jahren), in diesem hautengen Kleid, das meine Brüste gewaltig erscheinen ließ. Tonton meinte, ich solle stolz sein, es gebe nicht viele alte Frauen, die so mit dem Po wackeln könnten, und ich muss sagen, trotz ihres Ungeschicks hat mich ihr Kompliment gefreut.

Ich habe das Foto rahmen lassen und auf meinen Fernseher gestellt, anstelle des Kremls, wen interessiert der schon. Josiane würde sagen, das sei nicht sehr bescheiden, aber es ist das erste Mal in sechsundsiebzig Jahren, dass ich mir auf einem Foto gefalle. Und das muss ausgerechnet Josiane mir vorhalten, die sich zu jedem Geburtstag von einem Fotografen porträtieren lässt – in ganzer Figur und Großformat, bitte schön. Ich weiß nicht, ob sie es noch immer tut, seit sie in ihrer neuen Residenz Canasta spielt, aber damals, als sie noch hier im Haus lebte, hängte sie all diese Fotos in ihrem Flur auf. Das erinnerte mich immer an diese Wandbilder über die Evolution, vom Schimpansen, der sich auf die Fingerknöchel stützt, bis zum Menschen, der aufrecht geht, den Blick stolz auf den strahlenden Horizont gerichtet.

Außer dass man bei Josiane hätte meinen können, die Evolution verlaufe unter dem Einfluss des Alters und der Arthrose rückwärts.

Am Anfang kam uns Harmonies große Idee etwas nebulös vor. (Und das ist ein Euphemismus. Sie war uns völlig schleierhaft!) Sie redete vom *Blick*, den die Leute auf andere oder auf sich selbst richten, und – wenn ich recht verstanden habe – davon, dass man die Dinge nicht immer so sieht, wie sie sind, und beim ersten Eindruck stehenbleibt, der nicht unbedingt der richtige ist.

Das ist nicht besonders neu, das weiß doch jeder.

Sie hat das Wort Subjektivität gebraucht, das ich lustigerweise am Abend vorher in meinem Kreuzworträtsel Stufe 4 gefunden hatte, unter folgender Definition: *Von der Erfahrung des Einzelnen bestimmt.* (Geholfen haben mir das *b* in fettleibig und das *k* in Fastenkur.)

Auch wenn das, was sie uns sagte, ganz offenkundig auf ihre eigene Erfahrung zurückging, berührten Harmonies Worte mich doch so sehr, dass ich auch meinen Teil beitragen wollte, obwohl ich nichts mehr fürchte, als im Mittelpunkt zu stehen. Denn tatsächlich habe ich den Blick der anderen mehr als einmal selbst schwer auf mir lasten fühlen. Und wenn ich die Wörter *schwer* und *lasten* gebrauche, hat das sicher eine tiefere Bedeutung. Ich weiß, dass ich es mir zu sehr zu Herzen nehme: Leichtes Übergewicht ist schließlich kein Weltuntergang. Nichts gegen die arme Harmonie oder Elvire zum Beispiel, mit all ihren (*Streichung*). Oder Tonton, die doch sehr speziell ist, auf ihre Art. Ganz zu schweigen von dem lieben Monsieur Poussin, der so hässlich ist, dass die Milch im Euter sauer wird! (Es ist nicht schön, so etwas zu schreiben, ich sollte mich schämen.) (Und während ich es schreibe, frage ich mich, ob es nicht genau das veranschaulicht, was Harmonie uns zu sagen versuchte, nämlich dass es schwierig ist, nicht über andere zu urteilen, und zwar oft von ihrem Äußeren her.)

Harmonie mühte sich ab, ihre Idee darzulegen, und wir waren nicht sicher (ich jedenfalls), ob sie selbst wusste, worauf sie hinauswollte. Sie redete von Stricken für Bäume, von Blättern, Kieselsteinchen, Zweigen, und ich muss zugeben, dass ich mich nach einer Weile verloren fühlte in dem Gartenthema. Diese junge Frau neigt zu großen lyrischen Gedankenflügen. Ich will nicht sagen, dass sie wirres Zeug redete, aber sagen wir mal, besonders klar war es nicht.

Und in diesem Moment hat Monsieur Poussin angefangen, von der Angst zu reden. Und das hat mich angesprochen. Ich glaube, ich habe mein Leben lang immer *Angst* gehabt. Vor den anderen, vor mir selbst, vor allem und nichts. Und ich muss zugeben, dass ich oft umsonst Angst gehabt habe und dass die meisten meiner Befürchtungen sich als unbegründet erwiesen haben: Ich bin an keinem meiner Angstzustände je gestorben, das Placidon hat nie bewirkt, dass meine Haut sich ablöste, und Josiane hat, seit sie weggezogen ist, nicht ein einziges Mal den Wunsch geäußert, für ein paar Tage zu mir zu Besuch zu kommen.

Kurz, der Volksmund hat – wie so oft – ganz recht: Es muss nicht immer zum Schlimmsten kommen.

Etwas später erinnere ich mich, über Monsieur Poussins Fotos gesagt zu haben, sie seien ein schönes Beispiel für einen positiven Blick (auch wenn ich es nicht so flüssig formuliert habe). Es ist wahr: Auf seinen Fotos sehen alle Leute liebenswert und einnehmend aus. Sogar Monsieur und Madame

Piquet. Haben sie vielleicht Qualitäten, die nur Monsieur Poussin wahrnehmen kann? Oder hat der Blick dieses Herren die Macht, die Dinge zu verschönern? (Ich persönlich neige zu letzterer Annahme.) Und ich musste auch an das denken, was Harmonie uns gerade gesagt hatte: Wir können uns aussuchen, ob wir die gute oder die schlechte Seite der Leute sehen. Die beiden Seiten gibt es in jedem von uns. (Allerdings sind sie bei manchen bei weitem nicht gleich groß.) (Sie wissen schon, wen ich meine.) Das wollte ich zum Ausdruck bringen, als ich ein bisschen zu schnell sagte: »Es ist wie mit dieser Skulptur, die Tonton Monsieur Poussin gerade geschenkt hat: Sie ist wirklich sehr hässlich, aber sie hat so einen hübschen Blick.« Tonton stand da, wie vom Blitz getroffen, und ich hatte große Mühe, meinen Patzer wiedergutzumachen, indem ich mich in einer verworrenen Rede über Mylord erging, den ich so wunderschön fand, auch wenn er usw. Ich muss endlich lernen, meinen Mund zu halten. Wie auch immer, meine Bemerkungen schienen etwas ausgelöst zu haben: Alle fingen gleichzeitig an zu reden (was für mich sehr unangenehm ist, vor allem weil Tonton mit der schrecklich kräftigen Stimme von Marktschreiern und Krankenschwestern ausgestattet ist).

Elvire erwähnte die *Nulpen.* Als sie davon anfing, habe ich angemerkt, es sei ein weibliches Wort, auch wenn es dadurch Monsieur Poussin ausschloss, der sich aber nicht daran störte. Ich war auf meine kleine Klarstellung stolz, muss ich sagen. Wenn ich darüber nachdenke, frage ich mich manchmal, ob ich mich nicht zu sehr von Monsieur Suzain bevormunden ließ. Ich denke, heute würde ich ihn, ohne es mit der Revolte zu weit zu treiben, dahin schicken, wo der Pfeffer wächst. Wenn ich sehe, wie Harmonie sich wegen eines unglücklichen Wortes ihre Freiheit zurückgeholt hat, scheint mir, dass ich einiges von ihr zu lernen habe (auch wenn es ein bisschen schade ist, der Junge sah wirklich sehr gut aus). (Ich schweife schon wieder ab.) (Aber es ist schon etwas verwirrend, mit sechsundsiebzig Jahren zu entdecken, dass ich ein Suffragettenherz habe!) (Ich bin eine feministische Revolutionärin und wusste es nicht!) (Da wäre Josiane platt.)

Kurz und gut.

Wir haben Monsieur Poussin und Tonton unser kleines Spiel erklärt, für dieses Wort, *Nulpe*, eine passende Bedeutung zu finden. Sie mussten lachen. Tonton hat beschlossen, es sei ein Werkzeug, und als Satzbeispiel angegeben: »Reich mir mal die Nulpe, die unter dem Sechzehner-Schlüssel liegt.« Monsieur Poussin hat an einen alten Tanz gedacht, irgendetwas »zwischen Bourrée und Reigen«. Tonton meinte, für diesen Tanz wäre sie sicher begabt, und Elvire lachte laut.

Dann hat Monsieur Poussin hinzugefügt: »Was mich selbst angeht, mache ich mir in Anbetracht meines Alters und meines Gesundheitszustandes keine Illusionen, aber ich kann Ihnen versichern, meine Damen, dass keine von Ihnen auch nur die entfernteste Ähnlichkeit mit einer Nulpe hat. Ich finde, Sie sind schön, stark, lebendig, und ich schätze mich glücklich, mehr noch: ich fühle mich zutiefst geehrt, Sie alle kennengelernt zu haben.«

Ich hätte fast losgeheult vor Rührung über diese netten Worte, aber das war der Moment, den Tonton sich aussuchte, um damit herauszuplatzen, sie hätte gerade eine *hammerwitzige Idee* gehabt. Ich hätte gern gewusst, was das wohl für eine Idee sein mochte. Im Allgemeinen mag ich Geheimnisse nicht besonders. Zum Glück gab es in meinem Leben auch nie welche. (Ich habe es schon lange aufgegeben, mir selbst Überraschungen zu bereiten, an Weihnachten zum Beispiel, ich glaubte selbst nicht mehr daran. Ich hole mir im Feinkostladen etwas Schönes zu essen, decke mir einen hübschen Tisch, dasselbe für Silvester, und das war's!) Aber ich hätte doch viel darum gegeben, Tontons hammerwitzige Idee zu erfahren. Letztlich ist etwas Spannung sehr aufregend.

Dann sind wir gegangen, damit Monsieur Poussin sich ausruhen konnte. Auch ich war erschöpft nach all den Gesprächen, den Madeleines (ich muss daran denken, sie mit etwas weniger Zitrone zu machen) und dem großen Glas Bier, das Tonton mir aufgedrängt hatte.

Wir sind alle vier zurück zu mir nach Hause gegangen, Tonton mit ihren Weinkisten als Letzte. Dort haben wir weiter über unser nebulöses Projekt gesprochen. Aber wie Elvire meinte: »Ideen müssen schließlich erst mal keimen!« Etwas früher am Nachmittag hatte ich vorgeschlagen, dass wir für dieses *Event*, das wir uns erst noch ausdenken mussten, Monsieur Poussins Fotos benutzen könnten, und alle fanden die Idee großartig. Aber die Originale durften auf keinen Fall beschädigt werden. Elvire schlug vor, Fotokopien davon zu machen, aber Tonton wandte ein, das sei »schweineteuer« (was teuer mit Schweinen zu tun hat, ist mir nicht klar, das muss ich bei Gelegenheit mal nachschlagen).

Harmonie fügte hinzu, man müsste sie erst digitalisieren und dann drucken lassen, und das würde tatsächlich eine Menge kosten.

»Vielleicht könnte ich meinen Neffen Raphaël fragen?«, warf ich ein.

Die anderen schauten mich etwas argwöhnisch an, woraufhin ich errötete und zugeben musste, dass Raphaël nicht *wirklich* mein Neffe ist. Er ist nur angeheiratet, über Monsieur Suzain. Aber sie übergingen meine Erklärungen einfach und fragten mich, inwiefern dieser Raphaël helfen könne. Ich antwortete, seine Firma mache solche Sachen. Harmonie schien mir nicht zu glauben und erklärte mir geduldig, was digitale Reprographie sei. So ist die Jugend von heute, immer bereit, einen ins Museum abzuschieben, und zwar hinter die Vitrine.

Aber als wir Raphaël anriefen und er ihnen bestätigte, dass er alle Fotos, die sie wollten, reproduzieren und vergrößern könnte, und zwar, da es für seine Tante war, »für umme«

(oder fast), wurden sie geradezu hysterisch, sie führten sich auf wie kleine Mädchen unterm Weihnachtsbaum.

Ich hätte nie gedacht, dass man über ein paar Fotokopien derart in Verzückung geraten könnte. Sie haben in ihrem Leben sicher nicht viele richtige Geschenke bekommen, die Ärmsten. Das merke ich mir für ihre Geburtstage, wozu mich in Unkosten stürzen, eine schlichte Reproduktion wird sie glücklich machen.

(Von impressionistischen Gemälden!)

(*Hör auf!*)

18. APRIL

Ich werde immer voller Glück an diese Zeit zurückdenken, auch wenn (*Streichung*) (Ich komme später darauf zurück, ich will nicht alles vermischen, das schaffe ich jetzt nicht). Ich habe mich noch nie so aktiv gefühlt, und vor allem habe ich wohl zum ersten Mal in meinem Leben das Gefühl, zu einer Gruppe dazuzugehören (außer als schwarzes Schaf, meine ich).

Unser Projekt begeisterte uns Tag für Tag mehr. Wie man so schön sagt: *Der Appetit kommt beim Essen*. Ich habe die Richtigkeit dieses Satzes schon oft überprüft, aber jetzt erst verstanden, dass er nicht nur von Nahrung handelt. Die Lust, Sachen zu machen, kommt beim Machen.

Harmonie hat unser Team perfekt geleitet, sie hat Aufgaben verteilt, sich Vorschläge und Anmerkungen angehört und die Ärmel hochgekrempelt, um mit Hand anzulegen.

Wir fingen damit an, alle Fotos von Monsieur Poussin zu sortieren, mit seiner Hilfe, um diejenigen auszusuchen, die gedruckt werden sollten. So viele Leute wie möglich sollten die Arbeit des lieben Monsieur Poussin entdecken, die wirklich bewundernswert ist: Je öfter ich mein Foto anschaue, desto schöner finde ich mich. Die Auswahl war nicht leicht, und sie gab Anlass zu langen Diskussionen und sogar zu einigem Zoff (Du lässt dich gehen, meine Gute!) (Ja, aber das tut gut) zwischen Elvire, Tonton und Harmonie. Diese Frauen haben Charakter. Ich hätte auch gern welchen gehabt.

Nachdem wir die Porträts aussortiert hatten, die sich nicht stark vergrößern ließen, blieben immer noch etwa tausend übrig. Tausend! Das war zu viel. Wir behielten die Bilder von Leuten aus dem Viertel, die wir kannten, auch wenn es nur vom Sehen war (ich hätte ja ein paar davon eliminiert. Insbesondere ein Ehepaar) (das mir sehr nah ist) (geographisch gesehen). Wir haben auch ein paar Fotos von Leuten behalten, die nicht mehr da sind und an die ich mich besser erinnerte als an die Lebenden, ich weiß nicht, ob das ein gutes Zeichen ist. Wir haben uns auf etwa 250 Fotos geeinigt, das würde schon »eine schöne Ausstellung« abgeben, wie Harmonie meinte. Das Problem ist aber weiterhin, einen passenden Ort dafür zu finden. Elvire hatte an ein Café gedacht. Das, in dem sie arbeitet, wäre nicht schlecht gewesen, aber es ist zu weit weg. Die Sache muss in der Rue des Soupirs stattfinden, nirgendwo sonst, eben wegen Monsieur Poussins Fotos.

Ich habe meinen Keller angeboten, aber der ist viel zu klein. Das städtische Parkhaus auf Höhe der Nummern 12 bis 15 wäre groß genug, ja sogar zu groß gewesen, aber nicht überdacht. Was würden wir da bei Regen machen?

Das kleine Nebengebäude des Rathauses wäre perfekt gewesen, aber Harmonie erkundigte sich und kam entmutigt zurück, weil so gut wie alle Daten schon von anderen Vereinen reserviert waren. Im Übrigen waren wir rechtlich gesehen kein *Verein*, was die Lage noch zusätzlich komplizierte. (Tonton meint, wir wären eher eine »verbrecherische Vereinigung«. Sie findet das witzig.) (Und ich auch, ich zeige es nur nicht.)

Schließlich hat Tonton ihre Lagerhalle vorgeschlagen, die sie ihr »Atelier« nennt.

Weder Elvire noch ich waren je dort gewesen, aber Harmonie fand die Idee glänzend, sie erzählte uns, es sei sehr groß und hell, wenn auch »ein unglaublicher Saustall«. »Ich meine damit natürlich nicht deine Skulpturen!«, fügte sie sofort hinzu, denn Tonton wirkte verstimmt.

Diese Werkstatt befindet sich in der Nummer 138, ganz am Ende der Rue des Soupirs, wohin ich nie vordringe. Erstens, weil ich da nichts zu tun habe, und zweitens (und das ist der Hauptgrund, gib es zu, du Angsthäsin!), weil die Straße ab der Nummer 75 immer zwielichtiger wird. Weniger Geschäfte, heruntergekommene Ladenschilder, marode Häuser und schließlich Lagerhallen. Ich hätte mich um nichts auf der Welt dorthingewagt, wenn nicht Tonton dabei gewesen wäre, deren bloße Anwesenheit jeden Angreifer in die Flucht schlagen würde. Wir beschlossen, Monsieur Poussin mitzunehmen, um ihm die Örtlichkeit zu zeigen. Schließlich betraf es ihn genauso sehr wie uns, oder sogar noch mehr, da es ja seine Arbeiten waren, die wir ausstellen würden. Aber wie sollten wir den armen Mann da hinbringen, in seinem Alter? Wir konnten ihn ja nicht im vierhändigen Sitz bis zur Nummer 138 tragen. Tonton sagte, sie werde einen Rollstuhl für ihn auftreiben. Ich weiß nicht, wie sie das anstellt, aber sie findet immer, was sie will. Ich an ihrer Stelle wüsste nicht, an wen ich mich wenden sollte, wenn ich für ein paar Stunden einen Rollstuhl ausleihen wollte. Aber für Tonton ist das kein Problem, sie hat einen ganz neuen gefunden, beschriftet mit dem Namen einer benachbarten Klinik. Sie ist wirklich ein Tausendsassa!

Bevor wir zur Lagerhalle gingen, haben wir also Monsieur Poussin abgeholt.

Er hat uns gefragt, ob er einen seiner Fotoapparate mitnehmen dürfe, und wir waren natürlich einverstanden. Harmonie hat ihn derart eingepackt, dass er schließlich meinte, ihm sei vielleicht ein bisschen warm. Nun, der Besuch hat sich wirklich gelohnt. Ich hatte zwar schon das (*Streichung*) Werk gesehen, das Tonton Monsieur Poussin geschenkt hatte, eine Art scheußliches Tier, aber von vernünftiger Größe (etwa wie eine sehr große Kekspackung, würde ich sagen). Doch hier erwarteten mich weitere Überraschungen. Als wir die Halle betraten, die tatsächlich riesig ist, waren wir zuerst vom Dämmerlicht geblendet (du weißt, liebes Heft, was ich meine). Als unsere Augen sich an die Dunkelheit gewöhnten, tauchten allmählich Tontons Skulpturen daraus auf – inmitten eines Sammelsuriums von Werkzeug, Metallteilen und sogar teilweise auseinandergebauten Kraftfahrzeugen.

Ich verstehe nicht viel von moderner Kunst, aber es war jedenfalls sehr (*Streichung*) modern.

Es waren um die fünfzig dieser »Kunstwerke« (?) (ich weiß nicht, wie ich das nennen soll). Manche waren etwa so groß wie das, das der arme Monsieur Poussin bekommen hatte. Andere dagegen waren riesig. Besonders eines hat mir einen lauten Schrei entlockt (was bist du doch für ein dummes Huhn, meine Gute! Immer musst du dich lächerlich machen!). Es war aber auch wirklich gigantisch, etwa so groß wie ein Tyrannosaurus Rex (und ich weiß, wovon ich rede, ich habe alle *Jurassic-Park*-Filme gesehen), und es wäre auch genauso erschreckend gewesen, hätte es nicht diese großen Kinderaugen gehabt, die mich wieder an meinen geliebten Mylord erinnerten. Dieses entsetzliche *Ding* neigte seinen langen Hals in unsere Richtung herab, mit einem so verschmusten, zärtlichen Ausdruck, dass man fast Lust bekam, ihm die Schnauze zu kraulen.

»Darf ich vorstellen, das ist Alfred!«, sagte Tonton. »Mein schönstes Stück!«

Harmonie sagte, sie würde ihn lieber den Großen Cthulhu nennen, wegen eines amerikanischen Autors, den ich nicht kenne und dessen Name mit Kraft endet, wie der Ketchup.

Tonton hat uns ihre ganze »Familie« vorgestellt. Sie hat ihre Ungeheuer mit lauter aberwitzigen Namen bedacht, Auslaufmodell, Eugen, Dicke Memmen, Fräulein Bakschisch (oder so ähnlich).

Monsieur Poussin war fasziniert. Er wiederholte immer wieder: »Das ist ja unglaublich! Wirklich unglaublich!« Ich war ganz seiner Meinung. Ja, es war wirklich unglaublich, so viel Zeit zu verlieren (Tonton sprach von *Hunderten von Stunden*!), um so hässliche Sachen zu fabrizieren. Aber sie sind wirklich geschickt gemacht. Wenn man zum Beispiel Alfred von weitem anschaut, sieht er fast aus wie ein echtes Tier, stellenweise mit Schuppen bedeckt, an anderen Stellen mit einer dicken Haut, dazu Flügel aus Packpapier. Aber wenn man näher kommt, dann sieht man nur noch eine Anhäufung von Schrauben und Muttern, von Platten und Rohren. Monsieur Poussin hat fotografiert, wahrscheinlich, um Tonton eine Freude zu machen. Dieser Mann ist doch wirklich sehr nett. Dann hat er uns gebeten, uns für ein Gruppenbild alle nebeneinanderzustellen. Wir haben uns vor Alfred zusammengedrängt. Ich habe mich neben Tonton platziert, ich dachte, ihre Statur würde mich im Verhältnis weniger voluminös erscheinen lassen.

Aber das ist vielleicht nur Einbildung, so wie wenn ich Längsstreifen anziehe, um dünner zu wirken. Das Ergebnis ist, dass ich dann aussehe wie ein Riesenkartoffelkäfer.

Tonton dachte laut darüber nach, was sie mit ihrem ganzen Kram machen sollte, weil die Halle ja für unseren großen Tag freigeräumt werden müsste. Schließlich meinte sie, wahrscheinlich würde sie jemanden kennen (sie kennt immer *jemanden*), der ihr für ein oder zwei Wochen eine andere Halle leihen könnte. Allerdings wollte sie ihre *Babys* nicht entfernen, die seien viel zu zerbrechlich, und sie habe zu viel Angst, dass man sie ihr stehlen könnte. Ich wollte ihr zur Beruhigung sagen, da bestehe wenig Gefahr, habe es mir aber doch anders überlegt: Ich hatte in einer Reportage gesehen, dass es skrupellose Leute gibt, die auf Baustellen Kupferrohre stehlen. Also waren Tontons Befürchtungen vielleicht durchaus gerechtfertigt? Nun ja, dann würden ihre Werke eben in der Halle bleiben.

Elvire meinte, das sei doch gut, wir sollten sie mit einbeziehen, und ich hätte recht gehabt, als ich von ihrem »hübschen Blick« gesprochen hätte.

Da habe ich mir wieder einmal gesagt, ich hätte besser geschwiegen.

Wir haben eine Menge Zeit damit zugebracht, die Lagerhalle auszuräumen, sauberzumachen und vorzubereiten, mit der tatkräftigen Hilfe von Tontons Freunden, die mir sehr unheimlich wären, wenn ich sie um zwei Uhr morgens auf der Straße treffen würde (Was solltest du denn um diese Uhrzeit auf der Straße tun, dumme Gans!), die aber ganz reizend sind (trotz dieser ganzen Nägel, die sie im Gesicht tragen) (manche sogar in der Zunge!) (Ich habe mit Harmonie darüber geredet, sie sagt, das sei Akupunktur.) (Die Armen, sie müssen ganz schön krank sein, um sich so entstellen zu lassen!).

Dann haben wir darüber nachgedacht, was wir ausstellen wollen und wie, und wie wir den Leuten Harmonies Projekt erklären können, diese Geschichte mit dem *Blick auf sich selbst und die anderen*, mit dem sie uns ständig in den Ohren liegt.

Schließlich hat Harmonie vorgeschlagen, gar nichts zu erklären, außer wenn man uns Fragen stellen sollte, denn es sei nicht nötig, »sich in langen Reden zu ergehen« (und das sollte sie sich mal selbst hinter die Ohren schreiben. Ich habe noch nie jemanden so viel reden hören, um zu sagen, dass man lernen müsse, ohne Worte auszukommen).

»Du hast recht!«, hat Elvire ihr zugestimmt. »Die Leute werden verstehen, was sie verstehen wollen, das ist viel besser so!«

Tonton und Harmonie haben den Auftrag bekommen, die Bewohner des Viertels für unsere Veranstaltung zu ködern. Wir hatten den 10. April festgesetzt, den 104. Geburtstag des lieben Monsieur Poussin, was eine berechtigte Entscheidung war, auch wenn der 1. Mai sich wahrscheinlich besser geeignet hätte, da wäre schöneres Wetter gewesen (und ich sage das nicht, weil es mein Geburtstag ist).

Die beiden haben also an Tontons Marktstand Girlanden von Porträts (im Postkartenformat) aufgehängt, um zu sehen, wer sich wiedererkennen würde. Tonton ist nicht auf den Kopf gefallen, sie hat natürlich Porträts ihrer Stammkunden ausgesucht, und gegen Ende des Vormittags waren fast alle Fotos weg. Die Leute waren überrascht, amüsiert, einer oder zwei wirkten leicht verstimmt darüber, ohne ihr Einverständnis fotografiert worden zu sein (Miesepeter gibt es immer), aber im Großen und Ganzen waren die Leute froh und gefielen sich auf den Bildern.

Harmonie und Tonton haben alle darüber informiert, dass es bald eine Überraschung für die Bewohner der Straße geben werde und man es weitererzählen solle. Die Kunden wollten Näheres wissen. Aber sie haben geheimnisvoll getan und allen gesagt, sie sollten einfach in den nächsten Tagen die Augen offen halten.

In den folgenden Tagen (oder vielmehr Nächten) haben wir unsere kreativen Talente eingesetzt und *Stri Tart* gemacht, wie Harmonie es nennt.

Elvire hatte einen Satz Schablonen vorbereitet, in verschiedenen Größen mit dem Cutter aus einem Wachstuch geschnitten, von dem sie beschlossen hatte, dass ich es nicht mehr bräuchte. Da waren Pfeile, Fragezeichen, Ausrufezeichen, Auslassungspunkte, Schablonen mit zwei Augen, andere mit den Zahlen 1, 3 und 8 (wegen der Adresse von Tontons Lagerhalle, Rue des Soupirs 138). Wir hatten beschlossen, auch bestimmte Wörter auf Wände und Gehwege zu malen:

BLICK – VERSCHIEDEN – GLEICH – ANDERS – SEHEN und auch *DICK – DÜNN – GROSS – KLEIN* (letztere Serie war von mir).

Eine ganze Woche lang sind wir nachts durch die Straße gezogen und haben sie mit unseren bunten Zeichen verschönert. Ich hatte angeregt, Farben zu nehmen, die mit Wasser abgehen, um keinen Ärger mit der Stadtverwaltung zu bekommen, man weiß ja nie. Elvire und Harmonie wollten davon nichts wissen, aber Tonton ist mir beigesprungen, *erstens* hätten wir vereinbart, das Ganze solle ein vergängliches Werk werden, und *zweitens* wäre sie »kein unbeschriebenes Blatt«, und deshalb wäre es besser, »nicht zu viel Scheiße zu bauen«. Ich weiß nicht genau, was auf diesem Blatt stehen soll, aber jedenfalls war der Fall damit entschieden: Wir würden abwaschbare Farbe nehmen.

Mit jeder unserer nächtlichen Expeditionen wurde die Straße fröhlicher, und obwohl ich dieses scheußliche Gekritzel, das die jungen Leute hinter sich lassen wie Spatzen ihren Dreck, immer verabscheut habe, muss ich sagen, dass ich auf unsere Arbeit stolz war.

Und noch stolzer war ich darauf, dass ich mich nachts auf die Straße traute, mit Pinseln und Farbtöpfen beladen, um sie von der 1 bis zur 140 abzugehen und zurück, hier einen Pfeil und da ein Wort hinterlassend und ab und zu ein Plakat. Ich sah mich als Rebellin eines Aufstandes gegen die Diktatur, die an das unterdrückte Volk gerichtete Aufrufe zur Revolution (nicht zur russischen) (*Hör auf!*) an die Wände klebte. Ich zitterte bei jedem Geräusch, jeder miauenden Katze, jedem vorbeifahrenden Auto. Die anderen waren nicht so diskret wie ich, bei weitem nicht! Sie kicherten, unterhielten sich laut oder fast, vor allem Tonton, die einfach nicht flüstern kann. Bei der ersten Repressionswelle würden wir verhaftet werden, das war klar. Und wer würde unter Folter natürlich reden?

Zwei- oder dreimal ging ein Fenster auf, und in einer Nacht

hat ein Mann gerufen: »Was zum Teufel ist denn hier los?«, worauf Harmonie vor Überraschung losbellte.

Was haben wir uns danach kaputtgelacht!

Ich werde diese Stunden nie vergessen, niemals. Ich hatte das Gefühl, eine Jugendliche zu sein, was mir noch nie passiert war, vor allem nicht, als ich sechzehn war.

Es ist ein Gefühl, das ich jedem Menschen wünsche.

7

VORHANG

ENDE MÄRZ

Wir haben über den Text für die Einladung nachgedacht, das war nicht einfach.

Womit konnten wir die Neugier der Leute wecken? Wie sie aus dem Haus locken?

»Wenn man weiß, wie schwer es ist, sie von ihrem Sch...-fernseher loszureißen!«, seufzte Elvire.

Ich nickte energisch. Dabei hatte ich vor nicht allzu langer Zeit selbst tagelang den Bildschirm angeglotzt wie eine Kuh die vorbeifahrenden Züge.

Wir entschieden uns für:

SCHAUEN Sie doch mal vorbei! Lassen Sie sich den Wind um die Nase wehen ...

Für die Einladungskarte hatten wir eines unserer Lieblings-fotos ausgesucht, das an einem sehr windigen Tag aufgenommen worden war (daher der Text): eine Frau mittleren Alters, die sich mit einer Hand an ihren Hut klammert, mit der anderen an eine Straßenlaterne, und deren Faschingskleid – das aus Krepppapier zu bestehen scheint – vom Wind zerfetzt und als Konfetti verweht wird wie Pusteblumensamen.

Es ist eine großartige Aufnahme, poetisch und komisch zugleich – ich weiß jetzt, dass beides zusammengehen kann (was ich bis vor kurzem nicht gedacht hätte). Angeleitet von Elvire, die Spezialistin für Origami ist, haben wir das Foto originell gefaltet. Wir haben auch Plakate daraus gemacht, mit denen wir die ganze Straße beklebt haben.

Die Einladungen haben wir an alle Bewohner der Rue des Soupirs geschickt (ja, *alle* …), dank eines »Kumpels« von Tonton, der Briefträger ist und sich gegen Honorar bereit erklärt hat, die Zustellung zu übernehmen.

Ich weiß nicht, warum dieses Detail mit dem Honorar mich an Fiodor Borodine erinnert hat, was mich unwillkürlich selig lächeln ließ, bis mir wieder einfiel, wer *dieser Herr* tatsächlich war, was mir für den ganzen Morgen die Laune verdarb. Später habe ich verstanden, dass das von Tonton erwähnte Honorar eine Flasche Pastis war.

Als wir die Einladung persönlich bei Monsieur Poussin vorbeibrachten, traten ihm Tränen in die Augen, und uns sentimentalen Gänsen dann natürlich auch.

Er war zugleich glücklich, stolz und eingeschüchtert. Er war auch sehr gerührt, dass wir seinen Geburtstag als Datum ausgesucht hatten, um seine Arbeiten auszustellen. Er entschuldigte sich im Voraus, dass er an diesem Tag nicht dabei sein werde. Er bat uns inständig, es ihm nicht übelzunehmen: In Anbetracht seines hohen Alters fürchtete er sich vor dem Lärm und dem Gedränge (wie gut ich ihn verstand! Mir brach bei der bloßen Vorstellung der kalte Schweiß aus!).

»Wir werden für Sie Fotos machen«, sagte Harmonie.

Er antwortete lächelnd: »Unbedingt!«

Ich habe Harmonie gefragt, was ich ihrer Meinung nach zu dem Anlass anziehen solle.

Ich war noch nicht oft auf einer Vernissage. Und erst recht nicht von einer Ausstellung, die ich selbst mitorganisiert habe. Harmonie schaute mich nachdenklich an.

Dann antwortete sie mir: »Kleiden Sie sich als befreite Frau!« und fügte augenzwinkernd hinzu: »Das kriegen Sie problemlos hin!«

Ich will versuchen, nichts zu vergessen.

Letzte Nacht habe ich nicht gut geschlafen. Ich musste ständig an unsere Ausstellung denken, aber vor allem daran, dass Elvire und Harmonie eine Wohnung gefunden haben, worüber ich natürlich erleichtert war, aber auch ein bisschen betroffen.

Ich habe mich zusammengenommen, damit sie meine Traurigkeit nicht bemerkten, ich wollte ihnen die Freude nicht verderben. (Ich glaube, ich hätte ihnen doch gern *ein bisschen* die Freude verdorben, damit es ihnen etwas leidtut.) (Das ist nicht richtig, ich weiß.) (Aber egal.)

Harmonie hat Arbeit gefunden. Nun ja, ich weiß nicht, ob man das *wirklich* als *Arbeit* bezeichnen kann, mir scheint, es ist eher ein Zeitvertreib, wie alle diese künstlerischen Sachen, die doch nicht ganz wie echte Berufe sind.

Sie ist von Elvire angestellt worden, die gerade eine Hilfe – oder eine Subvention oder so was – bekommen hat, um ihr Theaterstück zu produzieren. So habe ich überhaupt erst erfahren, dass Elvire ein Theaterstück geschrieben hat, das von ihrer Mutter handelt (was für ein schönes Thema, das wird sicher sehr rührend!). Sie wird es allein spielen, was beweist, dass es sich wirklich um ein kleines Budget handelt. Man nennt das ein Monodrama oder Einpersonenstück. Elvire ist ganz außer sich vor Freude, anscheinend werden solche Fördermittel immer seltener. Sie hat Harmonie gebeten, ihr zu assistieren, weil sie von ihrem Organisationstalent und ihren Ideen beeindruckt ist. Harmonie wird also eine Art Regisseurin, die sich teilweise auch um das Bühnenbild kümmert. Ich weiß nicht genau, wie man das nennt. Ich bin mir nicht einmal sicher, ob es das als Beruf gibt.

Ich hörte ihnen zu, wie sie ohne Punkt und Komma schnatterten, und fragte mich dabei, ob ich wieder anfangen muss, unter Placidon, Zenocalm usw. zu leben, wenn sie nicht mehr da sind. Ich möchte ja nicht alles auf mich beziehen, das ist nicht meine Art, aber es ist mir doch lieber, wenn es mir gutgeht.

Ich habe also sehr schlecht geschlafen. Und heute Morgen war es grauenhaft, ich wusste nicht, was ich anziehen sollte, weil »befreite Frau«, das klingt schön und gut, aber was bedeutet das? Eine befreite Frau zu sein ist nicht so einfach. Es ist schon nicht leicht, einfach nur eine Frau zu sein. Das dachte ich, während ich vor dem Spiegel meines Kleiderschranks stand, der sich vor jedem meiner Termine in das Tor zum Fegefeuer (oder noch Schlimmerem) verwandelt. Josiane hätte mir geraten, gedeckte Farben zu wählen und eine Strickjacke mitzunehmen, weil es abends noch frisch ist. Aber Josiane hat eine Statur wie ein Kleiderbügel, sie wiegt angezogen vierzig Kilo und hat breite Schultern, ihr steht alles, wenn sie sich gerade hält, sie würde sogar in einem Müllsack noch sensationell aussehen.

Ich war den Tränen nahe, als Harmonie hereinkam. Sie sah meinen verstörten Blick und fragte, ob ich Hilfe bräuchte. Da habe ich ausnahmsweise mal nicht nein gesagt.

Dann sind Harmonie und Elvire schon mal vorausgegangen, um alles vorzubereiten. Sie waren völlig aufgedreht und gackerten wie die Hühner.

Ich habe gedacht: Jedenfalls werde ich es in meiner Wohnung ruhiger haben, wenn sie nicht mehr da sind! Ich werde mich schön langw(*Streichung*) ich werde mich schön erholen, das ist sicher.

Je näher das Fest rückte, desto schlechter fühlte ich mich. Ich hatte beschlossen, erst eine Stunde nach der Eröffnung hinzugehen, so wären die paar Leute, die sich die Mühe gemacht hätten zu kommen, schon wieder auf dem Heimweg.

Ich machte mich ohne große Begeisterung fertig und fand im Übrigen, dass dieses Verb merkwürdig klang, irgendwie gefährlich. Sich *fertig machen*. Und da begriff ich plötzlich, dass ich *ganz alleine* bis zur Rue des Soupirs 138 gehen müsste, ohne Mylord, der mich an der Leine zog, ohne irgendjemanden, der mich begleitete,

Ich bin ins Badezimmer gestürzt, um etwas zu nehmen, egal was, Placidon, Zenocalm, Serenix, Vitamin C, Aspirin, Kohletabletten, ich habe die Tür meines Medikamentenschränkchens aufgerissen und dann meine Hand herabsinken lassen, besiegt von dem Klebzettel auf meinen Medikamentenschachteln, auf den Harmonie geschrieben hatte: »Nein, Fleur! Sie brauchen das nicht!«

Sie hatte natürlich recht. Jedenfalls wollte ich ihr gern recht geben.

Und das war genauso wichtig, will mir scheinen.

Ich ging also bis zur Nummer 138 und schlug mich den ganzen Weg lang mit lauter beängstigenden Fragen herum, wie etwa: »Habe ich das Gas auch abgedreht?«, »Habe ich die Tür richtig abgeschlossen?«, und die schlimmste von allen: »Ob es dort wohl eine Toilette gibt?« Ich kann nichts dafür, ich leide unter chronischer Pipitis, sobald ich zu einem Termin gehe, muss ich mal.

Ich habe mir gut zugeredet: Ich war vorsorglich auf der Toilette gewesen, bevor ich losging, ich war nicht inkontinent (was Monsieur Piquet auch denken mag), es würde alles gutgehen.

Vor Tontons Lagerhalle standen eine Menge Leute, da wurde mir sofort angst und ba(*Streichung*) da wurde mir sofort warm ums Herz. Es wäre doch wirklich schade gewesen, die ganze Arbeit umsonst gemacht zu haben. Aber Tonton hatte ja gesagt, sie würde die Bude schon vollkriegen, und als ich näher kam, konnte ich feststellen, dass sie recht behalten hatte. Ich hätte es mir denken können, sie hält immer, was sie verspricht.

Ich hatte selten so viele tätowierte und akupunktierte Leute auf einem Haufen gesehen, und ich erkannte darunter ein paar von denen, die uns geholfen hatten, die Halle auszuräumen. Sie grüßten mich freundlich, mit kräftigem Schulterklopfen und übertriebenen Umarmungen, aber irgendwie machte es mich stolz, ich weiß nicht warum.

Die Türen standen weit offen, ich sah das Gedränge drinnen und wollte mich gerade darüber freuen, als ich Gelächter hörte. Wahrscheinlich hatten die Leute Tontons Skulpturen gesehen. Ich fühlte mich in ihrem Namen gekränkt, auch wenn es doch ein bisschen absehbar war. Ich kann nichts dafür, ich bin von Natur aus empathisch. Und auch wenn es stimmt, dass ich für ihre *Kunst* nicht empfänglich bin und um nichts in der Welt eine ihrer »Skulpturen« bei mir zu Hause haben wollte (während ich das dachte, erinnerte ich mich mit Schrecken daran, dass sie mir eine versprochen hatte), finde ich doch, dass einem der Umstand, etwas (oder jemanden) nicht zu mögen, nicht das Recht gibt, sich darüber lustig zu machen (auch wenn ich einem Ausnahmegesetz für gewisse Nachbarn gerne zustimmen würde, wenn ich weniger Seelengröße besäße).

Es gibt Leute, die falsch singen, andere, die schlechte Skulpturen schmieden, und zufällig macht Tonton beides mit dem gleichen Schwung. *Na und?*, wie Harmonie sagen würde.

Kein Grund, darum ein Riesen-Trara zu machen.

Ich stand stocksteif neben dem Eingang und zögerte hineinzugehen (ich habe zwar große Fortschritte gemacht, finde ich, aber körperliche Nähe versetzt mich immer noch ein bisschen in Angst und Schrecken), als Elvire lachend auf mich zukam. Als ich sie sah, dachte ich, auch sie würde sich über Tontons Arbeit lustig machen, und das hat mich überrascht, mehr noch, es hat mich geärgert. Sie sagte: »Kommen Sie! Es wird Ihnen gefallen!«

Ich antwortete, ich hätte doch schon alles gesehen, da ich die Bilder ja mit aufgehängt hatte. Sie zwinkerte mir zu und meinte: »Es gibt aber ein paar Überraschungen ...«

Und die gab es tatsächlich.

Die Halle war über und über mit unseren Schablonen dekoriert worden (diesmal mit nicht abwaschbarer Farbe). Tonton hatte überall den Schriftzug *Rue des Soupirs* angebracht. Sofas und Sessel standen herum, die Elvire und Tonton im Sperrmüll oder sonst wo gefunden hatten, denn manche wirkten neu oder fast neu. Bunt bemalte Bettlaken hingen an Drahtseilen und trennten ein paar kleinere, mit Lampions beleuchtete Räume ab. Ich würde nicht sagen, dass die Dekoration sehr geschmackvoll war, aber nun ja, es war bunt und fröhlich. Die Leute konnten sich hinsetzen, wenn sie wollten, oder von Raum zu Raum gehen. Wir hatten die Porträts von Monsieur Poussin in verschiedenen Formaten auf große Tafeln gezogen. Unter die Aufnahmen von bereits identifizierten Personen hatten wir die Namen geschrieben, *Jean Verdier, Cédric Balard, Madame Grujet, Fatia Benasli, Milo Petrovic, Monsieur Serin,* und darunter genug Platz gelassen, damit die Besucher weitere Angaben hinzufügen konnten. Unter den anonymen Porträts warteten leere Blätter auf mögliche Informationen. Natürlich hatten ein paar Spaßvögel es nicht lassen können, unter manche dumme Scherze zu schreiben: *Pater Jean Bon…SAI* oder *Meine Großtante Josephine … FLOTTE BIENE.*

Aber im Großen und Ganzen spielten die Leute ernsthaft mit und wirkten interessiert. Es gab Kinderzeichnungen, Lob und Kommentare. *Großartig – Überraschend – Eine schöne Idee! – Sehr originell – Cool ich hab voll gelacht – Bemerkenswert – Danke für die wunderbare Arbeit – Mama du bist schön – Was für ein Künstler!*

Aber da bemerkte ich plötzlich noch andere, neue Porträts, die Monsieur Poussin von seinem Fenster aus aufgenommen hatte und die Tontons Kreaturen zeigten, und zwar in Haltungen, die denen der ausgestellten Passanten zum Verwechseln ähnlich waren. Deshalb lachten die Leute. Sie suchten sich oder ihre Nachbarn, Freunde, Familienmitglieder und verglichen sie dann mit ihren tontonschen (oder tontonesken?) Zwillingen.

Und ich muss zugeben, es war sehr witzig, und auf eine merkwürdige Art auch rührend.

Manche Aufnahmen hatten wir besonders zur Geltung bringen wollen. In der Mitte der Halle, wo am meisten Platz war, thronte das Porträt von Monsieur Poussin. Halb weggedreht und die Hand wie zu einem Winken erhoben, sah er aus, als wollte er dem Publikum etwas sagen, aber was? Ich fragte Elvire, die sich gerade neben mich gestellt hatte. Ihrer Meinung nach bedeutete es: »Kommt und schaut!«, oder: »Folgt mir!«

Ich hätte eher gedacht, dass er uns zum Abschied winkte.

Es lag auch ein Gästebuch aus, falls man ihm eine Nachricht hinterlassen wollte.

Etwas weiter hing eine Auswahl von unseren Lieblingsfotos, wie das von der Frau mit dem davonfliegenden Kostüm, das wir für die Einladungen und Plakate benutzt hatten. Neben ihr hing ein zweites mit einem von Tontons Geschöpfen, *Fräulein Gribiche* (das war es, der Name ist mir wieder eingefallen!), dem die Federn davonflogen. Es war wirklich sehr lustig.

Dann konnte man die Porträts unserer kleinen Truppe sehen. Harmonie mit einem luftigen Schal um den Hals, Tonton, die energisch ausschritt, Elvire, die sich nach jemandem umdrehte, den man nicht sah. Ich in meinem peinlichen Kleid.

In einem Raum, etwa so groß wie Monsieur Poussins Wohnzimmer, hatten wir sein Aufhängsystem nachgebildet, mit kreuz und quer gespannten Leinen und Hunderten von Fotos daran. Als ich in seiner Wohnung gewesen war, hatte Monsieur Poussin alle seine Fotos schon Harmonie gegeben. Aber Harmonie hatte mir das Ambiente genau beschrieben. Die Besucher waren ganz fasziniert, sie gingen schweigend herum, die größeren leicht gebeugt, um unter den Wäscheleinen durchzupassen. Die Kinder machten große Augen und Goldfischmünder.

In zwei oder drei abgeteilten Räumen hatten wir Spiegel aufgebaut, Ankleidespiegel, Wandspiegel, in allen Größen und Formen. Auf die größeren hatten wir die vergrößerten, stückweise zusammengesetzten kopflosen Körper von manchen der fotografierten Personen geklebt. Man musste sich nur davorstellen und ein bisschen verrenken, um die richtige Pose zu finden, und bei Bedarf auf eine kleine Trittleiter steigen, dann konnte man sich als Mann, als Frau, von heute oder gestern, reich oder arm, dünn oder dick, sehen. Mein eigener Körper und der von Tonton waren übrigens auch dabei und hatten großen Erfolg.

Wir hätten eine Tauschbörse vorsehen sollen.

Dann hat Elvire einen sehr schönen, selbstgeschriebenen Text vorgelesen, der von Monsieur Poussin erzählte, von seinem Vater, dem Kriegsfotografen, vom Wagen des Milchmanns, dem Unfall, den Brüchen, dem Tod des Vaters, von der beständigen Arbeit dieses Mannes, von seinem ehrwürdigen Alter, das erklärte, warum er nicht da war.

Tonton hatte eine Schnur gespannt, um das letzte Drittel der Halle vom Rest der Ausstellung zu trennen. Dort standen wie in einem Naturkundemuseum alle ihre Geschöpfe mit ihren rührenden großen Babyaugen. (Ich fand sie gar nicht mehr sooo hässlich, ich habe mich wohl an sie gewöhnt.) Tonton hatte die kleineren vorne aufgestellt und die größeren dahinter. *Alfred* mit seinen drei Metern Höhe überragte das Publikum. Es sah aus wie ein Klassenfoto mit dem Lehrer ganz hinten.

Aber das Erstaunlichste war, dass die Kreaturen fast alle Schals, Mützen, Fäustlinge oder Socken trugen. Das war also Tontons hammerwitzige Idee gewesen! Vor ihrer Menagerie saßen ein Dutzend Leute auf Stühlen (vor allem Frauen, wie ich bemerkte) und strickten oder häkelten mit Feuereifer meterweise bunte Wolle oder Baumwolle und schauten dabei sehr ernst und konzentriert drein.

Die Zuschauer lachten, holten sich ein Stück Patchwork, einen Wollstreifen, einen Fäustling und gingen damit zu einer Skulptur ihrer Wahl, um sie damit zu schmücken (sehr vorsichtig, denn Tonton bewachte sie mit nervösen Blicken).

Sie wurde von allen Seiten bestürmt. Die Leute kamen, um ihre Arbeit zu kommentieren, ihr Fragen zu stellen, und ausnahmsweise dröhnte ihre Stimme nicht durch den ganzen Raum, im Gegenteil. Sie wirkte geradezu eingeschüchtert.

Ich erkannte den jungen Freddie. Ich schaute mich nach Harmonie um, aber sie war gerade mit einer ganzen Gruppe im Gespräch, da habe ich mich nicht getraut, hinzugehen und es ihr zu sagen. Später habe ich die beiden miteinander reden sehen wie zwei Turteltäubchen. Das wird schon wieder mit den beiden, ich habe in solchen Dingen einen guten Riecher.

Dann ging ich auf die Suche nach einer Toilette, und da sprach mich eine Gruppe zwielichtig aussehender junger Leute an und fragte, ob ich das sei, auf dem Foto. Ich war umzingelt, Flucht war unmöglich, und ich fragte zurück: »Auf welchem Foto denn?« (was ein bisschen scheinheilig war) Ich erwartete, dass man mir antworten würde: »Auf dem Foto mit der Dicken!« Aber einer der Jungen sagte: »Auf dem Foto mit der tanzenden Frau. Sind Sie das?« Ich lächelte. Dank Monsieur Poussin war ich eine *tanzende Frau.* »Was ist das für eine Art von Tanz, Stepptanz, oder?«, fragte ein anderer. Ich antwortete, ja, es sei amerikanischer Stepptanz. »Ah, siehst du?! Ich habe meine Wette gewonnen!«, rief da ein Mädchen mit kahlrasiertem Schädel einem Jungen mit einer Frisur wie ein Zotteleesel zu. Ich nannte ihnen *Gene Kelly, Fred Astaire, Ginger Rogers.* Das Mädchen fügte hinzu: »Savion Glover!« Sie fragte mich, ob ich ihnen nicht *mal kurz* zwei oder drei Schritte zeigen könne. »Natürlich nicht«, antwortete ich, »kommt nicht infrage. Oder höchstens einen oder zwei.«

Mal kurz.

Harmonie hatte mir ein praktisches Kleid ausgesucht, es öffnete sich beim Drehen wie eine Blüte und störte mich nicht. Ich habe nur ein paar Schritte angedeutet, ich bin eigentlich wirklich aus dem Alter für so etwas heraus.

Die jungen Leute klatschten höflich Beifall, dann zeigten sie mir, was sie konnten, und es war sehr eindrucksvoll. Für Anfänger, meine ich.

In der Zwischenzeit gingen weiter Leute ein und aus, machten Fotos von der Halle, von den Porträts. Manche müssen mich wiedererkannt haben, denn sie lächelten mir verschwörerisch zu, als würden wir uns kennen. Ich glaube, sie hatten keine *Angst* mehr vor mir. Und ich hatte viel weniger Angst vor ihnen. Harmonie ging von einer Gruppe zur anderen. Wie ich sie kenne, versuchte sie sicher trotz allem, den Leuten zu erklären, was der *Blick* ist. Aber ich sah sie lächeln.

Wie sehr sie sich seit dem ersten Tag, an dem ich sie gesehen habe, verändert hat. Wir bekommen noch ab und zu ein paar Verd…-Sch…-Rufe und etwas Gebell zu hören, aber sie hat seit fast drei Wochen nichts mehr kaputtgemacht, und ich finde sie viel entspannter und besser gelaunt.

Nicht alle Bewohner der Straße sind gekommen, manche fanden es uninteressant und haben damit nicht hinterm Berg gehalten, aber es gab sehr schöne Momente und Begegnungen. Ich denke zum Beispiel an diesen Herrn etwa meines Alters, dem Tränen in den Augen standen, als er das Porträt einer Frau entdeckte, das im Krieg aufgenommen war. Er erklärte uns, das sei seine Mutter, die verhaftet und in ein Lager deportiert worden war. Er hatte kaum Fotos von ihr. Harmonie versprach, ihm einen Abzug machen zu lassen. Drei Leute wollten Tonton Skulpturen abkaufen. Wahrscheinlich hat Harmonie schon recht, alles ist eine Frage des Blickwinkels. Tonton wollte aber nicht.

Diese Frau ist nicht praktisch veranlagt.

Eine junge Frau hat sich bei uns bedankt, ergriffen, als hätten wir etwas an ihrem Leben verändert. Die Nachbarn von oben, Maxime und Fiona, waren auch da. Im Laufe der Unterhaltung habe ich mitbekommen, dass Fiona viel zur Gestaltung des Raumes beigetragen hatte.

Maximes Bruder hat auch einen kleinen Tabourette, kaum der Rede wert. Er hängt nur an jeden Satz »Sack« an.

Viele Leute haben sehr berührende Dinge gesagt.

Die Piquets habe ich nicht gesehen.

Als alle Besucher weg waren, sind die jungen Leute zum Aufräumen geblieben, und ich bin nach Hause gegangen. Die Füße taten mir schrecklich weh, und meine Blase war kurz vorm Platzen.

Als ich heimkam, liebes Tagebuch, habe ich an den ganzen Tag zurückgedacht.

Ich habe angefangen zu schreiben, wie du feststellen kannst. Ich hatte gedacht, dass wir zu viel Aufwand betrieben hätten, dass niemand kommen würde. Im Nachhinein denke ich, wir hätten noch mehr tun können.

Oder vielmehr sage ich mir, man tut nie zu viel.

Ideen entstehen wie Blasen, sie steigen aus dem Schlick auf, wenn das Hirn brodelt und der Geist sedimentiert. Man weiß nicht wohin, und dann plötzlich Tadaaa wird alles einfach und fügt sich, ordnet sich wie von selbst. Monsieur Poussin erklärt sich großzügig bereit, frühmorgens oder spätabends, wenn die Straße menschenleer ist, ein paar der Skulpturen zu fotografieren, die Tonton vor sein Haus stellt. Die größten von ihnen, darunter *Der große Alfred* und seine unglaubliche Visage. *Der große Alfred*, der auseinander- und wieder zusammengebaut werden muss, und unsere Lieblinge aus der großen Parade *Dicke Memmen, Auslaufmodell, Eugen, Prinzessin Leia* Ta Tadaaa Was haben wir gelacht, als wir das Foto nachgestellt haben, das wir für das Plakat und die Einladung ausgesucht hatten. Diese Dame, die sich im Wind an eine Straßenlaterne klammert und deren Papierkleid in Fetzen davonfliegt. Wir haben dafür *Fräulein Bibiche* ausgesucht, die aussieht wie ein großes Huhn mit langen Beinen und einem langen hageren Hals, wir haben ihr ein schönes Kleid aus ausgeschnittenen bunten Papierfedern gemacht. Was haben wir gelacht an dem Abend, als Tonton mit einem batteriebetriebenen Haarföhn versuchte, die Federn fliegen zu lassen, Tonton, die sich für den Gott Äol hält, der die Winde beherrscht, Tonton, die sich aufregt, wütend wird, mir die Worte aus dem Mund nimmt:

»Verdammte Scheiße! Werden diese verfluchten Mistfedern wohl fliegen oder nicht?« Und ich lache mich kaputt, ich laufe wie ein Ballmädchen hin und her, lese die Federn auf und bringe sie ihr zurück, um noch ein-zwei-drei Aufnahmen zu machen. Aber am Ende: was für ein Kunstwerk, im blassen Licht der Morgendämmerung *Fräulein Bibiches* Rehaugen voller Tränen, man könnte schwören, dass sie weint, ihr Kleid vom Winde verweht, wie traurig, wie lustig, das arme *Fräulein Bibiche* mit ihrem schönen Federkleid, das im batteriebetriebenen Orkan davonfliegt.

Freddie kommt zur Vernissage, es trifft mich mitten ins Herz Tadaaa Wir reden ein bisschen, etwas in mir hat sich von ihm gelöst, hat mich von ihm entfernt, ich schaue seine Augen seinen Mund an, seine Hände. Er möchte einen Neuanfang, ich weiß nicht, ob die Liebe sich zurückspulen lässt, ich sage: »Ich glaube nicht so richtig an Neuanfänge.« Ich sage: »Ich brauche Zeit, um zu antworten.« In mir höre ich ein *Nein, ich will nicht.* Ich glaube Freddie und ich wissen es schon.

Tontons Lagerhalle ist für das Fest verwandelt Wu Ha All dieser Trubel um unsere Ideen herum, all diese lächelnden, neugierigen, amüsierten Leute, Fleur Suzain in ihrem weißen Kleid, die mit verängstigtem Gesicht die Halle betritt, Fleur, die sich an den Wänden entlangdrückt und an ihre Handtasche klammert, aber später am Abend ein paar lachenden Jugend- lichen etwas vorsteppt. Meine schöne Elvire, die sich einen Weg durch die Menge bahnt, aufrecht und hocherhobenen Kopfes, die Augen hinter der Sonnenbrille verborgen, aber später bemerke ich, dass sie sie abgenommen hat, die Leute lauschen aufmerksam ihrem Text über Monsieur Poussin, nur ein paar Zeilen, aber es reicht, sie hören zu und klatschen, Elvire schreibt wirklich gut, und ich glaube, sie begreift das heute zum ersten Mal. Etwas später Tonton, die die Fragen des Publikums beantwortet, Tonton, deren Stimme immer leiser wird, bis sie nur noch ein Murmeln ist, Tonton, deren Rüstung Risse bekommt und die sich endlich zeigt, wie sie ist, zerbrechlich, bewegt. Und ich kleiner Zandoli, ich weiß noch nicht, ich will mich nicht zu früh freuen, aber mir scheint doch, ja, ich glaube, das Leben wird für mich sanfter, oder aber ich gewöhne mich daran.

Ich hätte mir so sehr gewünscht, dass Monsieur Poussin da wäre, dass Monsieur Poussin das alles sehen könnte. Ich war schon drei Tage nicht bei ihm, ich habe ihm viel zu erzählen. Morgen werden wir ihm das Gästebuch bringen, ich habe es durchgeblättert, und nachdem die Halle wieder geschlossen war, habe ich den anderen Auszüge daraus vorgelesen. Förmliche, ungeschickte, aufrichtige Glückwünsche, zartfühlende Kommentare. Wir haben den ganzen Tag über Fotos gemacht und gefilmt, er wird sehen, was sein wundervoller Blick auslöst, wie sein Werk die Leute berührt, wie es sie begeistert.

Am nächsten Tag gehen wir alle zu Monsieur Poussin, eine übernächtigte Bande mit Ringen unter den Augen, noch ganz verschlafen, wir haben in der Halle noch bis spät in die Nacht gefeiert, nur Fleur ist nach Hause gegangen. Wir holen sie ab. Wir bringen das Gästebuch mit und den großen Geburtstagskuchen mit den hundertvier Kerzen, wir werden ihm beim Auspusten helfen.

Bei Monsieur Poussin angekommen, klingeln wir, klopfen wir, keine Antwort. Schließlich mache ich auf, ich habe einen Schlüssel. Die Wohnung ist dunkel, kalt, still. Unser Plakat hängt an der Wand. Auf dem Tisch liegt unsere Einladung. Das Bett ist abgezogen, die Schränke sind leer. Wir schauen einander an, wenn er nur nicht.

Wir klingeln bei der Nachbarin, die uns vom Sehen kennt.

Monsieur Poussin ist vorgestern gestorben.

Die Nachbarin sagt: »Die Frau, die ihn betreute, hat ihn gefunden, er saß friedlich in seinem Sessel. Ich habe zu meinem Mann gesagt: ›Zu dumm, einen Tag vor seinem Geburtstag!‹« Ich sage: »Ja, zu dumm.« Aber aus anderen Gründen. Aus Gründen der Trauer, die über mich hereinbricht, und weil es so ungerecht ist, dass er die kleinen Botschaften aus dem Gästebuch nicht mehr lesen kann, dass wir ihm nicht erzählen können, was für ein schönes Fest es war, dass wir das alles ihm verdanken, ihm und seinen Porträts. Wir gehen zurück in seine Wohnung, um noch einmal aus dem magischen Fenster zu schauen, um die Straßenlaterne den Gehwegabschnitt wiederzusehen, um an all die zu denken, die da entlanggegangen sind, ohne etwas zu ahnen, ohne zu wissen, was für eine Alchemie zwischen ihnen und Monsieur Poussins wohlwollendem Blick entstehen würde. Es hängen noch ein paar Fotos an der Wand, andere stehen auf seinem Nachttisch, ich nehme sie mit. Ich erinnere mich, wie er sagte: »Das wird alles im Müll landen.« Sein Vater, seine Mutter, er als Kind, das Foto des jungen Mannes auf einer italienischen Piazza, das Porträt einer lächelnden Frau, vielleicht die, die im Juli 1946 »Ich liebe dich« zu ihm gesagt hat. Ich bin mir sicher, dass sie es ist. Und dann sehe ich Tonton mit ihrem Föhn, mich selbst lachend neben *Fräulein Bibiche*, noch mehr Fotos von Fleur, wie sie in ihrem Lamé-Kleid tanzt, die ganze Truppe der Nulpen in Tontons Lagerhalle, wir vier ordentlich aufgereiht vor dem *großen Alfred*, eine schöne Riege. Und ein Gruppenfoto, ein mit Selbstauslöser aufgenommenes Bild, Monsieur Poussin lächelnd und eingemummelt zwischen uns vieren.

Der von uns adoptierte alte Troll und Fotograf.

Treffpunkt am nächsten Morgen auf dem Friedhof, Fleur fragt, was sie anziehen soll, sie schlägt vor: »Vielleicht schwarz? Das macht schlank.« Ich sage ihr, sie könne anziehen, was sie wolle, das sei nicht das Problem, aber schwarz im Ernst Tadaaa ob sie denn keine Angst vor den Krümeln habe, wenn wir nachher den Geburtstagskuchen essen. Sie entscheidet sich für Rosa, das steht ihr viel besser.

Bei der Beerdigung sind wir zu viert. Wir haben daran gedacht, die Kerzen mitzunehmen, Tonton hat gerechnet: »104 geteilt durch 4, das sind 26 Kerzen für jede, wir teilen uns die Arbeit.« Wir reichen Teller für den Kuchen herum, Becher für den Cidre, der Kuchen ist wunderschön, über und über mit Puderzucker bedeckt, Elvire hat ihn gebacken, ein wahres Kunstwerk. Die Totengräber haben nicht getrödelt, sie haben das Grab zugeschaufelt, sich verabschiedet und uns in Ruhe gelassen, sie wirkten etwas verdattert, was ist das denn für ein verrückter Haufen, für eine Schar von Nulpen, die auf einem Grab mampfen und zechen? Monsieur Poussins Eltern hatten den Platz ihres Sohnes schon reserviert, er ruht unter einer Marmorplatte, grau und weiß geädert wie ein Schwarz-Weiß-Foto. »Habt ihr gesehen?«, fragt uns Tonton. »Monsieur Poussin hieß mit Vornamen Aimable, der Liebenswürdige!«

Aimable Poussin, liebenswürdiges Küken, das muss man wagen! Aber der Name steht ihm gut.

Wir zünden die Kerzen an, wir pusten sie zu viert aus, wir singen *Zum Geburtstag viel Glück, Aimable*, und Tontons Stimme trägt bis zum Rathaus. Wir lesen ihm das gesamte Gästebuch vor, einschließlich der dummen Sprüche und der Stilblüten, ein Junge hat geschrieben: *Sie haben einen Riesenzinken.* Dem ist nichts entgegenzusetzen.

Wir holen das Geburtstagsgeschenk hervor, das war nicht vorgesehen, es ist improvisiert, vier hübsch gerahmte Fotos, um sie auf den Marmor zu stellen, wie man sein Glas auf den Tresen stellt, Papa Poussin, Mama Glucke, die junge Juli-Frau und zu guter Letzt das Gruppenfoto mit Monsieur Poussin zwischen uns vieren, lächelnd für die Ewigkeit.

ENDE APRIL

Heute Morgen ist Tonton mit ihrem Geschenk gekommen. Ich hatte es völlig vergessen. Ich denke nicht so gern an unangenehme Aussichten. Als ich ihr die Tür aufmachte, fiel es mir wieder ein. Angesichts der Größe des Kartons schauderte es mich. Ich sagte: »Oh nein, nicht doch! Das ist doch nicht nötig!« (Ich glaube, ich habe es mehrmals wiederholt.) (Mit besonderer Betonung auf dem »Oh nein!«) und stand dann stocksteif da, unfähig, mich zu rühren.

Tonton sagte: »Na was denn, Schätzchen? Willst du es nicht auspacken?«

Und ich mit gezwungen fröhlicher Stimme: »Doch doch, natürlich!«

Harmonie und Elvire umkreisten mich wie zwei rastlose Fliegen, sie wirkten ungeduldiger als ich. Klar, das Geschenk war ja nicht für sie. Ich ging in die Küche, um eine Schere zu holen, ganz langsam, um Zeit zu gewinnen und die Fassung zu bewahren. Ich hörte Elvire und Tonton im Flur lachen und Harmonie leise bellen, was ich schon lange nicht mehr gehört hatte und mich idiotischerweise etwas nostalgisch stimmte. Ich atmete tief durch, sagte mir: »Auf geht's, meine Gute!« und ging mit einem solchen Lächeln ins Wohnzimmer zurück, dass ich Krämpfe in den Backen bekam.

Die anderen erwarteten mich freudestrahlend.

Ich sagte: »Also dann ... Schauen wir mal, was da drin ist! Mein Gott, mein Gott, ich kann es kaum erwarten!« Schauspielerin ist ein Beruf für sich. Ich glaube, dafür habe ich kein Talent.

Ich schnitt die Schnur durch, öffnete den Karton und schreckte unwillkürlich zurück, als ich den hässlichen Kopf, den unproportionierten Körper, die beiden großen, rührenden Kulleraugen sah.

»Oh ...«, entfuhr es mir.

Tonton sagte: »Einer meiner Kumpel hat ihn gefunden, er meint, er sei zwischen drei und sechs Monate alt, aber wir wissen nicht genau, was es für eine Rasse ist.«

»Es ist mehr oder weniger eine französische Bulldogge«, meinte ich. »Sieht aber so aus, als hätte seine Mutter einen Fehltritt begangen ...«

Tonton sagte: »Tja, wir fanden auch, dass er aussieht wie ein Bastard!«

Ich bestätigte ihnen, dass das kein falscher Eindruck war.

»Jedenfalls ist er ein Einzelstück!«, meinte Tonton. »Ach und übrigens, mach dir keine Sorgen wegen deiner Skulptur, ich habe sie nicht vergessen!«

Ich hatte mir gar keine Sorgen mehr gemacht, bevor sie das sagte.

Harmonie und Elvire haben ihre Koffer fertig gepackt, sie ziehen in eine riesige Wohnung ganz oben in einem Haus, das haargenau aussieht wie ein altes sowjetisches Hotel (es gab eine Zeit, in der ich mir eine Menge Spionagefilme anschaute).

Sie haben Mitbewohner gefunden (zwei langhaarige Jungen, von denen einer mit einem sehr hübschen Akzent Französisch radebrecht). Sie haben mich durch ihr neues Reich geführt, nun ja, ich frage mich wirklich, warum sie aus meiner Wohnung ausziehen wollen, die ist viel komfortabler.

Aber ich glaube, sie haben das Bedürfnis, unter Gleichaltrigen zu leben, was wahrscheinlich normal ist. Sollen sie doch ihre Erfahrungen machen. Ich habe ihnen gesagt, meine Tür stehe ihnen jederzeit offen, wenn sie den Rat eines gelassenen, lebenserfahrenen Menschen bräuchten. Sie haben gelacht, mich umarmt und mir versprochen, ab und zu bei mir zu übernachten.

Meine Tür stehe ihnen jederzeit offen … Noch vor einem halben Jahr hätte ich nie gedacht, dass ich einen solchen Satz sagen könnte! (Josiane wäre fassungslos.) (Aber die Chancen, dass sie es erfährt, stehen schlecht, wir telefonieren immer seltener.) (Gar nicht mehr, um die Wahrheit zu sagen.) (Und es fehlt mir kein bisschen.)

Tonton hat mir vorgeschlagen, eines meiner Zimmer ab September an eine ihrer Freundinnen zu vermieten, die ich in der Lagerhalle kennengelernt habe. Sie ist mir nicht unsympathisch, aber sie wirkt ein bisschen, wie soll ich sagen, (*Streichung*)? Und ich fürchte, sie hat eine schwache Gesundheit, sie riecht immer stark nach diesem indischen Lakritz. Nun ja, wenn es ihr hilft. Das ist für mich etwas Neues, merke ich gerade beim Schreiben: Ich finde es letztlich nicht unangenehm, manchmal an jemand anderes als an mich selbst zu denken. Ich habe Tonton geantwortet, ich würde darüber nachdenken.

Nur nichts überstürzen, es wird mir guttun, eine Weile allein zu bleiben, denke ich.

Ich werde mich sowieso nicht langweilen: Madame Benasli und ich haben gerade einen französisch-russischen Verein im Viertel gegründet (im Moment suchen wir noch Russen) (ich frage mich übrigens, ob ich nicht eine Anzeige aushängen könnte in diesem Kabarett, wo ich diesen (*Streichung*)(*Streichung*) Sänger getroffen habe, dessen Vornamen ich schon wieder vergessen habe) (den, den ich Ivan nannte) (er heißt Arkadi).

Madame Benasli hat vor, Schultertücher zu besticken, sie hat hübsche Muster gefunden.

Und ich werde Kochkurse anbieten. Ich fange mit Syrniki an, das sind Quarkteigklöße.

Und Hercule und ich werden jeden Tag spazieren gehen. Mein kleiner Moppel, er ist wirklich entzückend.

Und er bellt fast wie Harmonie.

Mein Dank geht an Sylvie Gracia und an die ganze Besatzung der Éditions du Rouergue – von heute wie von gestern – Alzira. Adèle, Brigitte, Cédric, Danielle, Ghislaine, Julie, Mathilde, Michèle, Nathalie, Noémie, Oliver D., Olivier G., Olivier P., Pauline und nicht zu vergessen die Vertreter, die Drucker, die Praktikanten.

Danke für ihre Aufmerksamkeit, ihre Geduld, ihre Treue, ihre Gegenwart ... Ohne sie alle an meiner Seite, seit zehn Jahren schon, hätte die Reise weniger Spaß gemacht, und meine Texte hätten ihren Zielhafen nicht wohlbehalten erreicht.